Eine Handvoll Leben

Monika Dahlhoff

Eine Handvoll Leben

Meine Kindheit im Gulag

Weltbild

Besuchen Sie uns im Internet:
www.weltbild.de

Genehmigte Lizenzausgabe für Verlagsgruppe Weltbild GmbH,
Steinerne Furt, 86167 Augsburg

Umschlaggestaltung: Zero Werbeagentur, München
Umschlagmotiv: Getty Images, München (© Jerry Cooke)
Gesamtherstellung: GGP Media GmbH, Pößneck
Printed in the EU
ISBN 978-3-86365-474-0

2015 2014 2013 2012
Die letzte Jahreszahl gibt die aktuelle Lizenzausgabe an.

Für meine Töchter Katharina und Aylin

Die Erinnerungen kommen wie die Wellen des Meeres

Am Strand entlang spazieren wir Hand in Hand durch den warmen Sand bis zu unserem Lieblingsrestaurant mit Blick zum Jachthafen Puerto Banús. Die frühe Abendsonne taucht die Küste in ein hellgelbes Licht; wir freuen uns schon darauf, gleich in dem Lokal einzukehren und bei einem Glas Vino tinto den Sonnenuntergang zu beobachten, während wir uns eine Paella schmecken lassen.

Klaus und ich verbringen den dritten Winter in Marbella an der Costa del Sol. Es ist Anfang Dezember und zu Hause regnet es aus einem grau verhangenen Himmel, wie mir Aylin, meine Tochter aus zweiter Ehe, heute am Telefon erzählte. Während ich beim Gehen die Muscheln im Sand betrachte – zum Sammeln habe ich in den nächsten Wochen noch genügend Zeit –, sehe ich Aylin vor mir, ihr braunes Haar, das hübsche schmale Gesicht, die dunklen Augen. Darüber die Brauen, zornig zusammengezogen. »Du bist so egozentrisch. Nie hast du Zeit für mich, wenn es mal wichtig ist!« Aylin ahnt nicht, wie hart ihre Worte mich getroffen haben. Meine Töchter sind mein Ein und Alles. Ich wollte immer für sie da sein, ihnen den Weg ebnen, sie mit einem guten Polster an Mutterliebe und Kraft ausstatten, damit sie als starke junge Frauen ihren Weg finden. Katharina, die Ältere, hat inzwischen ihre eigene kleine Familie. Sie und ihr

Mann teilen sich das Geldverdienen und die Versorgung der Kinder: eine moderne Ehe. Ich habe zwar auch immer gearbeitet, aber ich spürte die Verantwortung doch oft allein auf meinen Schultern. Erst mit Klaus habe ich einen Partner gefunden, der mir Sicherheit und Geborgenheit schenkt. Immerhin seit mehr als zwanzig Jahren. Er und Aylin sind in der Vergangenheit oft aneinandergeraten, zuletzt bei unserem Zusammentreffen im November, als Aylin uns in Hamm besuchte. Klaus hat sich immer eine Tochter gewünscht und hätte Aylin gern in seiner Firma gesehen. Doch sie fühlte sich mit der Büroarbeit nicht wohl und ist auch heute mit Anfang dreißig noch beruflich auf der Suche. Ich selbst mache mir Vorwürfe, dass ich ihr nicht zum Abitur verhelfen, sie in schulischen Dingen nicht besser unterstützen konnte. Heute weiß ich nicht, was ich noch tun soll. Zum einen mag sie schon lange keine Ratschläge mehr von mir annehmen, zum anderen wirft sie mir plötzlich vor, nicht für sie da zu sein. Unser kurzes Telefonat eben, in dem sie mir mitteilte, dass sie ihren Job gekündigt habe, endete abrupt, weil ich Aylin bat, lieber am nächsten Tag in Ruhe zu telefonieren; wir hatten einen Tisch reserviert. Ohne ein Tschüs legte sie auf.

»Na, immer noch in Gedanken bei Aylin?« Klaus drückt meine Hand in seiner.

»Irgendwann müssen die Kinder doch mal groß werden …«, sage ich und versuche unbekümmert zu lachen. Ich will diesmal keine endlose Diskussion mit Klaus, möchte uns unseren Ankunftsabend nicht verderben. Wir haben uns so auf den ersten Spaziergang an der Küste entlang und auf das Abendessen unter Palmen gefreut. »Lass uns über die nächsten Tage reden, was wollen wir unternehmen?«, frage ich. »Morgen erst mal im Meer baden?«

Klaus und ich lieben beide das Schwimmen, bummeln gern durch die spanischen Altstädte und genießen die Sonne und die Natur.

Nach einer Weile tauchen vor uns die beigefarbenen Sonnenschirme des Ana del mar zwischen den Palmenkronen auf.

»*Buenas tardes, señora y señor* Dahlhoff, *qué tal*?« Pablo strahlt übers ganze Gesicht vor Freude, uns zu sehen. Er ruft seine Frau Ana, die uns ebenfalls sogleich begrüßt, führt uns zu einem eingedeckten Tisch und lässt uns vom Kellner frischen Orangensaft für mich und einen Sherry für Klaus servieren. Pablo hat also nicht vergessen, dass ich nur selten Alkohol trinke, und wenn, dann nur wenig.

Wir fühlen uns wie immer willkommen und prosten uns zu. Aylins Vorwurf, der mir jetzt wieder durch den Kopf geistert, schiebe ich mit aller Macht zur Seite, Grübeleien helfen nicht. Diesen ersten Abend in Spanien werde ich unbeschwert genießen und mich nicht schlecht fühlen. Klaus hat unsere Paella schon vorbestellt, sodass wir aus der Karte nur noch eine kleine Vorspeise wählen, etwas Iberico-Schinken, Käse und Oliven aus der Region sowie Brot, außerdem Wein zur Paella. Leise beginnt im Hintergrund eine Gitarre zu spielen.

»Die Paella mit Fleisch«, sagt der Kellner und legt erst mir, dann Klaus davon auf. Wie lange hatte ich diesen verlockenden bitter-würzigen Safranduft nicht mehr in der Nase? Während wir das Essen und den herrlichen Ausblick aufs Meer genießen, füllt sich das Lokal; bald ist kein einziger Tisch mehr frei. Die Gäste, vor allem die Spanier, unterhalten sich laut. Klaus und ich sind auch sonst kein Paar, das sich im Restaurant schweigend gegenübersitzt, aber das Lachen um uns herum und das Klingen der Gläser hebt unsere Stimmung. Es ist schon dunkel, die weißen Jachten und gekalkten Häuser von Puerto Banús, vor einer Weile noch von blauem Meer und graubraunem Berghang eingerahmt, strahlen nun hell erleuchtet im nächtlichen Schwarz.

»Bin gleich wieder da«, sage ich nach dem Essen, um mich kurz frisch zu machen und die Lippen nachzuziehen. Beschwingt erhebe ich mich aus dem Korbstuhl, greife nach meiner hellroten Lederhandtasche, die den gleichen Farbton wie mein Kleid hat, und wende mich zum hinteren Teil des Restaurants, als einer der Kellner wie aus dem Nichts vor mir steht. Im letzten Moment halten wir beide inne, sodass Schlimmeres ausbleibt. Schlimmeres für den Kellner, für andere Gäste. Nicht einmal ein Schreckensruf stört das fröhliche Lärmen.

Für mich jedoch könnte es nicht grausamer sein. Mein Blick haftet auf der schwankenden Silberplatte in der Hand des Kellners. Die weißen Augen eines großen Fisches starren mich an. Ich kann mich nicht bewegen, das Blut weicht mir rauschend aus dem Kopf. Mir wird kalt, winterkalt. Um mich herum ist augenblicklich Schnee, meterhoch. Ich stapfe mit Lumpen um die Füße, so schnell ich kann, hinter den anderen Kindern her. Mit meinen dünnen Beinchen klettere ich auf den Misthaufen an der Baracke vor uns. Hier gibt es jede Menge Abfälle. Gierig nagen wir Fleischreste von Knochen, stecken Kartoffelschalen und Brotenden ein. Dann der Blick durch das hell erleuchtete Fenster. Soldaten lachen, singen und tanzen zur russischen Musik. Keiner von ihnen entdeckt uns, sie sind viel zu sehr mit den Mädchen beschäftigt, die sie sich geholt haben. Ich recke den Kopf und sehe in einer Ecke einen nackten Mädchenkörper auf einem Tisch, das Gesicht hebt sich und angstgeweitete Augen blicken mich an, der Mund ist zum Schrei geöffnet. Im nächsten Moment stopft ein Soldat ihn mit einem Fischkopf, der Fischkörper mit dem Schwanz fegt hin und her, so sehr windet sich das Mädchen. Der Soldat steht ohne Hose vor dem Kind, hält es fest und stößt in es hinein.

»Monika, alles ist gut, setz dich.« Klaus hat mir seine Jacke umgelegt und hält mich im Arm, der Kellner mit der Fischplatte ist nicht mehr zu sehen. »Du zitterst ja am ganzen Leib, komm, trink erst mal einen Schnaps. Der wärmt.«

Doch der Alkohol kann weder die Kälte in mir noch die Übelkeit und das Unbehagen lindern. Ich erhole mich mühsam, möchte nur fort von hier, fort von den anderen Menschen. Ich schäme mich jedes Mal, wenn ich die Kontrolle verliere, und befürchte, man sieht mir an, welche Bilder sich meiner bemächtigen. Mit leerem Blick schaue ich über das dunkle Meer vor uns und lausche angestrengt auf das Rauschen, um all die Stimmen, das Lachen und die Musik endgültig zu vertreiben. Ich sehne mich danach, allein zu sein, und zugleich habe ich Angst davor. Die Erinnerungen werden wie das Wasser des Meeres in Wellen angespült, mal nähern sie sich langsam, dann türmen sie sich ohne Vorwarnung auf; sie reißen kraftvoll und unbarmherzig allen Grund mit sich, ziehen sich zurück in die Tiefe und sammeln sich noch mächtiger, um mit der nächsten Wallung erneut emporzusteigen, immer wieder so, als würden sie mir das allererste Mal ins Bewusstsein dringen.

Klaus begleicht die Rechnung. »Lass uns noch ein wenig durch die Altstadt bummeln, dann kommst du auf andere Gedanken.«

1940 bis 1944

Frühe Kindheit in Ostpreußen

Ich bin ein Kriegskind, im Krieg in Königsberg geboren und die ersten vier Jahre dort aufgewachsen. Meine Eltern wohnten in der Kneiphöfischen Langgasse, der prächtigen Hauptstraße im Stadtteil Kneiphof, wie eine Insel von zwei Flussarmen umgeben. Vor allem angesehene Kaufleute hatten nahe am Pregelufer mit seinen Schiffsanlegestellen und Speichern ihre Wohnungen und Geschäfte. Am gegenüberliegenden östlichen Ende des Kneiphofs überragte der Dom die Dächer. Erinnerungen an die Stadt habe ich kaum. Überhaupt weiß ich über meine ersten vier Lebensjahre nicht viel und besitze auch nur eine Handvoll inzwischen verblasster Schwarz-Weiß-Fotografien. Aber einige Bilder, Erlebnisse und Gefühle haben sich in mein Gedächtnis eingebrannt, und sie scheinen mir echt zu sein.

Als ich zur Welt kam, war mein Vater vierundzwanzig Jahre alt und Soldat bei der Luftwaffe; er wird nicht oft bei uns gewesen sein, ich werde ihn nicht oft gesehen haben. Trotzdem habe ich eine starke Erinnerung an ihn. Wenn ich in den Nachthimmel blicke, sehe ich noch heute meinen Vater vor mir, der liebevoll zu mir herunterschaut und dem ich alles sagen kann. Er ist mein Herzensmensch, meine Kraftquelle. Meine Mutter hatte mich mit nur achtzehn Jahren zur Welt gebracht; fast selbst noch ein Kind, sorgte sie für mich, während ihr Mann immer wieder in den Krieg zog. Wenn ich an sie als junge Frau denke, sehe ich eigentlich nur die alten Fotografien von ihr vor meinem inneren Auge. Sie war eine wunderschöne Frau, aber sie wird in meiner Vorstellung nie so lebendig wie der Vater. Ihn sehe ich nach Hause kommen, auf Heimaturlaub. Ein schlanker junger Mann in blaugrauer Uniform. »Monika, Engelchen!«, rief er jedes Mal und hob mich zur Begrüßung hoch in die Luft. Ich war vielleicht zwei Jahre alt, als er fragte: »Würdest du dich freuen, ein Brüderchen zu bekommen? Dann hast du immer jemanden zum Spielen.« – »Ja, Papa!«, höre ich mich noch heute begeistert antworten. »Hast du mir eins mitgebracht?« Mein Vater und meine Mutter lachten, und Papa nahm mich auf den Arm. »Du weißt doch, dass Mama und ich uns sehr lieb haben, und wenn wir uns fest in den Arm nehmen, wirst du einen Bruder bekommen.« – »Oh, Papa, dann halt die Mama ganz, ganz fest!« Wieder lachten die beiden und Papa zwinkerte mir zu. »Da muss ich heute Abend mit deiner Mama noch mal allein drüber sprechen …« Er gab mir einen Kuss und ließ mich von seinem Arm hinunter. »Bitte, bitte, Mama, sag Ja!«, rief ich und hüpfte durch die Wohnstube. Dann rannte ich in mein Zimmer und rief: »Ein Brüderchen, ein Brüderchen!«

Sobald Vater zu Hause war, kam auch Oma Clausen, Vaters Mutter Gerda, oft zu Besuch, oder wir fuhren zu ihr nach Lyck, wo sie ein Juweliergeschäft betrieb. Mein Vater Gerd, ein gelernter Goldschmied, und seine Familie haben mir wohl die Leidenschaft für Schmuck und alles, was glänzt, vererbt. Ob ich auch einen Opa Clausen hatte oder ob er schon verstorben war, daran kann ich mich nicht erinnern.

Meine Großeltern mütterlicherseits nannte ich immer nur

Oma und Opa, bei ihnen war ich besonders gern zu Besuch, denn sie besaßen nahe Königsberg ein Gut mit vielen Tieren. Doch der Weg dorthin war für meine Mutter und mich zu beschwerlich, sodass die Großeltern meist uns besuchen kamen.

Wenn ich mal wieder traurig war, weil Papa zurück an die Front musste, versuchte mich meine Mutter zu trösten. Worte halfen selten. Also spendierte sie uns ein Stück Torte in unserem Lieblingscafé ein paar Häuser weiter, oder wir besuchten den Tiergarten.

Eines Tages lag meine Mutter auf dem Sofa; sie hatte schon in den Wochen zuvor häufig über Übelkeit geklagt. Ich war wohl unruhig, denn Mama rief mich zu sich. »Komm, Monika, ich zeige dir was, du musst dir keine Sorgen machen«, sagte sie. Sie schob ihre Bluse hoch, legte ihre Hand auf den gewölbten Bauch und zog mich zu sich heran. »Gib mir mal dein Händchen.« Zögernd streckte ich meinen Arm aus, und vorsichtig legte sie meine Hand auf ihren Bauch. Er war warm. Mama bedeutete mir, leise zu sein. Ich traute mich kaum zu atmen. Plötzlich spürte ich, wie etwas von innen gegen ihren Bauch trat. Erschrocken wich ich zurück. »Hab keine Angst, das ist dein Brüderchen. Er ist bei mir im Bauch und wächst, bis er groß genug ist, um auf die Welt zu kommen.«

Ich muss das alles sehr aufregend gefunden haben, wenngleich ich wohl nichts verstanden habe. Von nun an verging jedenfalls kein Tag, an dem ich den Babybauch nicht befühlte.

Noch ein Mal kam mein Vater auf Heimaturlaub nach Hause. Diesmal sagte er beim Abschied zu mir: »Pass gut auf Mama auf. Zur Geburt deines Bruders bin ich zurück.«

Sie war im achten Monat schwanger und ihr Bauch kugelrund, als ein Soldat vor unserer Wohnungstür stand. Zuerst sah ich am Kleid meiner Mutter vorbei nur die Uniform und dachte, es wäre Papa. Doch dann hörte ich die fremde Stimme. Der Soldat hatte seine Mütze abgenommen und reichte Mama ein Päckchen. »Ich muss leider eine traurige Nachricht überbringen. Das Flugzeug ihres Mannes wurde abgeschossen. Es tut mir wirklich sehr leid ...« Dann ging alles schnell. Mama fiel in Ohnmacht, sie wäre hingefallen, wenn der Fremde sie nicht aufgefangen hätte. Ich stand reglos da. Was war hier los? Ob das Baby kam? Aber es war doch noch viel zu früh, hatte Mama gesagt. Ich hatte ständig nachgefragt, wann es endlich so weit sei.

Der Soldat trug meine Mutter in die Wohnstube und legte sie aufs Sofa. »Ich hole einen Arzt!«, rief er und war auch schon aus der Tür. Ich streichelte Mama durch den weichen Stoff ihres Kleiderärmels, aber sie bewegte sich nicht. »Wach doch auf, Mama«, flüsterte ich. »Papa kommt bestimmt auch bald.«

Meine Mutter kam tatsächlich wieder zu sich, noch bevor ein Arzt in Uniform und der fremde Soldat ins Zimmer stürmten. »Gucken Sie mal den Bauch, da ist mein Brüderchen drinnen, deshalb ist Mama sicher umgefallen«, plapperte ich drauflos, als der Arzt sich über das Sofa beugte. Sanft schob er mich zur Seite, untersuchte meine Mutter und sprach leise mit ihr. Ich hörte ihr Wimmern, dann schickte sie die Männer fort.

Während sie das Päckchen auspackte, in dem die wenigen Habseligkeiten meines Vaters lagen, brach sie immer wieder in Tränen aus. Ich legte meine dünnen Arme um ihren Hals. »Mama, hör doch auf zu weinen«, flehte ich.

Erst eine ganze Weile später setzte sie sich auf und holte ein Taschentuch hervor, um sich die Tränen zu trocknen. Ihre Augen waren geschwollen, und die blonden Haare klebten feucht an den glühenden Wangen. Sie presste sich das Taschentuch gegen die Augen und weinte nur noch heftiger. Hatte Papa nicht gesagt, ich sollte auf Mama aufpassen? Ich nahm ihr das Taschentuch aus der Hand und wischte über ihr Gesicht. Doch auch das half nicht. Sie sank auf das Sofa zurück, und ich legte mich zu ihr, ganz nah an den Babybauch. Irgendwann müssen wir beide über ihrem Weinen eingeschlafen sein.

Ich wachte auf, weil in Mamas Bauch etwas heftig rumpelte. Meine Mutter sah mich ohne ein Lächeln an. »Ich hole uns etwas zu trinken«, sagte sie, kam mit zwei Gläsern Wasser aus der Küche zurück und setzte sich zu mir. »Du musst jetzt ganz tapfer sein, Monika.« Noch nie hatten ihre Augen so traurig ausgesehen. »Papa kommt nicht mehr zu uns zurück. Er ist tot. Sein Flugzeug ist vom Himmel gefallen.«

Jetzt weinten wir beide. »Aber wo ist er denn, wenn er tot ist?«, fragte ich.

»Beim lieben Gott im Himmel.«

»Für immer?«

»Ja, Monika. Irgendwann werden wir ihn dort wiedersehen.«

»Und mein Brüderchen, wird er es dann auch sehen?«

»Ja, irgendwann …«

Ich weiß nicht, wie viele Tage meine Mutter noch weinte, es kam mir unendlich lange vor. Als eines Morgens die Wehen einsetzten, war es für die Geburt eigentlich noch zu früh. Doch es gab keinen Aufschub mehr, Mama musste ins Krankenhaus.

Ich freute mich, dass Oma und Opa kamen, um auf mich aufzupassen. Und am nächsten Tag fuhren sie mit mir ins Krankenhaus; mein Bruder war geboren.

»Der ist aber klein!«, rief ich enttäuscht. »Mit dem kann ich ja gar nicht spielen.«

»Du glaubst nicht, wie schnell der groß wird«, sagte meine Oma zum Trost. Doch dann begann sie zu schluchzen, und auch meiner Mutter liefen wieder die Tränen über das Gesicht. Selbst in den Augen von Opa stand das Wasser.

»Ach, heult doch nicht, ich werde später mit ihm spielen«, sagte ich schnell. »Jetzt passe ich erst mal auf ihn auf, damit ihm nichts passiert.« Und dann fiel mir ein, dass er noch gar keinen Namen hatte, und ich fragte meine Mutter danach.

»Deinem Vater gefiel Peter als Jungenname besonders gut, sollen wir ihn Peter nennen?«

Ich nickte. »Na, Peterchen …«

Erst als Mama mit meinem Bruder schon eine Weile zu Hause war, erfuhr ich, dass er niemals würde laufen können. Er hatte eine Rückenlähmung. Für meine Mutter bedeutete das noch mehr Arbeit, als sie ohnehin mit einem Säugling gehabt hätte. Das Stillen, das Wickeln, das Baden, die Bewegungsübungen, die sie mit Peter machen musste, die Wäsche, der Haushalt … da blieb nicht mehr viel Zeit für mich. Ich spielte häufig allein mit meinen Puppen, am liebsten Vater, Mutter, Kind.

Manchmal war ich froh, wenn das Sirenengeheul losging und wir in den Keller mussten, denn da konnte ich ganz nah bei Mama sein. Doch nach der ersten Aufregung zog sich das Warten auf die Entwarnung hin. Außer uns waren nur die alten Leute aus der Parterrewohnung im Keller, wie wir hatten auch sie ein altes Sofa mit Decken in den kaltfeuchten Raum hineingestellt, es gab Kerzen und eine Petroleumlampe, aber es blieb ungemütlich. Wenn Peterchen noch anfing zu schreien und sich nicht beruhigen ließ, lauschte ich angestrengt auf das Brummen der Flugzeugmotoren, das dumpf über die Stadt hinwegzog. Dann dachte ich oft, vielleicht ist Papa in einem dieser Flieger und kommt doch zurück. Wenn ich es meiner Mutter erzählte, erklärte sie mir jedes Mal, dass dies die feindlichen Flieger seien, die gefährliche Bomben abwarfen, mit denen sie Häuser zerstören und Menschen umbringen konnten. Dann wartete ich gespannt auf das Krachen. Wenn es sehr laut krachte und alles im Kellerraum erzitterte und die Regale um uns herum schwankten, vergrub ich mein Gesicht voller Angst in meinem Schoß.

Oma und Opa kamen uns häufiger besuchen, seitdem Papa tot war. Oma Clausen aber habe ich nicht mehr wiedergesehen, sie war, kurz nachdem sie vom Tod ihres Sohnes erfahren hatte, selbst verstorben. Bei ihrem letzten Besuch hatte sie noch einen Samtbeutel voll Schmuck mitgebracht und gesagt: »Das soll die Kleine mal bekommen, wenn sie schon keinen Vater mehr hat.« Ich freute mich über die vielen Ringe und Ketten, manche mit bunten oder hellen Steinen, weil sie so hübsch aussahen.

Die seltenen Besuche bei den Großeltern entlockten mir jedes Mal Jubelrufe. Auf dem Gutshof war immer etwas los. Zu Hause konnte ich einen Teddy über das Gitterbettchen halten, und Peter lächelte mich an, mit der Hündin Elsa aber tobte ich über die Wiesen und die Felder. In Königsberg waren solch ausgelassene Tage rar. Nur wenn Oma und Opa bei uns vorbeischauten, gab es etwas zu lachen. Ich stellte mich auf Opas Füße, und er lief mit mir durch die Wohnung. Oma sang Lieder mit mir, und sie kannte jede Menge Ratespiele. Doch eines Tages wollte sie unbedingt Schule mit mir spielen. Ich selbst war schon zu meinem Kaufladen gelaufen. »Es ist wichtig, dass du weißt, wer du bist und wohin du gehörst«, erklärte Oma. »Falls du mal verloren gehst.«

»Aber warum sollte ich denn verloren gehen?« Ich kicherte und kam hinter der Puppentheke wieder hervor. »Ich verspreche, dass ich hier bleibe. Und für die Schule bin ich doch noch viel zu klein.«

»Nun komm, mein Liebes, so ein paar Fragen beantworten, das schaffst du.« Oma lächelte mir aufmunternd zu. »Wie heißt du?«

»Och, das weißt du doch, Oma ... Monika.«

»Und wie heißt du noch?«

»Monika Charlotte Clausen von Quitzro. So haben es mir Mama und Papa gesagt.«

»Und wie heißt deine Mama?«

»Oma, warum fragst du das? Du weißt das doch alles selbst.«

»Kind, ich möchte, dass du es niemals vergisst. Also sei lieb und antworte mir.«

»Charlotte.«

»Und welche Haarfarbe hat sie?«

»Blond. Ganz schön sieht sie aus.«

»Und wie heißt dein Papa.«

»Gerd ... und er ist im Himmel.«

»Du bist ein schlaues Kind«, lobte Oma mich. Ich wollte mich schon abwenden und meine Puppe holen, aber Oma ließ nicht locker. »Und wo wohnst du?« Jetzt wusste ich keine Antwort mehr. »In Königsberg in Ostpreußen in der Kneiphöfischen Langgasse siebenundachtzig, wiederhol das mal, meine Kleine.«

Ich sprach es brav nach, nur die Hausnummer hatte ich mir nicht gemerkt.

»Das üben wir nächstes Mal wieder, wenn wir uns sehen«, sagte Oma und nahm mich in den Arm.

»Kommen wir denn auch bald mal wieder zu euch? Ich möchte so gern mit Elsa spielen. Und bäckst du dann Apfelkuchen?«

Oma lachte. »Ja, dann backe ich Apfelkuchen.«

Ich hatte oft Sehnsucht nach den Großeltern, den Tieren und den Kindern auf dem Hof. An Nachbarskinder in der Stadt kann ich mich nicht erinnern. Mama und ich gingen mit Peterchen im Kinderwagen anfangs noch spazieren, aber wegen des Krieges wurden diese Ausflüge an der frischen Luft seltener. Wenn sie mich zu Erledigungen mitnahm, beeilten wir uns jedes Mal. Die meisten Leute liefen mit gesenkten Köpfen umher und schauten nicht nach rechts und nicht nach links. Es lagen auch immer mehr Schuttberge auf den Straßen, manche Häuser hatten lange Risse, und Fenster waren zerbrochen und mit Pappe notdürftig abgedichtet. Mama zog an meinem Arm. »Komm schnell weiter, Monika.« Ich mochte diese Hast nicht.

Es war im Sommer 1944, als die Fliegerangriffe häufiger wurden und oft Bomben laut in der Nähe einschlugen. Wir mussten immer wieder, ob tags oder nachts, in den Keller. An einem Nachmittag hörte ich wieder einmal die Sirenen jaulen. Aber Mama kam nicht angelaufen wie sonst, wenn ich in meinem Zimmer war. Ich hörte ihre Schritte im Schlafzimmer und ein Klappern, dann versank ich wieder in mein Kaufladenspiel. Ich weiß nicht, wie viel Zeit verging, vielleicht nur Minuten, als auf einmal Mutter mit einem Fremden in der Kinderzimmertür stand. Er trug eine dunkelblaue

Uniform, nicht so schön wie die meines Vaters. »Das ist Onkel Fritz. Sag guten Tag, Monika.« Ich stand schnell auf und wurde belohnt, denn Onkel Fritz schenkte mir eine Dose Schokolade. Früher hatte mein Vater immer welche mitgebracht, doch das war lange her. Ich wollte mich auf den Boden setzen und die Süßigkeit hervorholen, als Onkel Fritz sagte: »Nimm ein Stück, und dann pack den Rest schnell wieder ein. Wir müssen uns beeilen. Hörst du die Sirenen? Ich bringe euch fort von hier.«

Erst jetzt nahm ich das schrille Geheul und das dumpfe Krachen wieder wahr; laute Rufe von der Straße drangen zu uns in die Wohnung. »Fahren wir zu Oma und Opa … und Elsa?«, fragte ich, bevor ich mir von der Schokolade in den Mund schob.

»Jetzt komm erst mal, wir müssen los«, sagte Mama und holte meine Jacke.

»Oder fahren wir zu Oma Clausen? Ich habe sie so lange nicht gesehen. Sie hat ein Schmuckgeschäft, und bei ihr fallen sicher keine Bomben«, plapperte ich.

Onkel Fritz nahm mich auf den Arm, und ich zeigte ihm meine Goldkette, auf deren Anhänger neben einem Engelchen mein Name stand. »Die hat mir mein Papa gemacht«, erzählte ich. Onkel Fritz sah lächelnd auf die Gravur, aber ich spürte, wie unruhig er war. – »Charlotte, hast du eine Tasche mit den nötigsten Dingen gepackt?«

Mama nickte. »Ich muss nur noch den Schmuckbeutel holen. Und du, Monika, suche dir eine Puppe aus, die du mitnehmen möchtest.« Onkel Fritz setzte mich ab, und er und Mama verließen das Kinderzimmer.

Ich suchte in meiner Puppenecke Gerda, eine Puppe mit blonden Haaren. Die anderen Puppen hatten alle nur aufgemalte Haare. Gerda war nicht zu finden, ich schaute im Regal nach ihr, unter dem Bett, im Bett, unter dem Schrank, im Schrank … »Ich finde Gerda nicht!«, rief ich.

»Dann such dir eine andere aus. Aber schnell!« So hörte sich Mamas Stimme sonst nur an, wenn sie anfangen wollte, laut zu schimpfen. Auf der Stelle traten mir Tränen in die Augen.

»Monika, wo bleibst du denn?«, rief sie gereizt.

»Ich weiß aber nicht, welche …« Mein Schluchzen ließ Mama und Onkel Fritz, der ein Bündel Decken auf dem Arm hielt, zu mir eilen. »Ganz ruhig«, sagte sie jetzt sanfter. In ihrer Hand schaukelte der Samtbeutel von Oma Clausen.

Ich wischte mir die Tränen ab. »Was machst du denn mit Omas Schmuck?«

»Den nehmen wir mit. Und wenn mir etwas passiert, Monika, dann musst du ihn an dich nehmen und unter deinem Kleidchen verstecken. Hörst du? Es ist alles, was wir haben.«

Wieder stiegen Tränen in mir auf. »Was soll dir denn passieren? Gehst du auch in den Himmel?«

»Aber nein, mein Kind, nein, nein. Vergiss das alles ganz schnell wieder. Ich gehe nicht in den Himmel. Wir bleiben zusammen und kommen ganz bald wieder nach Hause.«

Ich schluckte die Tränen hinunter. Wirklich beruhigt hatten mich diese Worte aber nicht. »Und wo gehen wir jetzt hin?«

Ich sah zu dem Onkel auf, und jetzt erst bemerkte ich, dass sich das Bündel bewegte: Er hatte Peter auf dem Arm. Donnerndes Krachen, gefolgt von einem Bersten und gedämpften Schreien erfüllte den Raum. Das Haus bebte. »Los, Monika, die Jacke. Und wo sind ihre Stiefel, Charlotte, hast du auch warme Sachen für die Nacht dabei? Wir müssen hier raus!

Sofort!« Onkel Fritz gab Anweisungen, und wir gehorchten. Mama brachte mir einen Waschlappen. »Hier, halt dir den vor den Mund, sobald wir draußen sind, es ist giftiger Rauch in der Luft.«

»Und lass die Hand deiner Mama unterwegs niemals los, verstanden!«, sagte Onkel Fritz. Dann liefen wir durch das Treppenhaus. Die alten Leute aus dem Parterre waren auf dem Weg in den Keller. »Hier können Sie nicht bleiben!«, rief Onkel Fritz ihnen nach. »Kommen Sie mit uns zum Bunker!« Doch der alte Mann antwortete, dass sie den Weg nicht schaffen würden, wir sollten uns aber beeilen, es wäre höchste Zeit.

Auf der Straße umgab uns beißender Nebel. Obwohl mir der kalte, wassergetränkte Lappen unangenehm war, tat ich, ohne zu zögern, was von mir verlangt worden war. Im ersten Moment sah ich nichts, dann graue Schatten, die hin und her liefen. Leute riefen, manche schrien. Ich hielt Mamas Hand, so fest ich konnte, dann rannten wir los.

»Vorsicht!«, brüllte Onkel Fritz, und im nächsten Moment schlug ein Stück Fenstersims vor uns auf dem Boden auf. »Kommt auf die Straße, der Bürgersteig ist zu gefährlich.« Mama zog mich mit sich; ich hatte Angst zu stolpern, so schnell liefen wir. Brennende Schlangen stürzten vom Himmel, das entsetzliche Grollen, viel schlimmer als bei einem Gewitter, nahm kein Ende. An uns vorbei liefen Menschen mit hässlichen Masken. Solche lagen auch in unserem Keller, ich hatte mich immer vor ihnen gefürchtet, und Mama hatte sie weit weggelegt. Ich musste husten und wollte mir mit dem Waschlappen über die brennenden Augen wischen, da hielt Mama kurz an und drückte mir den Lappen wieder fest auf den Mund. Sie brauchte nichts zu sagen. Bevor wir weiterliefen, sah ich aus dem Augenwinkel Leute auf dem Bürgersteig liegen. Ich wollte nur fort von diesen reglosen Gestalten, den berstenden Scheiben, herunterkrachenden Steinen und Feuerschlangen in der Luft. Voller Angst, dass die glühend heißen Irrlichter uns verfolgten, wandte ich mich um. Wo wir eben noch gelaufen waren, leuchtete jetzt eine lodernd rote Wand. Wie ein Sturm rauschte das Feuer durch die Straßen und schluckte die Todesschreie. Ich schaute zu Mama auf. »Fritz! Wo ist Fritz?«, rief sie voller Panik, hustete und hielt sich ihren Waschlappen wieder vor den Mund. Ich schleuderte an ihrer Hand nach rechts, nach links und im Kreis. »Onkel Fritz?«, schrie ich, traute mich aber nicht, den Lappen dabei vom Mund zu lösen. Endlich hatte Mama unseren Beschützer entdeckt. Sie zeigte aufgeregt unter einen Torbogen.

Wir standen nicht lange unter dem schweren Gemäuer. Onkel Fritz machte uns mit den Händen verständlich, wohin wir weiterlaufen sollten, doch plötzlich umzingelten Flammen das Tor. »Wir müssen zum Wasser!« Onkel Fritz fand einen Weg durch die Flammensäulen, und mit der Hitze stieg meine Angst, dass meine Kleider Feuer fingen. Wie oft hatte Opa mir erklärt, dass man nicht zu nah ans Feuer herangehen durfte. Strauchelnd lief ich hinter Mama her, den Blick an ihre vorwärtsfliegenden Stiefel geklammert, bis auf einmal immer mehr Stiefel und Schuhe neben Mama auftauchten und wir immer langsamer vorankamen, weil so viele Leute um uns herum waren. »Wir sind gleich am Ufer!«, rief Onkel Fritz. Anscheinend hatten sich viele Bewohner des Kneiphofs, die sich sonst nicht in Sicherheit hatten bringen können, an die Pregel geflüchtet. Onkel Fritz drängte sich als Erster an einer aufgeregten Menschentraube vorbei, und endlich standen wir am Fluss. »Los, ins Wasser!« Onkel Fritz' Anweisung ließ mich zusammenzucken. Erst jetzt erkannte ich die vielen Menschen, die wie Baumstümpfe aus dem Wasser ragten. Stumm und erstarrt. Oder hörte ich sie leise weinen? Mama wollte meine Hand loslassen, aber ich hielt sie erschrocken fest. Da schüttelte Mama sie energisch von ihrer ab. Onkel Fritz legte ihr Peter in die Arme. Als ich hilflos aufschaute, nahm mich Onkel Fritz und trug mich auf seinem Arm ins Wasser. Meine Füße hingen im Fluss, und in kürzester Zeit hatten sich die Stiefel vollgesogen, und die Kälte und die Feuchtigkeit krochen an mir hinauf. Ich zitterte am ganzen Körper. »Dort, Charlotte, lass uns dort hingehen.« Onkel Fritz wies mit einem Kopfnicken nach vorn. Jetzt standen auch wir im Fluss, und ich weinte leise wie Mama, die mit Peter im Arm neben mir stand. Während wir dastanden, musste ich immer nötiger zur Toilette, traute mich aber nicht, es zu sagen, und kniff die Beine zusammen. Nach einer Weile fing Peter an zu schreien. »Er hat Hunger«, sagte Mama. »Aber ich kann ihn jetzt nicht füttern.« Sie versuchte ihn mit Worten und Singen zu beruhigen, doch es half nicht. »Ich kann den Kleinen kaum noch halten, Fritz.« Mutters Stimme klang elend. Ohne Vorwarnung ließ mich Fritz von seinem Arm hinunter, und ich stand bis zum Bauch im Wasser. Onkel Fritz nahm Mama den schreienden Peter ab. »Wir müssen durchhalten«, sagte er. »Wir werden es schaffen. Kommt näher, dann wärmen wir uns gegenseitig.« Bevor ich mich an Mama drängte, ließ ich das Pipi laufen. Das Gefühl von Wärme und Erleichterung ist mir bis heute im Gedächtnis geblieben. Peters Weinen wurde mit der Zeit leiser, dann muss er über seinem Hunger eingeschlafen sein. Wie viele Stunden bis in die

Nacht hinein haben wir wohl so dicht beieinander im Wasser verharrt? Es kam mir wie eine Ewigkeit vor. Irgendwann wurde ich trotz der Kälte müde.

Stimmen … Wo kommen die Stimmen her? Träume ich? Ich erwachte auf dem Arm von Onkel Fritz. »Nein, hier ist kein Platz mehr. Der Bunker ist voll!«, sagte eine raue Männerstimme. Wir befanden uns wieder auf festem Boden, vor einem steilen Treppenabgang, den nur wenige Petroleumlampen beleuchteten. »Gehen Sie weiter, glauben Sie mir, der Bunker ist schon überfüllt.« Onkel Fritz hörte nicht auf den Mann, schob ihn zur Seite und trug mich die Treppe hinunter. Über seine Schulter guckend sah ich, wie uns Mama mit Peter auf dem Arm folgte. Unten im Keller saßen, hockten und standen überall Menschen. »Sie, mit den Kindern, kommen Sie hierher, hier ist noch ein Eckchen!«, rief eine Frau zu uns herüber. »Lasst die mal durch!«, rief ein alter Mann. »Die sind ganz nass und durchgefroren.« Dort, wo die Frau hingezeigt hatte, rutschten die Leute eng zusammen, sodass wirklich noch etwas Boden für uns frei wurde. Eine alte Frau neben mir breitete für uns eine Decke aus. »Komm, setz dich darauf, du frierst doch sicher.«

»Danke«, sagte ich leise.

Mama legte Peter neben mich und holte aus der Tasche, die Fritz über der Schulter getragen hatte, trockene Sachen für mich heraus. »Hier, zieh das an, sonst holst du dir noch den Tod.« Ihre Stimme war heiser. Ich kuschelte mich an meinen Bruder, und er lachte mich an. Wenn er lachte, strahlte er über das ganze Gesicht. Und für einen Moment vergaß ich völlig, dass wir in diesem großen Keller mit den vielen fremden Menschen waren. Mama holte ein Fläschchen Milch aus der Tasche und gab es zuerst Peter, dann reichte sie es mir.

»Aber ich bin doch kein Baby mehr«, sagte ich. Doch mein Hunger besiegte die Scham.

Eine ältere Frau, die einen Platz auf einer Bank hatte, nahm Peter auf den Arm, und Mama und Onkel Fritz setzten sich zu mir auf den Boden; beide zitterten in ihren feuchten Kleidern. Ein Mann stand auf und besorgte Decken für sie. Mama und Onkel Fritz wickelten sich in die Decken, und Onkel Fritz nahm Mama in den Arm. Ich hörte ein leises Weinen und Onkel Fritz' tröstende Stimme.

Gern wäre ich aufgestanden und herumgelaufen, aber es war kaum Platz zum Gehen zwischen den vielen Menschen. Mama und Onkel Fritz schliefen bald ein, und mir wurde langweilig. Wie freute ich mich, als ein Mädchen zu mir kam und mir seine Puppe zeigte. Wir spielten miteinander, bis jemand nach dem Mädchen, es hieß Elisabeth, rief, und es verschwand wieder. Ich musste an Gerda und meine anderen Puppen denken, die jetzt ganz allein zu Hause waren, und ich stellte mir vor, wie sie durch die Wohnstube liefen und in die Küche, sich Milchsuppe kochten und mit Decken eine Höhle unter dem Küchentisch bauten.

Aufgeregtes Gemurmel riss mich aus meinen Träumereien, die Leute um uns herum suchten eilig ihre Sachen zusammen. Mama und Onkel Fritz wachten auf, und Mama holte Peter zu sich. »Alle raus hier, schnell!«, brüllte jemand durch den Bunker. Onkel Fritz nahm die Tasche, hob mich hoch und schob Mama mit Peter vor sich her zum Ausgang. Als wir auf der Treppe waren, hörten wir wieder das Auf und Ab der Sirenen, mit jedem Schritt die Treppe höher drang abermals der beißende Geruch von Rauch in unsere Nasen. Mama presste mir wieder den nassen Waschlappen vors Gesicht. Jetzt trugen die meisten Menschen auf den

Straßen diese grauen Hauben mit den Augenlöchern und dem vorstehenden Mundschutz. Sie machten mir Angst. Ich versteckte mein Gesicht in Onkel Fritz' Jackenkragen und schaute erst wieder auf, als er stehen blieb. »Dort, Charlotte, zu dem Wagen dort!«, rief er. Mama kam mit Peter angelaufen, ihr Haar und ihr Gesicht rußschwarz und ihre Augen so rot wie damals, als der Soldat die Nachricht von Papas Tod gebracht hatte. Papa, hilf uns doch, dachte ich. Dann ging alles sehr schnell, Onkel Fritz warf zuerst die Tasche und danach mich auf die Rückbank des Wagens, im nächsten Moment lag Mama mit Peter halb über mir und schon startete der Motor. Onkel Fritz saß vorn neben dem Fahrer, einem jungen Soldaten. Ich sah die brennende Stadt hinter uns, den rotgetränkten Morgenhimmel, dann presste ich mich nah an Mama und schloss die Augen. Das Heulen der Sirenen wurde leiser.

»Komm raus, du Langschläfer«, hörte ich die Stimme meines Opas. »Monika, komm, Elsa wartet auch schon auf dich.« Im Nu war ich hellwach und kletterte aus dem Wagen. »Monika, mein Kind, wie froh bin ich, dass dir nichts passiert ist«, sagte Oma und hielt mich fest im Arm. »Gibt es Apfelkuchen, Oma? Und wo ist Elsa denn nun?« Oma lachte … und wischte sich Tränen aus den Augen. Da kam die Deutsche Dogge Elsa um die Ecke geschossen, und ich vergaß alle anderen um mich herum. Die kalte Hundeschnauze schnupperte zur Begrüßung über meine Hände und durch mein Gesicht. »Jetzt kommt erst einmal rein«, rief Opa, »ihr müsst doch hungrig und durstig sein. Und ihr wollt euch sicher waschen und trockene Sachen anziehen.«

Mit Elsa an meiner Seite lief ich hinter den anderen her

ins Haus. Auch der junge Soldat, der uns gefahren hatte, war zum Essen eingeladen worden. »Ich habe eine Linsensuppe auf dem Ofen, es ist genug für alle da«, sagte Oma.

In der großen Wohnküche duftete es köstlich. Oma schob mir einen Schemel an den Waschtisch. Sicher sollte ich mir vor dem Essen die Hände waschen … Als ich mich in dem kleinen Spiegel an der Wand erblickte, fiel ich vor Schreck fast von dem dreibeinigen Hocker. Auch ich war pechschwarz im Gesicht und hatte dunkles Haar. Oma half mir, den Ruß abzuwaschen.

Während wir später am großen Tisch in der Wohnstube die Suppe aßen, hörte man nur das Klappern der Löffel und hin und wieder ein Schlürfen. Die warme Mahlzeit füllte nicht nur unsere leeren Mägen, sondern beruhigte auch die Gedanken. Selbst Peter, der von Oma gefüttert wurde und sonst beim Essen quietschte und brabbelte, lag ruhig in dem Gitterbett, das Opa ihm gebaut hatte und das man ohne Aufwand auch an den Tisch stellen konnte. Mithilfe von Kissen saß er halb, sodass er uns alle sehen konnte.

»Bleiben wir jetzt bei Oma und Opa?«, fragte ich Mama nach dem Essen. »Und darf ich raus, um die anderen Tiere zu begrüßen und die Kinder?«

»Jetzt ruhen wir uns alle erst einmal aus, mein Kind«, sagte sie und brachte mich in das Zimmer, in dem ich immer schlief, wenn ich auf dem Gutshof zu Besuch war.

»Ich bin aber gar nicht müde«, widersprach ich und rieb mir dann doch die Augen. »Darf Elsa denn bei mir bleiben?« Mama nickte. Elsa hörte meinen Ruf und kam auch schon angelaufen, sprang aufs Bett, dass es wackelte, und rollte sich am Fußende zusammen. Als Mama das Zimmer verlassen hatte, legte ich meinen Kopf auf Elsas Bauch. »Jetzt bleiben wir hier bei euch, Mama und ich. Und … und Onkel Fritz vielleicht. Und Papa im Himmel ist sowieso immer bei uns …«

»Monika, Liebes, wach auf, wir müssen uns verabschieden.« Nur langsam kam ich aus tiefem Schlaf zu mir und sah Mama in einem Mantel an meinem Bett sitzen.

»Wo gehen wir denn hin?«

»Nein, nein, du bleibst hier, meine Große.«

Ich bekam Angst. Ich blieb hier? Und Mama nicht? Mama wollte doch wohl nicht zurück in den Krieg! Bei Oma und Opa waren wir sicher. Es gab kein lautes Krachen, keine Feuerschlangen und keinen Rauch, der in den Augen brannte.

»Liebes, ich fahre nach Berlin zu Tante Hilde. Wir können nicht zurück nach Königsberg … wir haben alles verloren, alles. Deine Tante Hilde hat auch Kinder, das weißt du, bei ihr werde ich Sachen für uns bekommen. Die Reise nach Berlin ist für kleine Kinder wie dich und Peter aber viel zu gefährlich, und Oma und Opa freuen sich auch sehr, dass ihr bei ihnen bleibt.«

Auf einmal stand Onkel Fritz hinter Mama und legte seine Hand auf ihre Schulter. »Ich pass gut auf deine Mama auf«, sagte er lächelnd.

»Aber *ich* muss doch auf Mama aufpassen!«, rief ich. »Das hat Papa gesagt. Bis er zurückkommt.«

Mama nahm mich in den Arm. »Papa kommt nicht zurück, Monika, das weißt du doch. Aber er sieht dich vom Himmel aus. Und jetzt sei brav und gib mir einen Kuss zum Abschied. Und wenn du auf jemanden aufpassen möchtest, dann auf deinen kleinen Bruder. Er braucht dich hier.«

Mama und Onkel Fritz fuhren mit dem jungen Soldaten fort. Oma hatte ihnen ein paar Stücke von dem Apfelkuchen eingepackt, der noch ganz warm war und den sie vor allem für mich gebacken hatte. Doch diesmal schmeckte er nicht so gut wie sonst. Es lag wohl auch daran, dass mich die ganze Zeit die Frage beschäftigte, ob Mama wieder zurückkäme oder ob sie wohl lieber mit Onkel Fritz fortbliebe.

Erst als ich durch die Ställe lief und die Tiere begrüßte, vergaß ich für eine Weile, dass ich nun ohne Papa und ohne Mama war. Ich konnte gar nicht genug bekommen vom weichen Fell der Häschen, die erst vor Kurzem das Licht der Welt erblickt hatten. Ich lief aber auch zu den Pferden und den Kühen und in den Hühnerstall. Und ein paar der Kinder, die mit ihren Familien auf dem Hof lebten, kamen angelaufen, um mich herumzuführen. Doch der Tag war lang gewesen und als es dämmerte, rief Opa mich ins Haus. Es gab noch eine Milchsuppe, und dann brachte mich Oma zu Bett. Sie betete mit mir und schloss Mama und Onkel Fritz und Papa ins Gebet mit ein. Dann lag ich wach unter meiner Decke, Elsa wärmte mir die Füße, und ich schaute durch das kleine Fenster in den Sternenhimmel. »Papa?«, flüsterte ich. Und ich meinte, ihn hören zu können, wie er rief: »Monika, Engelchen, hier bin ich!«

Das Leben auf dem Gutshof war für mich unbeschwert, ich ging schon früh mit einer Magd die Hühner füttern, hockte oft stundenlang mit Peter bei den Hasen, spielte mit den anderen Kindern und tollte mit Elsa über den Hof. Nach und nach vergaß ich die schrecklichen Bilder aus Königsberg, die mir noch tagelang im Kopf herumgespukt hatten. Heute vermute ich, dass meine Großeltern jegliche Nachrichten vom Krieg von mir fernhielten. Jeden Abend betete Oma mit mir. Dann dachte ich auch an Mama und Onkel Fritz und hoffte, dass sie bald zurückkämen.

Kurz nach meinem vierten Geburtstag – Oma hatte mir eine Schüssel leuchtend roter Äpfel, die Opa frisch geerntet hatte, auf den Geburtstagstisch gestellt – fiel der erste Schnee in diesem Jahr. Als ich am frühen Morgen über den schwach beleuchteten Hof zum Hühnerstall lief, tanzten auf einmal kleine Flocken vor meiner Nase. Ich streckte mein Gesicht zum Himmel und versuchte, sie mit der Zungenspitze aufzufangen. Ich freute mich auf den Tag, ich ahnte noch nicht, dass dieser Tag mein ganzes Leben auf schreckliche Weise bestimmen sollte.

Wir saßen in der Stube, als Elsa plötzlich von ihrer Decke aufsprang und knurrte. In der Ferne waren Lastwagenmotoren zu hören.

»Da kommt ja doch noch das Heu«, sagte Opa. Er hatte den ganzen Tag auf die Lieferung des Tierfutters gewartet.

»So spät?«, fragte Oma.

Opa ging zum Fenster. »Na, beim ersten Schnee auf den Straßen …« Er führte seinen Satz nicht fort, sondern rief Oma zu: »Los, zieh die Kinder an. Ich glaube, die Russen kommen.« Draußen hallten Schüsse durch die Luft. Jetzt war der Krieg auch bei Oma und Opa angekommen. Opa löschte das Licht und schloss die Tür ab.

»Hier, zieh deinen Wintermantel an, die Stiefel, und vergiss die Handschuhe und den Muff nicht, Monika. Mach schnell. Und sei ganz leise.« Omas Stimme überschlug sich fast. Sie selbst zog Peter seinen Schneeanzug an und wickelte ihn in eine Wolldecke. »Schschsch, mein Kleiner, schschsch«, sagte sie immerzu. Ich hatte furchtbare Angst und versteckte mich hinter Oma. Ein heftiger Knall nach dem anderen ließ das Haus erzittern. »Sie schießen die Tür auf«, sagte Opa.

»Wir müssen uns verstecken!«, rief ich.

»Zu spät, mein Kind. Komm zu mir.« Er zog mich hinter seinen Rücken. Und dann sah ich an seinem Hosenbein vorbei, wie ein Soldat in die Stube stürmte. Er richtete sein Gewehr auf Opa. Und dann stand noch einer in der Tür und noch einer und noch einer. Sie trugen alle dunkle, fremde Uniformen. Elsa sprang mit gebleckten Zähnen auf den vordersten Soldaten zu, ein Schuss, und sie flog ein Stück zurück, fiel zu Boden und blieb zuckend liegen. Blut strömte aus einer großen Wunde in ihrem Kopf. »Elsa, meine Elsa!«, rief ich und lief zu ihr. Opa hatte mich wohl festhalten wollen, aber da riefen die Soldaten etwas, das ich nicht verstand. Opa schrie: »Nein, nicht die Kinder, lassen Sie die Kinder hier! Nehmen Sie mich mit. Hören Sie, nehmen Sie mich!« Abermals krachte ein Schuss durch die Stube. Opa sackte in sich zusammen. Oma schrie verzweifelt, dann wieder ein Schuss.

»Oma, Opa«, brüllte ich, während ich Elsas Bauch umklammerte. Ich wollte zu ihnen, aber ich konnte mich nicht bewegen, die Schüsse hallten noch immer in meinen Ohren. »Peter … Peter?«, rief ich. Wo war mein Bruder? Ich sah ihn nicht. Die Soldaten liefen durch das Haus, ein Soldat kam auf mich zu und wollte mich von Elsa wegreißen, aber ich umklammerte den leblosen Hundekörper nur noch fester. »Nein, nein, nein!«, schrie ich immer wieder. Ich spürte den Schlag im ersten Moment nicht, nie war ich auf diese Weise gestraft worden. Das Brennen im Gesicht und das Dröhnen im Kopf ließen mich verstummen. In diesem Augenblick riss mich der Soldat hoch und trug mich, so sehr ich auch zappelte und kreischte, nach draußen, wo hintereinander mehrere Autos und Lastwagen standen. Bei einem der Lastwagen wurde eine Plane hochgeworfen, und der Soldat warf mich auf die weinenden Kinder, die dicht gedrängt die Ladefläche füllten. Die kläglichen Rufe und das jämmerliche Schluchzen schienen die Soldaten nicht zu berühren. Mehrere Kinderhände halfen mir, auf die Beine zu kommen. Und als ich gerade Halt gefunden hatte, sah ich, wie in die andere Ecke des Wagens die Wolldecke mit Peterchen darin geworfen wurde. Ich kroch, so schnell ich zwischen den anderen Kindern hindurchkam, dorthin und fand meinen Bruder schließlich am Boden auf dem Stroh, mit dem der ganze Wagen ausgelegt war, zwischen den Füßen zweier Jungen, die sich angsterfüllt im Arm hielten. Peter schrie, wie ich ihn noch nie zuvor hatte schreien hören. »Schschsch«, machte ich. »Schschsch.« Ich hielt ihn, so fest ich konnte. Ein Soldat kam und warf ein paar Lebensmittel, Kleidung und noch mehr Decken auf den Wagen, auch die von Elsa mit den braunen Streifen am Rand. »Elsa«, flüsterte ich. Doch dann sah ich sie wieder vor mir mit dem Loch im Kopf, aus dem das Blut strömte. *»Dawaj, dawaj, dawaj!«*, riefen die Soldaten. Die Wagen setzten sich einer nach dem anderen in Bewegung, auch unser Lkw. Im Schritttempo wendete die Kolonne im Hof, und ich sah, dass alle Häuser und Ställe brannten. Männer, Frauen und auch ein paar Kinder lagen tot im Hof. Dazwischen kleine Feuerherde, dann stoppte der Wagen noch einmal kurz, und die Plane wurde heruntergelassen.

1944 bis 1948

Nach Russland verschleppt

Die Hilfeschreie und das Weinen von uns Kindern wurden von den Motorengeräuschen der Lkws geschluckt. Aber wer sollte uns schon hören? Wer sollte uns helfen? Es dämmerte bereits, und durch die schmalen Ritzen an den Seiten der Plane fiel kaum noch Licht. Hin und wieder drang für einen kurzen Moment orangeroter Lichtschein und der Geruch von Feuer und verkohltem Fleisch zu uns herein, und ich nahm die Umrisse der Kinder in meiner Nähe wahr, die sich die Hände vor den Mund hielten. Ich legte die Decke über Peters Gesicht und holte selbst erst wieder tief Luft, als wir eine ganze Weile durch die Dunkelheit gefahren waren.

»Mama?« – »Papa?« – »Wo seid ihr?« – »Helft uns!« – »Wohin bringen die Männer uns?« – »Ich will nach Hause!« – »Wir haben Hunger!« – »Durst!« Die Rufe von uns Kindern wurden leiser, bald verstummten die Stimmen, nur das Wimmern, Jammern und Schluchzen blieb. Ich aber hatte eine Aufgabe: Ich musste auf Peter aufpassen. Er strampelte sich ständig frei und gab klagende Laute von sich. Als ich die Decke neu um ihn wickelte, fiel ein Fläschchen mit einem kümmerlichen Rest Milch heraus. Ich gab es Peter, doch die Tropfen machten ihn nur noch unruhiger. Ich verstaute die leere Flasche in einer Deckenfalte und begann zu singen. *»Schlaf, Kindlein, schlaf, dein Vater hütet die Schaf.*

Deine Mutter schüttelt 's Bäumelein, fällt herab ein Träumelein, schlaf, Kindlein, schlaf.« So hatte es Mama jeden Abend gesungen, erst für mich, dann auch für Peter.

»Sing weiter«, bat ein Mädchen neben mir, als ich aufhören wollte, weil Peter endlich eingeschlafen war. Ich sang, bis mir die Augen vor Müdigkeit zufielen.

»Nein, nein, nein!« Meine eigenen Schreie weckten mich.

»Hast du bös geträumt?«, fragte das Mädchen neben mir.

»Ja, ich hab nur bös geträumt.« Ich hatte im Traum Schüsse knallen gehört, hatte Opa gesehen, tot am Boden liegend, Oma. Das Blut, das Elsa aus dem Kopf floss. Ich zitterte mehr vor Kummer als vor Kälte. Peter in meinem Arm wärmte mich, tröstete mich. Er winselte im Schlaf wie ein kleiner Hund. Obwohl er neben seinem Gebrabbel auch schon ein paar Worte sprechen konnte, verstand ich ihn meist nicht. Dieses leise, traurige Winseln jetzt, das konnte ich verstehen. Ich hatte ihn lieb und wollte ihn beschützen.

Immer mal wieder lugte ich durch einen Spalt zwischen den Planen hinaus, aber in der Dunkelheit der Nacht war nicht viel zu erkennen. Wohin man uns wohl brachte? Vielleicht nach Berlin? Vielleicht waren Peter und ich schon ganz bald bei Mama. Wartete sie auf uns? Mama … Es wurde Tag, und mit dem spärlichen Licht, das in das Innere des Lastwagens fiel, wurden die Kinder munterer. »Es stinkt!«, beklagten sie sich und versuchten, einen Platz mit trockenem Stroh zu finden, wir rutschten alle noch dichter zusammen. Jetzt begannen ein paar größere Kinder, die Decken und die Kleidung, die die Soldaten uns zugeworfen hatten, zu sortieren und die Lebensmittel aufzuteilen. Für eine kleine Weile erfüllte angeregtes Gemurmel die Ladefläche. Das Essen wurde verteilt, ich bekam eine große Handvoll Brot für mich und Peter. Ich kaute es stückchenweise vor, weil es so hart war, und fütterte zuerst Peter mit den Breiklumpen. »Iss schön, mein Kleiner, iss schön«, sagte ich, »dann wird auch morgen das Wetter gut.« Das hatte Oma immer zu uns gesagt. Peter lächelte mich an und kaute brav, was ich ihm in den Mund steckte.

Während der Fahrt zog ich die Plane immer mal wieder ein wenig zur Seite und sah nach draußen. Diesmal erblickte ich nichts als Schnee; vielleicht waren Wiesen unter dem weißen Teppich, hier und da stand ein Baum. Obwohl es nichts Besonderes zu sehen gab, konnte ich nicht aufhören hinauszuschauen. Ich blickte über die weite Fläche und sog die kalte Luft ein, die mir mit dem Fahrtwind in die Nase getrieben wurde. Als ich das Gesicht zurück ins Innere des Wagens zog, wurde mir übel. Der Gestank war nicht auszuhalten, ich ärgerte mich, weil ich mich selbst auch in einer Ecke erleichtert hatte. Wo hätte ich meine Notdurft auch sonst verrichten sollen? In die Hose machen kam nicht infrage. Ich beneidete Peter um seine Windel: Eine neue gab es für ihn jedoch nicht.

Es war noch hell, als der Lastwagen mit einem Ruck anhielt. Wo waren wir? Berlin? Waren wir jetzt bei Mama? Die Plane wurde hochgerissen, und meine Augen mussten sich erst an das Tageslicht gewöhnen; dann erkannte ich eine große Schaufel, die ein Soldat hochhielt und uns zuwarf. Ich duckte mich vor Schreck und konnte gerade noch den Arm über Peter halten, als der Stiel meinen Rücken streifte. Der Soldat brüllte etwas in der fremden Sprache und machte hektische Bewegungen mit den Armen. Dann warf er noch einen Besen und eine Schaufel auf den Wagen. Zwei größere Jungen ergriffen sie und riefen: »Los, zur Seite, wir sollen das

Stroh zusammenfegen!« Und da kamen auch schon ein zweiter und dritter Soldat mit frischen Strohballen. *»Dawaj, dawaj!«*, riefen sie. Was diese Worte wohl bedeuteten? Sollten wir uns beeilen? Ein Junge mit Fellmütze schaufelte neben uns das Stroh zusammen. »Los, helft mir, es runterzuwerfen!«, rief er. Ich drückte einem kleineren Mädchen neben mir Peter in den Arm und half mit, das feuchte, stinkende Stroh abzuladen. Als wir fertig waren, bekamen wir die neuen Ballen und verteilten alles, so gut es ging, unter uns am Boden. Voller Ekel rieb ich meine dreckigen Hände an dem hellen Stroh ab. Sie stanken nach Misthaufen.

Später kam einer der Soldaten mit einem Eimer Wasser, auf den wir uns wie Tiere stürzten. Der Blecheimer drohte umzufallen. Die Soldaten lachten. »Das Wasser schwappt über, wenn ihr so drängelt!«, rief ein Junge und beugte sich schützend über die Öffnung. »Lasst uns nacheinander trinken! Jeder soll etwas bekommen!«, rief er. Und tatsächlich beruhigten wir anderen uns und gehorchten. Als ich an der Reihe war, trank ich nur wenig. Wie gern hätte ich einen großen Becher voll allein für mich gehabt! Dann gab ich Peter von dem Wasser. In diesem Moment fiel mir das Fläschchen ein. Ich zog es heimlich hervor und zeigte es dem Jungen, der den Eimer bewachte. Er nickte, und ich füllte ein wenig Wasser in das Fläschchen. An unserem Platz zurück, wickelte ich die Decke fest um Peter und das Fläschchen, aber so, dass nichts auslaufen konnte. Es erleichterte mich, zu wissen, dass ich Peter etwas zu trinken geben konnte, wenn er schrie. Doch Peter schrie nicht. Er weinte nicht mal mehr und winselte auch nicht. Er lag stumm und mit angstvollem Blick neben mir. »Schschsch«, machte ich.

Die Fahrt ging weiter, und die Motorengeräusche und das

Ruckeln ließen mich immer wieder einnicken, rissen mich aber auch immer wieder aus dem Schlaf. Draußen lag so viel Schnee, wie ich ihn noch nie gesehen hatte. Es ging oft nur langsam voran, doch die großen Räder schienen jedes Hindernis platt zu rollen.

Es wurde mit jedem Tag immer noch kälter. Einmal klopfte laut Hagel gegen die Planen, der Wind zog durch jede noch so kleine Ritze; solch eine Eiseskälte hatte keines der Kinder bisher erlebt. Noch mehrere Male stoppte der Konvoi, und wir griffen jedes Mal gierig nach dem frischen Stroh, dem Wasser und dem Brot.

Ich glaubte nicht mehr daran, dass wir nach Berlin fuhren. Einige Kinder behaupteten, wir würden nach Russland gebracht. Die Soldaten seien Russen. Ich kannte nur russische Soldaten mit Gewehren. Wo Russland lag, wusste ich nicht. Ich hatte schreckliche Angst vor diesem Land.

Vor allem in den Nächten schreckte ich im Schlaf oft hoch, Oma ... Opa ... Elsa, ich sah sie vor mir auf dem Boden. Dann wollte ich meine Augen nicht mehr schließen und überlegte mir in der Dunkelheit Spiele. Spiele, die ich mit Oma gespielt hatte. Ich flüsterte leise: »Wie heißt du?« Und antwortete: »Monika. Und wie heißt dein Vater? – Gerd Clausen. Er ist der liebste Papa der Welt. – Und deine Mama? – Die heißt Charlotte. Und sie hat wunderschöne blaue Augen. – Und wo wohnst du? – In Königsberg, und da wartet meine Mama auf mich.« Immer und immer wieder spielte ich dieses Spiel.

Dieses Mal wollte ich Peter vorher noch etwas zu trinken geben. Vorsichtig suchte ich nach dem Fläschchen in seiner Decke und spürte sofort die Hitze des kleinen Körpers. Ich fühlte nach Peters Gesicht. Es glühte. »Du hast Fieber«, sagte ich erschrocken. Das hatte ich selbst auch schon einmal gehabt, und der Arzt war gekommen. Ich gab Peter mit zitternden Händen das Wasser zu trinken. »Nicht krank werden, Peterchen«, sagte ich. »Nicht krank werden. Ich muss doch auf dich aufpassen. Mama schimpft mit mir, wenn ich dich nicht gesund nach Hause bringe.« Ich fühlte mich elend. Schlimmer als der Hunger, als der Durst und als aller Dreck und Gestank war es, dass es Peter nicht gut ging. Ich weinte zum ersten Mal auf dieser Fahrt, zum ersten Mal liefen mir die Tränen heiß über das Gesicht, und ich konnte das Schluchzen nicht unterdrücken. Als ich kaum noch Kraft zum Weinen hatte, rief ich leise: »Mama ... Mama, hilf mir doch. Ich schaffe es nicht, allein auf Peter aufzupassen. Mama, hörst du? Hilf uns doch.« Aber sie antwortete mir nicht. Ich war allein. Mit Peter. Und er war krank. Ich nahm ihn in den Arm und schaukelte ihn und schaukelte mich mit ihm.

Trotz der Planen wehte Schnee auf die Ladefläche. Die Decken reichten gegen die Kälte längst nicht mehr aus, Essen gab es auch keins mehr, die Kleidung war verteilt. Ich trug jetzt eine Jungenhose unter meinem Kleid und dem Wintermantel. Den Gestank nahmen wir entweder nicht mehr wahr, oder die Kälte schluckte ihn. Dabei übergaben sich jetzt auch noch einige von uns. Vielleicht vor Hunger, vielleicht hatten sie den leeren Magen mit dreckigem Stroh beruhigen wollen?

Peters Fieber wollte und wollte nicht sinken; sein großer Kopf auf dem kleinen Körper glühte hochrot, und seine feinen blonden Haare klebten nass in seinem Gesicht. Ich tupfte ihn mit meinem Ärmel trocken und legte mich zu ihm.

Diesmal träumte ich im Schlaf von einem Glas mit warmer Milch, das vor mir auf dem Tisch in der Stube stand.

Ich trank es in einem Zug aus. Mama kam und schenkte mir nach. »Trink nur, mein Liebes, trink nur. Es ist genug da …«

Der Schmerz in meinen steifgefrorenen Beinen weckte mich. Peter lag zitternd in meinem Arm. Ich tastete sofort unter der Decke nach ihm. Die Hitze war verflogen. Peters Wangen waren kalt, so kalt wie meine Hände. »Komm, ich wärm dich«, sagte ich und rückte noch näher an ihn heran. »Wenn du kein Fieber mehr hast, dann geht es dir bald besser.« Leise sang ich unser Schlaflied.

Ich blinzelte in das dämmrige Licht. Schnee tanzte in der Luft. Mein Mund war trocken und der Magen leer. Aber ich war zu müde, um die Flocken aufzufangen. Der Lastwagen hatte wieder einmal gestoppt, gleich würden wir sicher wieder Schaufeln bekommen und frisches Stroh und endlich auch wieder Wasser … Doch irgendetwas war anders als sonst. Die Kinder neben mir gingen aufgeregt in die Hocke, manche standen mit wackligen Beinen auf. »Wir sind da«, sagte ein Kind leise. Und im selben Moment wurde die Plane hochgeschlagen, und ich sah diese wunderschönen blonden Haare. »Mama«, flüsterte ich. »Mama, da bist du ja.«

»Kinder, runter!«, rief die Frau in gebrochenem Deutsch. Sie trug wie die Männer eine Uniform. Diese Frau war nicht meine Mama, und wir standen auch nicht im Hof meiner Großeltern, wie ich einen Augenblick lang gedacht hatte. »Alle runter von Wagen!«, rief die Frau jetzt noch einmal, und die Kinder, die noch genug Kraft hatten, sprangen von der Ladefläche in den Schnee. Die meisten aber brauchten Hilfe. Ich versuchte Peter zu wecken, aber er schlief fest. Also blieb ich mit ihm erst einmal in unserer Ecke sitzen und blickte auf den hohen Zaun mit Stacheldraht und auf das große beleuchtete Tor in der Mitte. Es stand offen, gerade fuhr ein weiterer Lastwagen ein.

Nur noch wenige Kinder waren auf dem Wagen, und ich sah zu, wie sie nach vorn gekrochen kamen und von der Frau oder einem Soldaten heruntergehoben wurden. Mir war schlecht vor Hunger und Durst, und ich konnte meine Beine nicht bewegen.

»Komm, Kind«, sagte die Frau in gebrochenem Deutsch zu mir und streckte mir ihre Hand entgegen. Zaghaft ergriff ich sie. Wie warm die Hand war … Die Frau zog mich zu sich heran und nahm mich auf den Arm. Ihre weichen Haare, die unter der Fellmütze hervorkamen, berührten meine Wange. Und wenn es doch meine Mama war? Ich wollte mich gerade fest an sie klammern, als sie mich auf dem Boden absetzte. »Lauf dorthin, Kind!«, sagte sie und wies in die Richtung, wo die anderen Kinder versammelt standen. »Aber mein Bruder ist noch auf dem Wagen. Du musst ihn holen«, sagte ich. Die Frau erblickte das Deckenbündel und zog es zu sich heran. »Peter war krank!«, rief ich. »Er muss nur etwas zu essen und zu trinken bekommen, dann wird er wieder gesund.«

»Wird nicht gesund. Junge ist bald tot«, sagte sie, während sie ihn im Arm hielt. Und dann ging alles sehr schnell: Die Frau trug Peter fort, ich wollte mitgehen, aber ein Soldat kam und stieß mich zu den anderen Kindern hinüber. »Aber ich muss doch auf meinen Bruder aufpassen!«, rief ich und versuchte hinter der Frau herzulaufen. Der feste Griff des Soldaten zeigte mir, dass ich zu gehorchen hatte. Mehr stolpernd als laufend wandte ich mich immer wieder um. Die Frau war nicht mehr zu sehen. Jetzt hatte ich auch Peter verloren. Wie entrückt nahm ich mit tränenverhangenem Blick das Treiben um mich herum wahr. Von mehreren Lastwagen wurden unzählige Kinder abgeladen. Die Soldaten schienen sie nach Jungen und Mädchen zu sortieren, die einen mussten dorthin, die anderen dahin. Manche Kinder riefen Namen, sie suchten Geschwister oder Freunde oder wollten nicht von ihnen getrennt werden. Ob auf einem anderen Lastwagen Kinder vom Gutshof mitgekommen waren? Oder hatten sie alle tot im Hof gelegen wie die Kinder, die die Soldaten an den Armen von den Lastwagen zogen und in den Schnee warfen? Würde Peter, wenn er tot war, auch in den Schnee geworfen? Und wie kam er von dort zu Papa in den Himmel?

»Dawaj, dawaj!«, rief ein Soldat. Und ich verstand, dass ich und die Mädchen um mich herum mitkommen sollten. Kleinere und größere, ein Dutzend bestimmt. Der Soldat schritt voran, ein anderer stieß uns von hinten in die Laufrichtung. Meine dünnen Beine bewegten sich vor Angst wie von selbst und liefen an einem Lastwagen vorbei auf lauter schwarze Holzhütten zu. Unheimlich sahen sie aus. Vor einer der Baracken in der ersten Reihe hielt der Soldat an und sagte etwas auf Russisch, was wir nicht verstanden. Er wollte die Tür öffnen, aber sie schien zu klemmen. Er schimpfte laut und riss noch einmal an dem verwitterten Griff. Das dunkle Loch, das sich auftat, schaute uns finster entgegen. Ich will da nicht rein! *»Dawaj, dawaj!«*, scheuchten uns die Soldaten. Widerwillig tippelten meine Füße vorwärts, meine Handflächen berührten den Rücken des Mädchens vor mir.

Hinter uns fiel die Tür zu. Ich bekam im ersten Moment keine Luft, dann blieb sie mir kalt und stickig im Halse stecken. Wenn ich jetzt umfiele, dann könnten mich die Soldaten neben Peter in den Schnee legen. Ich musste husten, und meine Lungen füllten sich.

»Warum sperren die uns hier ein?«, fragte ein Mädchen. Keine von uns wusste eine Antwort. Stumm standen wir da. Nur langsam gewöhnten sich die Augen an die Dunkelheit. Das Erste, was ich erkannte, waren zwei Fenster, und ich blickte sehnsuchtsvoll zu den Schneeflocken draußen, die sanft im Abendwind hin und her tanzten. Aneinandergedrängt verharrten wir auf der Schwelle, als würde die Tür sogleich wieder aufgehen und jemand rufen: »Kommt, raus! War nur ein Spiel! Ihr dürft jetzt wieder nach Hause!« Ein Mädchen, eins von den Kleineren, begann zu weinen. Die Tür öffnete sich tatsächlich noch einmal, und ein Soldat hielt uns eine Lampe entgegen, die ein schummriges Licht verbreitete. Ein Mädchen nahm sie an, der Russe verschwand. Das Mädchen streckte den Arm mit der Lampe hoch, sodass das funzelige Licht den Raum immerhin ein wenig erhellte. In der Mitte gab es einen Ofen, dessen Rohr bis hoch zum Dach reichte. Neben dem Ofen lag Holz, und es stand ein Eimer an der Seite, auf dem Ofen war ein Topf. »Kommt her, hier ist es warm«, sagte ein Mädchen, das sich von der Gruppe gelöst hatte. »Aber das Feuer ist schon fast aus. Wir müssen Holz nachlegen, schnell.« Ich kam kaum einen Schritt von der Stelle und bekam keinen Platz mehr nah am Ofen, aber das war nicht schlimm. Ich spürte auch so die leise Wärme, die von den Füßen aus an mir heraufzog. Während wir dort standen, wanderten unsere Blicke weiter durch den Raum. Es gab gestapelte Strohballen an einer Wand, einen mickrigen Holztisch in einer Ecke, darauf Teller mit Löffeln und Becher aus Blech sowie ein paar Holzstühle in einer anderen Ecke. Es gab nicht für jedes Kind einen Stuhl, das sah ich sofort.

Wir waren gerade ein wenig aufgewärmt, als vier Soldaten in die Baracke gestürmt kamen. Sie gaben irgendwelche Anweisungen, die wir nicht verstanden, platzierten dann zwei Stühle im Raum und setzten uns paarweise darauf. Ich war als eine der Ersten an der Reihe, ein Soldat packte mich und drückte mich auf einen der beiden Stühle. Ein anderer kam mit einer langen Schere auf mich zu, und ich kapierte sofort. Ich schrie: »O nein, nicht meine Locken abschneiden!« Ich strampelte, zappelte und rutschte von dem Stuhl, aber der Soldat packte mich wieder und drückte mich noch fester auf das Holz. »Nicht meine Locken«, jammerte ich und schluchzte, aber es nutzte nichts. Das Mädchen auf dem Stuhl neben mir schrie wie am Spieß. Auch das nutzte nichts. Als unsere Haare mit der Schere gekürzt waren, schoren uns die Soldaten auch noch die letzten Stoppeln vom Kopf. Ein fürchterliches Gekreische erfüllte die Baracke, keine von uns blieb verschont. Die Soldaten interessierten sich kein bisschen dafür, was wir fühlten; sie brüllten uns an und lachten uns aus. Und nachdem die Prozedur beendet war und wir weinend in einer Ecke kauerten, gingen die Übergriffe noch einmal von vorn los. Jetzt wurden wir nach Schmuck abgesucht; dunkelbehaarte, raue Hände eines Soldaten strichen an meinem Hals entlang. »Nicht meine Kette mit dem Engelchen!« Das Lachen des Soldaten entblößte eine Reihe dunkelfauler Zähne. Er hielt mich mit einer Hand fest, mit der anderen riss er mir die letzte Erinnerung an meinen Vater, an die gute Zeit in einem kurzen Leben, vom Leib. Nur einen Ruck brauchte es. Der Soldat stieß mich zu den Mädchen zurück, die bereits durchsucht worden waren. Wir saßen oder lagen übereinander auf dem kalten, feuchten Boden und trauten uns nicht, auch nur einen Mucks zu machen. Auch nachdem die Soldaten die Hütte verlassen hatten, blieben wir reglos liegen.

Voller Scham tastete ich nach meinem kahlen Kopf, dann

am Hals entlang und spürte das warme, klebrige Blut, das sich mit meinen Tränen vermischte. Jetzt standen die ersten Mädchen auf und halfen den Schwächeren.

»Aus dem Stroh können wir uns Betten bauen. Lasst es uns teilen, damit jede den gleichen Anteil bekommt. Und jede bekommt noch einen Teller, einen Löffel und einen Trinkbecher«, sagte ein größeres Mädchen. Auch wir anderen erwachten endlich aus unserer Ohnmacht.

»Ja, wir können uns Betten bauen.« – »Ich will auch einen Becher.« – »Hier, dein Teller!«, riefen wir durcheinander, und für einen Moment vergaßen wir unseren Kummer.

»Wie heißt du?«, fragte mich ein Mädchen, das bestimmt drei Köpfe größer war als ich.

»Monika. Und du?«

»Heide.«

»Und wie heißt ihr?«

»Ingrid.« – »Eva.« – »Hildegard.« – »Rosemarie.« – »Marianne.« – »Johanne.« Ich konnte mir gar nicht alle Namen merken. Das letzte Mädchen aber rief: »Seid ihr dumm? Was sagt ihr euch eure Namen? Wir sind hier eingesperrt! Hier brauchen wir keine Namen. Und jetzt lasst uns das Stroh teilen.« Wir hörten auf das Mädchen und ließen die Gespräche bleiben, stattdessen raffte jede so viel von den Ballen, wie in ihre Arme passte, und trug ihren Strohhaufen an einen Platz.

Ich baute mein Bett gleich hinter der Tür. Eine andere freie Stelle hatte ich nicht mehr gefunden. Mit meinem Teller, meinem Löffel und meinem Becher im Arm lag ich auf meinem Lager und sah zu dem Fenster an der Wand gegenüber. Laut hörte ich meinen Magen grummeln. Doch die Müdigkeit war stärker als der Hunger, und wenig später schlief ich erschöpft ein.

Ich weiß nicht, ob ich nur Minuten oder Stunden geschlafen hatte, als mich lautes Gepolter weckte. Ich lugte hinter der offenen Tür hervor und sah einen Soldaten. In diesem Moment kam die Frau herein, die mich an Mama erinnerte und die Peter fortgetragen hatte. Plötzlich überfiel mich Angst, und ich kroch schnell zurück hinter die Tür. Dann sah ich die leuchtenden Augen einiger Mädchen auf der anderen Seite des Raums. Gab es wirklich einen Grund zur Freude? Vorsichtig krabbelte ich noch einmal so weit vor, dass ich den ganzen Raum überblicken konnte. Mehrere große Laibe Brot hatte die Frau auf den Tisch gelegt, der Soldat suchte noch einen Platz für den Eimer in seiner Hand. Ob da frisches Wasser drin war? Jetzt stellte er ihn neben dem Ofen ab und gab ein Zeichen, dass wir Kinder mit dem Becher kommen sollten. Schnell sprangen wir alle auf.

»Milch. Es ist warme Milch«, wisperte Eva, deren Namen ich mir hatte merken können. Sie trug ihren gefüllten Becher zu ihrem Platz. Ich stand hinten in der Schlange und dachte weniger an die Milch als an Peter. Und als die Frau die Baracke verlassen wollte, nahm ich all meinen Mut zusammen und fragte nach meinem Bruder. »Kind geht gut«, gab sie mir zur Antwort, lächelte dabei aber nicht.

»Wo ist er denn?«, rief ich noch, aber da hatte sie mir schon den Rücken zugedreht und war aus der Baracke hinausgetreten. Ich vergaß aufzurücken und stand einen Moment lang ratlos da, meinen leeren Becher in der Hand. Ich glaubte ihr nicht. Wenn es Peter gut ging, warum brachte sie ihn mir dann nicht? Ich war doch seine große Schwester. Und hatte sie nicht gesagt, er sei bald tot? Wann war bald? Die Stimme des Soldaten holte mich zurück aus meinen Gedanken. Er hielt eine Kelle mit Milch hoch. Ich machte einen

Schritt nach vorn, streckte ihm den Becher hin und nahm meine Ration in Empfang.

Mit dem Eimer, in dem noch ein Rest Milch war, verschwand der Soldat aus unserer Hütte. Sogleich ging ein großes Palaver los. Zwei Mädchen stritten um einen Brotlaib. Eine der Größeren, es war wohl Hildegard, mischte sich ein und regelte schließlich die Verteilung der Brote, sodass keine von uns leer ausging. Ich saß auf meinem Lager und aß langsam ein kleines Stück von dem Brotklumpen, den mir Hildegard gegeben hatte. Es schmeckte wunderbar, und ich vergaß über das Essen sogar Peter, meine Halskette und meine Tränen. Während ich den ersten Happen so langsam wie möglich im Mund hatte zergehen lassen, stopfte das Mädchen mir gegenüber hungrig den letzten Bissen in sich hinein und hatte ihre Ration alsbald aufgegessen. Ich aber wollte einen Teil von meinem Brot im Heu verstecken, aus Angst, am nächsten Tag wieder hungern zu müssen. Vielleicht habe ich insgeheim auch gehofft, dass die Frau mir Peterchen doch noch bringen würde, und dann wollte ich für ihn etwas zu essen haben.

Mit dem Brot und der warmen Milch in den Bäuchen kehrte Ruhe in der Hütte ein. Es musste längst Schlafenszeit sein, jedenfalls war es schon lange dunkel draußen, und ich wäre sicher auch gleich wieder eingeschlafen, wenn mich nicht aufgeregtes Geflüster wachgehalten hätte. Und dann verstand ich auch, worum es ging. Rosemarie, eines der kleineren Mädchen, das einen viel zu langen Wintermantel trug, der bei jedem Schritt über den Boden streifte, musste nötig zur Toilette. Aber eine solche gab es hier nicht. Und die Tür nach draußen war versperrt, man bekam sie auch mit heftigem Ziehen und Rütteln nicht auf. Rosemarie klopfte erst gegen die Tür, dann schlug sie dagegen und rief nach den Soldaten, aber niemand kam, um nach uns zu schauen. Fieberhaft überlegten wir alle, was zu tun sei, denn es war nur eine Frage der Zeit, bis auch wir anderen zum Klo müssten.

»Lasst uns doch eine Ecke der Baracke als Toilette benutzen«, schlug Heide vor. »Wir müssen nur etwas zusammenrutschen!«

»Aber das stinkt doch. Wie auf dem Lastwagen!«, rief eins der kleineren Mädchen.

»Und wenn die Soldaten das merken?«, fragte Ingrid und schaute angstvoll in die Runde.

»Was sollen wir denn sonst machen?« Heide stemmte die Hände in die Hüften.

»Ich halte es nicht mehr aus«, sagte Rosemarie jetzt leise, und Tränen liefen ihr über die Wangen.

»Kommt, ihr da, rutscht ein bisschen mehr zusammen, dann ist die Ecke nahe dem Fenster frei. Wenn wir es öffnen, kann der Gestank besser abziehen. Los, bringt alle etwas von eurem Stroh.«

Wir anderen taten abermals, was Heide sagte. Sie war die Größte. Rosemarie trat von einem Bein aufs andere, bis wir alle unser Stroh abgelegt hatten, und dann hockte sie sich in die Ecke, mit dem Gesicht zur Wand, den langen Mantel schützend um sich gebreitet. Ich legte mich auf mein Lager und starrte an die Decke. Ich fand es eklig, in der Hütte auf den Boden machen zu müssen, aber ich wusste auch keine bessere Lösung. Wenigstens lag ich weitmöglichst von der Stelle entfernt. »Putz dir den Popo doch mit Stroh ab!«, rief Hildegard der kleinen Rosemarie zu, die wieder angefangen hatte zu weinen. Ich dachte an zu Hause und wie wichtig es Mama immer gewesen war, dass ich sauber wurde. Es war mir nur ganz selten ein Missgeschick passiert, und dann hatte sie laut geschimpft. »Schämst du dich nicht, Monika. Ein großes Mädchen wie du macht doch nicht mehr ins Bett.« Und jetzt musste ich vor allen anderen Mädchen Pipi auf den Boden machen. Ich nahm mir vor, auf jeden Fall bis zum nächsten Tag zu warten und dann zu schauen, ob es draußen nicht doch ein Klo gab.

Doch als der Morgen graute, lag ich längst mit zusammengekniffenen Beinen da und betete: »Bitte, lieber Gott, lass mich nicht in die Hose machen, lass mich bitte, bitte nicht …« Ich hielt es nicht mehr aus. Da fiel mein verzweifelter Blick auf einen alten Rohrstuhl, in dessen Sitzfläche ein großes Loch klaffte. Der kaputte Stuhl erinnerte mich an eine Toilette, und so stand ich auf, schob den Stuhl in die Kloecke, zog die lange Hose und das Höschen runter und setze mich darauf. Jetzt hatte ich zumindest das Gefühl, auf einer ganz normalen Toilette zu sitzen. Für einen Moment hätte ich beinahe sogar die anderen Mädchen vergessen, wenn nicht plötzlich ein Kichern meine Versunkenheit gestört hätte. »Guck mal, die Monika«, wisperte es von hier und von dort. Jetzt schämte ich mich. Die Mädchen konnten sich vor Lachen gar nicht mehr beruhigen. »He, das ist gar keine schlechte Idee!«, rief Heide über das Gelächter hinweg. »So haben wir einen festen Platz. Und unsere Haufen decken wir mit Stroh zu, bis wir sie rausbringen können, dann stinkt es auch nicht so.« Es dauerte nicht lange, und ein Mädchen nach dem anderen probierte den Klostuhl aus.

Später am Morgen kam die Frau, nahm den Eimer neben dem Ofen mit und brachte ihn mit Schnee gefüllt zurück. Sie zeigte auf den Ofen. »Wasser kochen«, sagte sie und lächelte aufmunternd. Und wir füllten den Schnee in den Topf und sahen zu, wie er schmolz. Vom ersten heißen Wasser tranken wir jede einen Becher, den Rest benutzten wir, um uns zu waschen. Ich schrubbte mir zuerst die Hände, doch der verkrustete Dreck saß fest auf der Haut. Immer wieder nahm ich Stroh zu Hilfe und rieb damit zusätzlich. Es war bei Weitem nicht genug Wasser für so viele Kinder, die schmutziger waren als die Schweine auf Opas Hof. Aber es tat einfach gut, sich – wenn auch notdürftig – endlich einmal Gesicht und Hände reinigen zu dürfen.

In diesen ersten Tagen im Gulag waren wir Kinder damit beschäftigt, darauf zu lauern, wann es Schnee, wann es Essen und wann es neues Holz gab. Wenn wir in der düsteren Baracke, in die nur wenig Tageslicht fiel, herumsaßen und uns langweilten, begann eine zu singen, und die anderen stimmten ein. Wir erzählten uns von zu Hause, wie schön es dort gewesen war, von den Geschwistern, die zum Teil in anderen Baracken untergebracht waren, und die ersten schlossen Freundschaften und kauerten nun meist zu zweit oder dritt auf einer Bettstatt. Ich freundete mich mit Johanne an. Sie war ein wenig größer als ich und hatte liebe braune Augen. Sie kümmerte sich um mich und tröstete mich, wenn ich weinte. An ihren Rücken gekuschelt, träumte ich nur selten von den Feuerwänden und den Schüssen auf dem Hof. Johanne und ich teilten unser Essen und halfen uns beim Waschen. Mit ihr passte ich nachts auf den Ofen auf, wenn wir an der Reihe waren, denn wir hatten Angst, dass das Feuer ausging, und Streichhölzer hatten wir nicht. In solch einer Nacht brachte sie mir bei, wie ich aus Stroh Zöpfe flechten konnte; das hatte sie mit ihren Schwestern auf dem Bauernhof der Eltern immer gemacht. Und mit der Zeit wurden wir erfinderisch und flochten uns aus dem Stroh Püppchen, kleine Kissen und Matten und summten dazu leise Lieder.

Mit dem Ofen kamen wir Mädchen gut zurecht, doch wohin mit der vielen Asche, die das Feuer zu ersticken drohte? »In die Kloecke!«, rief eine der Größeren. »Aber die Asche muss ganz kalt sein, sonst brennt die Hütte ab!« Ich erschrak. Wie gefährlich Feuer war, das wusste ich. »Hier, der Eimer, darin kann sie kalt werden!«, rief ich. »Und wenn morgens der Schnee reingefüllt wird, ist der Eimer später wieder sauber.«

Wir passten immer gut auf, dass wirklich nur die kalte Asche weggeschüttet wurde.

Unsere Toilettenecke stank mal mehr und mal weniger, es kam darauf an, ob wir das Fenster öffnen konnten oder schließen mussten, weil es draußen mal wieder stürmte. Mehr Probleme als der Gestank machte uns jedoch der Berg an Stroh, Kacke und Asche, der sich nach wenigen Tagen unter dem Stuhl türmte. Ich weiß nicht, wer die Idee hatte, aber wir Kleinen mischten die Strohkacke mit der Asche und verrührten alles mithilfe von etwas Wasser. Mit den Händen. Diesen dicken, stinkenden Brei warfen die Großen, wenn es draußen dunkel war, aus dem Fenster. Bei ungünstiger Windrichtung jedoch flog die Hälfte des Mistes wieder herein und der Werferin nicht selten ins Gesicht. Und einige Male kugelten wir uns vor Lachen dabei am Boden. Weniger lustig fand es die Werferin, die sich nur notdürftig reinigen konnte.

Das Lachen verging uns auch, wenn wir uns zitternd auf dem vollgeschneiten Klostuhl niederlassen mussten.

Im diesem ersten Winter bekamen wir noch fast jeden Tag eine Suppe und alle paar Tage Brot gebracht. Das Brot teilte ich mir ein, wenngleich ich nicht mehr daran glaubte, dass mein Bruder noch lebte. Für mich war er bei Papa im Himmel. Obwohl die Suppe nicht schmeckte, stürzten wir uns meist auf sie. Es gab mal eine Milch-, dann eine Brot- und selten eine Fleischsuppe, die aber mehr nach Wasser schmeckte – Fleisch habe ich nie darin gefunden. Hatten wir anfangs noch alle einen Teller voll bekommen, gab es bald nur noch einen halben für jede.

Immer seltener kam die blonde Frau zu uns, es wechselten sich meist drei, vier Soldaten ab. Während der Essensausgabe versuchte ich oft, einen Blick nach draußen zu erhaschen, aber es war das gleiche trostlose Bild, das sich uns bot, wenn wir aus dem Fenster schauten. Der Zaun mit dem Stacheldraht im Schnee, das große verschlossene Tor, die Wachposten mit Gewehren.

In unserer Zwangsgemeinschaft erlebten wir nur wenige unbeschwerte Momente. Diejenigen, die noch kräftig genug waren, liefen hin und wieder singend um den Ofen, weil ihnen die Beine vom vielen Herumhocken wehtaten. Immer schneller lief ich dann und warf mich irgendwann keuchend und grunzend auf mein Lager, es sei denn, wir hörten Soldaten kommen, dann sprangen wir schon vorher erschrocken auf unser Stroh und verbargen die erhitzten Gesichter darin. So selten solche ausgelassenen Momente waren, so wichtig waren sie auch. Wohl jedes Kind fühlte sich im Grunde zutiefst einsam und verlassen. Ich weiß noch, dass ich oft geweint habe, vor allem, wenn uns mal wieder die Köpfe geschoren wurden. Nur Johanne ließ ich dann an mich heran, nur sie durfte mich trösten. Ihr vertraute ich. Oft schliefen wir beide am Abend auf meinem Strohlager hinter der Tür ein, und Johannes Arm lag schützend über mir.

Warum sie dieses Mal auf ihrem eigenen Schlafplatz lag – ich weiß es nicht. Mitten in der Nacht wurden wir von einem heftigen Rütteln an der Tür und lautem Fluchen geweckt. Ob zu viel Schnee vor der Tür lag? Oder war sie zugefroren? Im Licht der Laterne, die wir nachts auf dem Tisch stehen hatten, sah ich die Köpfe der anderen, die ebenfalls hochgeschreckt waren. Johanne wollte gerade zu mir herüberhuschen, als die Tür kraftvoll aufgestoßen wurde. Ich verkroch mich in die hinterste Ecke meines Schlafplatzes und traute mich nicht hervorzuschauen. Ein strenger Geruch erfüllte die Baracke. Dann hörte ich Johanne, die rief: »Nein. Ich will nicht mit. Nein!«

Johanne. Meine Johanne! Was hatte der Soldat vor? Jetzt sah ich panisch hinter der Tür hervor und wollte schreien, dass er meine Freundin in Ruhe lassen sollte. Doch als ich den Mund öffnete, kam nicht mal ein Flüstern heraus. Ich sah mit an, wie der torkelnde Soldat nach Johanne schlug und sie hinfiel. Er warf sich über sie und zischte immer wieder irgendwelche unverständlichen Worte, dann rappelte er sich auf und zerrte Johanne hinter sich her. Ihre verzweifelten Schreie waren noch zu hören, als die Tür längst wieder verriegelt war.

Kein Kind hatte sich getraut, den Soldaten aufzuhalten, wir alle hatten versteinert und angstvoll dagesessen oder -gelegen. Und vielleicht hatten auch die anderen gedacht: Bitte, nimm mich nicht auch noch mit. Ich kauerte bis zum nächsten Morgen in meiner Ecke und weinte und schaukelte hin und her, ohne mich zu beruhigen. Was wollte er mit einem Mädchen mitten in der Nacht? Ich wusste es nicht. Ich ahnte, dass es etwas Furchtbares war. Vor meinem inneren Auge sah ich sie am Boden liegen, mit einem Loch im Kopf. Und gleichzeitig dachte ich, jeden Moment kommt sie wieder zur Tür herein und setzt sich zu mir und legt den Arm um mich.

Die Gespräche der anderen am Morgen holten mich zurück. »Es ist noch etwas Milch da, wenn wir sie teilen, bekommt jede einen Schluck«, sagte Hildegard. Und eine andere rief: »Brot gibt es auch noch, reicht aber nicht für uns alle.« Ich verzichtete auf das Brot. Die Milch wollte ich trinken, doch ich schaffte es nicht, ohne mir dabei die Nase zuzuhalten, denn noch immer lag dieser Soldatengeruch in der Luft.

»Wer will sich denn waschen? Das Wasser reicht vielleicht für drei.« – »Oje, der Ofen geht aus. Schnell, legt Holz nach!«

Mir waren das Waschen und der Ofen völlig gleichgültig. Ich hatte meine einzige Freundin an diesem traurigen Ort verloren. Mutterseelenallein war ich.

Später kam die Frau mit Suppe. Sie schien zuerst gar nicht zu bemerken, dass ein Mädchen fehlte. Dann aber holte sie plötzlich Johannes Kleider aus einem Sack hervor. Und sie ging zu Johannes Platz und nahm den Schal, der auf ihrem Strohbett lag. »Hier, ist kalt«, sagte sie und warf uns die Sachen hin. Die anderen überließen sie mir, vielleicht weil Johanne meine Freundin gewesen war, und ich nahm die Sachen und verwahrte sie, falls Johanne doch noch zurückkäme.

In den folgenden Nächten fürchtete ich mich davor, dass sich der Soldat mich oder ein anderes Mädchen holte. Selbst aus einem ohnmachtsähnlichen Schlaf schreckte ich beim leisesten Knacken von meinem Lager hoch und war hellwach … Und ich vermisste Johanne. Ich war die Einzige in unserer Baracke, die keine Freundin mehr hatte, niemanden, der mich tröstete. Von meinem Lager aus sah ich abends nun oft zum Fenster und wenn ich einen Stern am schwarzen Himmel sah, dachte ich, dass ihn Papa geschickt hätte. Dann erzählte ich leise, warum ich so traurig war. Ich fragte ihn auch nach Peter, ob er ihn nun endlich bei sich hatte, und nach Mama. Suchte sie mich? Vermisste sie mich? Wo war sie?

Allmählich ging der Winter zu Ende. Wie glücklich machte es mich, als sich eines Morgens ein paar Sonnenstrahlen durch das Fenster bis zu meinem Bett verirrten und meine Nase kitzelten. Ich schloss die Augen und ließ mein Gesicht wärmen. Doch schon bald kamen wieder diese traurigen Gedanken, die ich jetzt oft hatte und die ich nicht vertreiben konnte. So viele Tränen!

An einem Morgen brachte uns die Frau Schnee. »Los, Kinder, waschen. Und dann raus. Schnell, schnell.« Hatte sie das wirklich gesagt? Wir durften raus? Raus aus der stinkigen, halbdunklen Hütte, raus an die frische Luft, das Tageslicht, die Sonne?

Mit einem Mal waren wir alle munter, so munter wie noch nie seit unserer Ankunft im Gulag. Es war, als dürften wir nach Hause. Übermütig, glücklich wuschen wir uns mit dem eiskalten Schnee, ohne ihn vorher zu erwärmen. Wenn Oma das wüsste, dachte ich. Sie hatte schon geschimpft, wenn ich bloß mit dem kalten Brunnenwasser auf dem Hof gespielt hatte. »Brrr …«, kam es von allen Seiten. Wir lachten und zitterten um die Wette. Wieder angezogen, standen wir an der Tür. Sie war nicht abgeschlossen, das wussten wir, aber wir warteten. Die Frau kam auch bald zurück. »Kommt raus!«, rief sie. »Kommt!« Und wir traten eine nach der anderen vor die Hütte, die Augen zusammengekniffen, so hell leuchtete die Sonne über dem Schnee. Ich rieb meine Augen und sah zu dem Tor hinüber, vor dem die Soldaten mit geschulterten Gewehren und großen Hunden auf und ab gingen, wie immer. Die langen Stacheldrahtzäune sahen wackelig aus, als wären sie müde, doch ihre blinkenden Spitzen waren Warnung genug. Weglaufen konnte ich von hier nicht. Und wo sollte ich auch hinlaufen? Während ich mich umsah, fiel mein Blick auf die anderen Kinder, kleine und große, die vor ihren Hütten standen. Manche liefen auch umher, die meisten guckten durch die Gegend. Zögerlich, ängstlich, neugierig. Durften wir tatsächlich raus zum Spielen wie ganz normale Kinder? Wie wir es von früher kannten, als wir noch zu Hause bei unseren Familien gelebt hatten, ein Zuhause mit Mama und Papa gehabt hatten? Nach und nach rannten die Kinder von einer Hütte zur anderen, suchten Geschwister und Freunde. Ich tat einen Moment lang so, als suchte ich Peter und Johanne. Aber ich dachte nicht wirklich, dass ich sie finden würde, und ließ es bleiben. Auf einmal traf mich ein Schneeball, dann noch einer. Ich duckte mich, griff selbst nach Schnee, formte eine feste Kugel und zielte auf eine Gruppe Jungen, die mit dem Werfen begonnen hatten. Danach lief ich zu den größeren Mädchen hinüber, die sich zusammengetan hatten. Der Schnee flog hin und her, Lachen erfüllte den Platz, bis ein paar Soldaten etwas auf Russisch riefen und wir alle augenblicklich verstummten. Wir bekamen Schaufeln. Wir wurden zu unseren Baracken geschickt, und jetzt verstanden wir auch, warum wir herausgeholt worden waren. Wir sollten das Stroh aus den Hütten fegen. Und wer keine Schaufel abbekommen hatte, sollte die Hände nehmen, alle mussten ran. Ein paar Mädchen standen die Tränen in den Augen. »Ist doch nicht so schlimm«, sagte ich. »Mit dem Schnee bekommen wir die Finger wieder sauber.« Unsere Freude aber war verflogen, unser Lachen vergessen.

Das Ausfegen war eine anstrengende Arbeit für Kinder, die mehr Wasser als Suppe bekamen und Bewegung nicht mehr gewohnt waren. Aber die Sache hatte auch ein Gutes, denn ab diesem Tag wurden die Baracken nicht mehr verschlossen, und wir durften uns frei auf dem Gelände bewegen, nur aus dem Tor durften wir nicht hinaus. Wie auch, es standen Tag und Nacht Wachen davor. Einige Kinder tauschten jetzt heimlich ihre Schlafplätze, um bei ihren Geschwistern zu sein, und so gab es Hütten mit Jungen und Mädchen. Die Soldaten schien es nicht zu stören.

Draußen herumlaufen zu können bedeutete ein kleines Stückchen Freiheit. Ich sah jeden Tag nach, wie viel Schnee geschmolzen war, und freute mich über die wärmenden Sonnenstrahlen. Immer häufiger schlich ich zu dem Stacheldrahtzaun, der das Gelände umgab. An einer Stelle, die etwas abseits lag, machten die Soldaten mit ihren Gewehren auf den Rücken nur selten Patrouille. Dort lehnte ich mich an die Holzlatten und ließ mich von der Frühlingssonne bescheinen. Ich lugte auch oft durch den Zaun, um zu sehen, was dahinter lag, und mit dem letzten Schnee verschwand auch die unendliche Weite der Winterlandschaft. Ich blickte über eine große Wiese mit Büschen und Sträuchern und in der Ferne auf einen dunklen Streifen Bäume. Wie eine zweite Umzäunung kam mir der Wald vor.

Mit einer Gruppe Jungen und Mädchen zusammen war ich an einem Nachmittag über das Gelände gelaufen; noch nie hatten wir uns so nah an die Baracken der Soldaten herangewagt. Und dort entdeckten wir einen Brunnen. Ein Eimer hing an der Seite, und wir ließen ihn, nachdem wir uns mehrere Male vergewissert hatten, dass uns niemand beobachtete, in das dunkle Loch hinab und zogen ihn schließlich randvoll mit frischem Wasser gefüllt wieder hinauf. Wir jubelten und hüpften vor Freude, jeder von uns nahm eine Handvoll von dem klaren, kühlen Wasser. Am nächsten Tag schlichen wir mit unseren leeren Eimern aus den Hütten wieder dorthin und füllten sie einen nach dem anderen. Als plötzlich zwei Soldaten vorbeikamen, erschraken wir und rechneten schon mit dem Schlimmsten. Der Seitenblick des einen Russen streifte uns kurz, dann gingen sie in ein Gespräch vertieft vorbei.

Für Wasser war fortan gesorgt. Es reichte sogar fürs regelmäßige Waschen. Ich war sehr froh darüber, denn ich ekelte mich vor dem Dreck, in dem ich leben musste, daran konnte ich mich nicht gewöhnen. Obwohl wir jetzt auch einen Misthaufen in der Nähe als Toilette benutzten, war die Hütte alles andere als sauber. Immerhin wusch ich nun, wie einige andere auch, meine Kleidung und legte sie zum Trocknen in die Sonne. Zum Wechseln hatte ich noch Johannes Sachen, die ich aber immer nur so lange trug, bis ich meine wieder anziehen konnte. Bald jedoch würden sie mir zu klein sein, die Hose hatte bereits Hochwasser, und die Kleiderärmel reichten längst nicht mehr bis zum Handgelenk.

Durst leiden mussten wir den Sommer über nicht, aber die Nahrungsrationen blieben knapp; es kam nicht selten vor, dass wir an einigen aufeinanderfolgenden Tagen gar kein Essen bekamen. Gekrümmt vor Hunger lag ich dann auf meinem Stroh. Ein grausamer, nicht zu stillender Schmerz. Oft meinte ich, ihn nicht zu überleben. Nicht mal Papa im Himmel konnte mich in diesen Nächten trösten, kein Stern war dann am Himmel. Unglücklicherweise konnte ich oft an nichts anderes denken als an Milch und Brot, und manchmal sah ich sogar Omas Apfelkuchen vor mir ... Den ich nie wieder zu essen bekommen würde, denn Oma war tot. Mein Magen brannte vor Leere, und ich weinte um Oma und Opa und Elsa, und es brach alles über mich herein, der ganze Kummer, alles, was ich erlebt hatte, all die Trauer, die Sehnsucht und das Bangen, Mama nie wiederzusehen.

Wenn es nach Tagen ohne die kleinste Mahlzeit dann mal wieder ans Verteilen einer Suppe oder eines Brotes ging, da gab es keine Freundschaften mehr, niemand gönnte dem anderen seine Ration. Ja, man musste höllisch aufpassen, dass man nicht übergangen oder bestohlen wurde. Gerade ich, die ich manchmal im Stroh heimlich Vorräte anlegte, war auf der Hut, und es passierte dennoch hin und wieder, dass meine eiserne Reserve plötzlich fort war.

Die meiste Zeit kreisten die Gedanken um das, woran es so bitter fehlte. Und so war es auch nicht verwunderlich, dass ich eines Mittags, als ich mal wieder barfuß an meiner Lieblingsstelle in der Sonne stand, die kleinen hellroten Beeren entdeckte, die an einem niedrigen Strauch auf der Wiese wuchsen. Dunkelblaue Beeren kannte ich von zu Hause, also warum sollten nicht auch diese schmecken? Vorsichtig zwängte ich meinen dünnen Arm durch den Stacheldraht, zupfte ein paar Früchte ab und schob sie mir in den Mund. Mit der Zunge ließ ich sie zunächst von der linken Backentasche in die rechte wandern und wieder zurück, dann drückte ich sie gegen den Gaumen und schmeckte den köstlichen, süßsauren Saft der Früchte. Schnell pflückte ich noch mehr, aß aber selbstverständlich nicht alle sofort auf, sondern steckte mir auch welche in die Hosentasche, um sie im Stroh zu lagern. Niemandem würde ich von meiner Entdeckung erzählen, das schwor ich mir.

Von diesem Tag an lief ich häufig auf der Suche nach Beeren am Zaun entlang. Weil mir ein paar von den ersten Beeren im Stroh verschimmelt waren, ließ ich sie nun in der Sonne trocknen, bevor ich sie versteckte. So konnte ich sie auch als Vorrat für den Winter verwahren. Und je stärker die Sonnenstrahlen wurden, desto größer wurde meine Ernte, ich entdeckte sogar einen kleinen Baum mit dunkelroten, zuckersüßen Beeren. Aber hier kam ich nur an einen tiefhängenden Zweig heran, und nur wenige Früchte fielen von selbst hinunter. Als ich einmal eine ganze Handvoll von diesen Beeren gegessen hatte, lag ich die ganze Nacht mit Bauchschmerzen wach. Trotzdem sammelte ich sie weiter, denn wenn man wenige davon aß, waren sie bekömmlich. Ein großer Baum mit Beeren stand auch an einem Zaunstück, an dem entlang die Soldaten regelmäßig ihre Kontrollgänge machten. Dorthin traute ich mich nicht, auch dann nicht, als ich an den anderen Stellen kaum noch Beeren fand. Stattdessen zupfte ich nun Gras und Blätter ab, an die ich herankam, und probierte sie. Nachdem ich kräftig gekaut hatte, beruhigten die Pflanzen ein wenig meinen flauen Magen. Und ich überlegte, dass ich das Gras und die Blätter wie die Beeren trocknen könnte. Oma hatte mir einmal erklärt, dass die Bauern das Gras für die Tiere trocknen, damit diese im Winter zu essen hatten. Eifrig sammelte ich jetzt alles Essbare, das ich fand, als plötzlich ein paar schwarze Stiefel und die Pfoten eines Hundes neben mir auftauchten. Erschrocken wich ich zurück und versteckte meine Hand mit dem Grünzeug hinter dem Rücken. Der Soldat beugte sich zu mir herunter, und ich befürchtete, dass er mich am Kragen packen oder ohrfeigen wollte. Aber dann erblickte ich ein Stück Schokolade in seiner Hand. Wie lange hatte ich nichts mehr geschenkt bekommen? Ich traute mich nicht, es zu nehmen, und sah den bärtigen Mann stumm an. Er sagte leise etwas in seiner Sprache und nickte aufmunternd. Sollte ich wirklich? Ich griff zu. Der Soldat führte seine Hand zum Mund, als wollte er mir zeigen, dass ich das Stück sofort essen solle. Langsam schob ich es mir in den Mund. Während die Schokolade in meinem Mund schmolz und sich mit meinem Speichel vermischte, schaute ich auf den Hund, der gehorsam zu Füßen des Soldaten saß. Ich durfte den Hund sogar streicheln und als ich das weiche Fell berührte, musste ich sofort an Elsa denken. Ich konnte nicht genug bekommen von diesem schönen Gefühl beim Streicheln des Hundefells und vom Lutschen der Schokolade. Der Hund schnupperte an mir, und ich sah glücklich wie lange nicht mehr in diese schönen dunklen Tieraugen.

Jetzt zog der Soldat ein wenig an der Leine, und das war wohl das Zeichen für den Hund, dass es weiterging, denn er stand sofort bei Fuß. Ich holte schnell die drei kleinen Beeren, die ich heute gefunden hatte, aus meiner Hosentasche und reichte sie dem Soldaten. Er warf sie sich in den Mund, strich mir lächelnd über den Kopf und stiefelte mit seinem Begleiter davon. Ich sah ihnen nach und war traurig, dass ich nicht mehr Zeit mit dem Hund verbringen konnte. Seit Langem hatte ich endlich mal wieder ein warmes Gefühl in meinem Bauch … Ich hoffte sehr, die beiden bald wiederzusehen.

Da die Sonne bereits tief am Himmel stand, lief ich hinüber zu der Stelle, an der ich auf ein paar Steinen meine Vorräte trocknete. Ich nahm die schrumpeligen Beeren und das blasse Grünzeug der letzten Tage mit und legte die frischen Früchte, Blätter und Gräser aus. »Was machst du da?«, fragte plötzlich eine Stimme hinter mir. Es war die Stimme eines schlaksigen Jungen, den ich nur flüchtig kannte. Namen tauschten wir Kinder längst nicht mehr aus, vielleicht auch, weil man nicht wusste, ob man sich am nächsten Tag noch wiedersah. Denn es wurden über Nacht immer wieder Kinder, vor allem die größeren Mädchen, gewaltsam aus den Baracken geholt. Unsere Baracke war seit Johannes Verschwinden zum Glück verschont geblieben. Keins von uns Kindern wusste, wohin die Mädchen gebracht wurden. Ob sie noch lebten, war ebenso ungewiss. Die Tatsache, dass die Kleidung der Mädchen am nächsten Tag meist an die anderen verteilt wurde, ließ uns nichts Gutes ahnen. »Ich trockne Beeren und Blätter als Vorrat für den Winter«, antwortete ich ehrlich, ärgerte mich aber zugleich, dass ich so unvorsichtig gewesen war und nicht einmal bemerkt hatte, dass ich von dem Schlaksigen beobachtet worden war. »Ha, Gras für den Winter trocknen! Hahaaa!« Der Junge fand das anscheinend komisch und pfiff seine Freunde herbei, und bald umringte mich eine Horde Jungen. »Muuuuhhhhh! Muuuuhhhh!«, rief einer, und die anderen stimmten ein. Mit gesenktem Blick, den Tränen nahe, lief ich zur Baracke und verzog mich in meine Ecke. Ich legte die getrockneten Pflanzen und Früchte in die Ecke, die ich in meinem Strohlager dafür eingerichtet hatte. Eine richtige kleine Vorratskammer, wenn auch nicht im Schrank und kleiner als die bei Oma und Opa. Pah! Sollten die Jungen doch lachen …

Es hatte sich unter den Kindern schnell herumgesprochen, dass ich Essbares für den Winter sammelte, und einige Kinder wollten wissen, welche Früchte, Blätter und Gräser sich dafür eigneten. Sie wollten sich selbst auch einen Vorrat anlegen. Obwohl ich es lieber für mich behalten hätte, zeigte ich ihnen die Stellen, wo derlei Grünzeug wuchs. Und den restlichen Sommer wollten mich auch einige Mädchen aus meiner Baracke begleiten, und wir verbrachten die Nachmittage häufiger zusammen, was mir gar nicht recht war. Denn immer mal wieder sah ich auch den Soldaten mit dem Hund, aber nur, wenn ich allein am Zaun unterwegs war und uns keiner beobachten konnte, kam er zu mir, schenkte mir ein Stück Schokolade und strich mir über den Kopf. Ich genoss diese kurze liebevolle Berührung ebenso wie mein eigenes Streicheln über das Fell des Hundes. Abends erzählte ich dann Papa im Himmel davon und bat ihn, mir den Soldaten und den Hund wieder vorbeizuschicken. Und ein paar Mal schien es auch zu funktionieren, doch dann wartete ich immer häufiger vergeblich am Zaun. Ich war traurig darüber, die beiden nicht mehr zu sehen, aber nicht übermäßig; wahrscheinlich hatte ich mich inzwischen daran gewöhnt, dass mir nichts, was mir lieb war, blieb.

Von Tag zu Tag verlor die Sonne an Kraft, und wir liefen bald wieder mit Schuhen herum. Meine jedoch waren mir über die Sommermonate zu klein geworden, sodass ich sie nur noch tragen konnte, wenn ich die Fersenkappe hinuntertrat. Ich stand hinten schon deutlich mit dem Fuß über. Immer öfter regnete es jetzt auch, manchmal stundenlang, und dann blieben wir die meiste Zeit in der Baracke und verließen sie nur für den Toilettengang. Zum Brunnen liefen wir an solchen Tagen auch nicht, sondern stellten unseren Eimer einfach nach draußen und fingen das Regenwasser auf. Als ich den Eimer eines späten Nachmittags hereinholen wollte, ließ mich lautes Gelächter aus einer entfernten Baracke aufhorchen. Was da wohl los war? Ich tippelte durch den Nieselregen um unsere Hütte und sah an der Baracke dahinter zwei Soldaten, die mehr torkelnd als aufrecht an der Tür rissen. Ich wollte mich gerade wieder abwenden und leise zurückschleichen, als sich der eine abrupt zu mir umwandte. Hatte er meine Blicke in seinem Rücken gespürt? Ich stand reglos da wie gebannt. Mir blieb die Luft weg, und mein kleiner, dünner Körper begann zu zittern. Ich erkannte das grinsende Gesicht sofort wieder. Es war der Soldat, der mir am ersten Tag im Gulag die Haare abgeschnitten und den Kopf geschoren hatte. Obwohl es schon Monate her war, sah ich noch einmal vor mir, wie er mit seiner dunkelbehaarten Hand meine Goldkette packte. Ich fasste mir an den Hals, an dem damals nur ein blutiger Striemen zurückgeblieben war. So schnell ich konnte, lief ich zurück, dachte nicht einmal mehr an den Wassereimer und versteckte mich, das Gesicht auf den Knien, in meiner Ecke. Bitte, lass die Tür nicht aufgehen, bitte, bitte, lass ihn nicht wiederkommen, flehte ich ohne Stimme.

Das Poltern vor der Tür war nicht zu überhören. Mein Atem ging ganz flach, und ich sah das Grinsen wieder vor mir. Ich traute mich nicht, den Kopf zu heben, legte die Arme über die Ohren, sodass die Geräusche nur noch gedämpft bis zu mir vordrangen, und betete stumm weiter. Ein dumpfes Scheppern ließ mich vorsichtig aufblicken. Über meinen Arm hinweg erspähte ich den Jungen aus der Nachbarbaracke. Er hatte uns den Wassereimer hereingebracht. »Voller wird der nicht mehr«, sagte er zu den beiden Großen, die ihren Schlafplatz gegenüber hatten. Die drei wechselten noch ein paar Worte, die ich aber schon nicht mehr wahrnahm, so erleichtert war ich. Ich legte mich zurück auf mein Lager und schloss die Augen. Nie, nie, nie mehr wollte ich dieses grinsende Gesicht sehen. Nicht im Traum und schon gar nicht in Wirklichkeit. Und nie wieder sollte es Winter werden. Diese unbarmherzige Jahreszeit, die nicht vergehen wollte, diese Berge von Schnee, die nichts als Tod brachten. Ohne Papa, ohne Mama, ohne Oma, ohne Opa, ohne Elsa, ohne Peter, ohne eine Freundin oder einen Freund, ohne Wasser, ohne Essen, ohne Toilette. Nur eine dreckige Hütte, Kleidung und Schuhe, die zu klein geworden waren und Löcher hatten, ein leerer Blechteller, ein verbeulter Becher, ein krummer Löffel, ein paar andere vergessene Kinder und der Gestank unserer Fäkalien. Es durfte nicht mehr Winter werden – und während ich dies dachte, spürte ich die Kälte in mir, den Winter, den ich in mir trug und vielleicht nie mehr würde vertreiben können.

Als der erste Schnee fiel, lagen zwei von den Mädchen mit Schüttelfrost auf ihren Strohbetten, und wir hatten nur noch drei feuchte Holzscheite neben dem Ofen liegen. Erkältungskrankheiten und Läuse waren nichts Besonderes, aber Ingrid und Rosemarie erbrachen sich die ganze Nacht und litten an einem schweren Durchfall. Heide und ich, die wir nachts auf den Ofen aufgepasst hatten, hatten die beiden mit Lumpen zugedeckt und ihnen das restliche Wasser aus unserem Eimer zu trinken gegeben.

Am Morgen kam nach langer Zeit erstmals wieder die Frau zu uns, um uns eine dünne Suppe zu bringen. Sie roch sofort, was los war, und machte mit der warmen Mahlzeit stehenden Fußes kehrt. Kurz darauf kamen zwei Soldaten, die die kranken Mädchen aus der Hütte trugen. »Sauber machen, Kinder«, sagte die Frau und zeigte auf die Schlafstellen von Ingrid und Rosemarie. Wir anderen sprangen auf und fegten mit den Händen das Stroh zusammen, das mit Erbrochenem und wässrigem Kot getränkt war. Zum Glück gab es danach Wasser zum Händewaschen, aber der Geruch blieb auf der Haut. Während wir anderen die Suppe teilten, auch Ingrids und Rosemaries Portionen, sprachen wir nicht. Doch wir wussten alle, was den anderen jeweils durch den Kopf ging. Kein Kind war je von der Krankenstation zurückgekehrt. Vielleicht existierte diese Krankenstation ja nur in unserer Fantasie? Die Schüsse, die wenig später fielen, ließ jede von uns heftig zusammenzucken, aber keine hob den Kopf, um ja nicht einer anderen in die Augen schauen zu müssen. Ich schluckte mit der kalten Suppe die warmen Tränen hinunter.

Später am Tag hörten wir den donnernden Krach, als das große Tor geöffnet wurde. Wir liefen zum Fenster und sahen einen Lastwagen auf das Gelände fahren. Es war ein Wagen, wie er uns hierhergebracht hatte. »Wenn neue Kinder kommen, kriegen wir noch weniger zu essen«, sagte eins der großen Mädchen. Gebannt verfolgten wir, wie die Plane des Lkws gelöst wurde. Als sie die Ladeklappe hinunterließen, sprangen die Soldaten zur Seite. Ein Teil der Ladung fiel auf den regennassen Boden. Eva, die Kleinste, begann zu singen und zu hüpfen. »Keine Kinder, keine Kinder, alles nur Holz, alles nur Holz.« Wir anderen mussten lachen und freuten uns ebenfalls. »Keine Kinder, keine Kinder, alles nur Holz, alles nur Holz«, sangen wir jetzt im Chor und führten einen Freudentanz auf. Wir verstummten augenblicklich, als die Tür aufgerissen wurde und erst eine Brise Regen uns umwehte und dann ein Soldat vor uns stand. *»Dawaj, dawaj!«*, trieb er uns an, und wir rannten hinaus. Auch aus den anderen Baracken kamen die Kinder. Wir durften uns Holz holen, mussten dabei aber geradewegs vom Wagen zur eigenen Baracke laufen, durften uns nichts zurufen und nichts fallen lassen. Jede von uns nahm so viele Scheite, wie sie tragen konnte, und warf sie vor die Hütte. Die Kleinste von uns bewachte den Haufen; wir anderen rannten hin und her. An dem Wagen war ein solches Gedränge, dass ich erst den einen und dann den anderen Schuh verlor. Ich suchte aber nicht danach, sondern lief auf den durchlöcherten Strümpfen weiter. Aus dem Augenwinkel sah ich, wie zwei Jungen von Soldaten an den Ohren aus der Kindermenge gezogen und weggeführt wurden. Wahrscheinlich hatten sie sich ums Holz gestritten. Kurz darauf knallten Schüsse.

Der Wagen war fast leer, und das Gedränge hörte auf. Jetzt sah man, dass mehrere Kinder in den Pfützen vor dem Wagen lagen. Sie hatten sich im Gewühl wohl nicht mehr auf den Beinen halten können. Die umstehenden Soldaten halfen ihnen aber nicht auf, sondern machten noch Scherze über sie. Ich sah auch meine Schuhe und auch die Schuhe von anderen Kindern, traute mich aber nicht, hinzulaufen und mir welche zu holen.

Wir Mädchen waren nicht die Stärksten, aber wir hatten den kürzesten Weg vom Lastwagen zur Hütte und viel Holz zusammengetragen. Vor Erschöpfung zitternd, wollten wir das Brennmaterial nur noch schnell in Sicherheit bringen und luden uns erneut die schmerzenden Arme voll, als plötzlich zwei Soldaten zu uns herüberkamen und mit den Armen herumfuchtelten. Wir sollten mehr Holz nehmen und mitkommen. Auf kraftlosen Beinen schleppten wir Mädchen den Soldaten das Holz zu ihrer Hütte. Die Uniformierten lachten. Die Baracke, vor der wir hielten und deren Tür von innen geöffnet wurde, war voller Rauch. Der Zigarettendunst und der Geruch nach Schnaps und Männerschweiß ließen Übelkeit in mir hochsteigen. Ich wagte kaum aufzuschauen, auch aus Angst, einen der Soldaten zu sehen, die uns die Haare geschoren hatten, oder demjenigen zu begegnen, der Johanne geholt hatte. Doch meine Neugierde siegte. Ohne den Kopf merklich anzuheben, schaute ich mich um. Wie verblüfft war ich über die Größe des Raums, in dem lange Tische mit Stühlen standen, darauf Flaschen und in Papier dargebotenes Fleisch und Würste. Ob die Übelkeit vielleicht auch nur ein Zeichen von Hunger war? Ich kam nicht mehr dazu, darüber nachzudenken, wie wir vielleicht ein Stückchen Wurst erbetteln konnten, denn einer der Soldaten war von seinem Stuhl aufgesprungen, ergriff meine Hände und begann, sich mit mir singend im Kreis zu drehen. Die anderen Mädchen wichen voller Furcht zurück und flohen aus der Soldatenbaracke. Mir wurde schwindelig vom vielen Drehen, und ich sah nichts als das lachende Gesicht des Mannes, der mir bei jedem gesungenen Wort seinen alkoholschweren Atem ins Gesicht blies. Ich weiß nicht, wie lange er mich herumwirbelte. Doch mit einem Mal schien er die Lust an seinem Spiel verloren zu haben und ließ meine Hände los. Ich flog zurück und landete auf dem Boden. Um mich herum drehte sich alles weiter, gleichgültig, ob ich die Augen schloss oder sie öffnete. Ich versuchte immer wieder, mich aufzurappeln, fand jedoch weder Halt noch Gleichgewicht, bis mich plötzlich zwei starke Hände auf die Beine stellten und einen Moment lang festhielten. Vor mir kniete der bärtige Soldat, der mir im Sommer ein paar Mal Schokolade geschenkt hatte. Diesmal gab er mir ein Stück Brot und ein

Stück Wurst und schob mich damit zur Tür hinaus. Vielleicht hat er mir an diesem Abend das Leben gerettet.

Im ersten Gulag-Jahr hatten wir Einsamkeit, Hunger und unvergleichliches Elend erlebt, aber der nächste Winter lehrte uns wirklich das Fürchten: Der Tod kroch durch die Baracken, kam über Nacht, stahl sich am hellen Tag hinein, und alle paar Tage wurden kranke oder leblose Kinder fortgetragen. Manche hatten sich wegen der Läuse blutig gekratzt und eitrige Geschwüre bekommen, andere erbrachen giftgrünes Wasser, wieder andere litten an blutigen Durchfällen, und nicht wenige hatten alles auf einmal. Die Kinder, die einfach vor Hunger und Schwäche nicht mehr aufwachten, fanden vielleicht einen leiseren Tod, das Sterben aber war gewiss nicht weniger qualvoll. Verstarb ein Kind in der Nacht und wir anderen bemerkten es, legten wir es draußen in den Schnee und hofften, es würde in den Himmel geholt. Und tatsächlich fanden wir am Morgen nur noch die Kleider vor der Tür, die wir am Ofen trockneten. So auch die Kleider von Hildegard. Ich dachte damals, der liebe Gott schickt sie uns, damit wir nicht erfrieren; Hildegard im Himmel hatte jetzt sicher ein sauberes und hübsches Hemd an. So erzählte ich es auch Papa, mit dem ich jetzt immer sprach, wenn Sterne am Himmel standen. Er war mein einziger Vertrauter, mein Beschützer. Er muss mir auch beigestanden haben, als wieder einmal mitten in der Nacht betrunkene Soldaten in unsere Hütte stürmten. Die Lampe der Männer, die hin- und herschwang, der Gestank nach kaltem Rauch und Schnaps, die Schreie der Mädchen, die sie mitnehmen wollten, meine Todesangst, das Beben meines Körpers, die Gedankenflut im Kopf und zugleich diese unfassbare Leere – nicht einmal an

Papa konnte ich denken. Dann das dunkle Fluchen eines Soldaten, klatschende Hiebe und dumpfe Tritte, immer mehr, die Schreie der Mädchen, das Schlagen der Tür, ein klägliches Wimmern in der Dunkelheit.

Zwei Strohlager waren leer. Am Boden neben dem Ofen lag Heide, rot lief ihr das Blut vom Kopf übers Gesicht und aus Mund und Nase. Zu viert hievten wir Heide auf ihr Lager, wischten ihr mit sauberem Stroh das Blut ab, doch es quoll immer neues aus den Wunden. Wir deckten Heide zu und warteten. Eva kam in meine Bettecke gekrochen, und wir hielten uns fest im Arm. So müssen wir irgendwann eingeschlafen sein.

Als es dämmerte, erwachten wir von einem qualvollen Stöhnen und Röcheln. Heides schmales Gesicht im grauen Morgenlicht war nicht zu erkennen, die Blutkrusten und blaugrünen Flecken hatten es völlig entstellt. Wenig später hörte sie auf zu atmen.

»Am besten, wir ziehen ihr die Sachen aus, dann werden sie im Schnee nicht nass, und wir müssen sie nicht trocknen«, sagte ich nach einer Weile. Heides Hemd zerriss ich in Stücke, die ich mir um meine Füße wickelte; so hatte ich es bei einem anderen Mädchen gesehen, feste Schuhe gab es längst nicht mehr.

Dieser Winter raubte uns unsere letzten Kräfte. Nur selten bekamen wir etwas zu essen, meine Vorräte an getrockneten Früchten und Blättern waren aufgebraucht, nur noch das Gras lag in meinem Versteck. Doch es ließ sich auch nach langem Kauen nicht ordentlich zerkleinern, und so musste ich es wieder ausspucken. Damit konnte ich mir die Zeit vertreiben, den Magen füllte es nicht. Wie die anderen Kinder war ich bis auf die Knochen abgemagert. Nur unsere Bäuche blähten sich. Ich bat meinen Vater im Himmel um Hilfe, er solle uns etwas zu essen schicken, sonst würden wir verhungern. Jeden Tag stand ich jetzt am Fenster, während es stürmte oder schneite, und wartete, dass die Soldaten uns eine warme Mahlzeit brachten. Doch es kam höchstens eine dünne Suppe. Aber Papa würde mich nicht im Stich lassen, da war ich mir sicher.

Und mein Vertrauen wurde belohnt. Eines Nachmittags öffnete sich das große Tor, und ein Lastwagen stoppte nicht weit entfernt von unserer Baracke. Bitte, keine Kinder, keine Kinder, dachte ich. Die sterben hier doch nur alle! Ob wieder Holz gebracht wurde? Dann sah ich, wie die Soldaten die Kinder aus den Baracken holten; sicher würden auch wir gleich hinausgescheucht in die Eiseskälte, zum Abladen des Wagens. Ich kniff die Augen zusammen, um besser sehen zu können, denn das, was der erste Junge in seinem Arm trug, sah nicht wie ein Stück Holz aus ... »Brot! Es gibt Brot!«, rief ich aufgeregt. Die anderen stürmten ans Fenster, während ich jauchzend zur Tür sprang. Los, kommt Soldaten, holt uns! *Dawaj, dawaj*, hätte ich am liebsten gerufen. Endlich gab uns ein Soldat das Zeichen, und wir stürmten los zu dem Lkw. Jedes Kind erhielt ein Brot, die Kleineren mussten ihre Arme aufhalten, so groß waren die Laibe.

Zurück in der Baracke saß ich auf meinem Lager, hielt das Brot fest im Arm und sog den köstlichen Duft ein, während die Ersten sich schon große Stücke von ihren Broten abgerissen hatten und gierig verschlangen. Ich wusste, dass ich so viel Essen auf einmal nicht vertragen würde, und lutschte erst einmal nur an einer Ecke der Rinde. Als die Kruste dort aufgeweicht war, biss ich das Stück ab und schob es in meinem Mund hin und her, bis ich es schließlich kaute und hinunterschluckte. Selbst diese Miniportion lag mir wenig später wie Blei im Magen. Den anderen aber erging es noch schlechter, sie würgten eine nach der anderen und erbrachen sich. Mir wurde es speiübel, als ich zusehen musste, wie sich einige von ihnen das Erbrochene gleich wieder in den Mund stopften. Wie groß war unsere Not!

In der Nacht fand ich kaum Schlaf, weil ich Angst hatte, dass man mir den Brotlaib stehlen könnte. Ich hielt ihn fest umschlungen und versuchte wach zu bleiben, döste dann aber doch immer wieder ein und träumte sogar vom Gutshof meiner Großeltern und dem Hühnerstall, als ich wie von weit weg ein Rascheln und Kratzen hörte. Nach und nach erwachte ich und stellte fest, dass das Geräusch gar kein Traum war. Ich lauschte. Ob sich jemand über den verlausten Kopf kratzte? Wir alle hatten Läuse, und das Jucken war vor allem in der Nacht, wenn man nicht schlafen konnte, kaum auszuhalten. Aber nein, da war es wieder, erst ein Kratzen, dann ein Rascheln. »Eva«, flüsterte ich. »Eva, hörst du das auch?« Eva antwortete nicht, sie schien fest zu schlafen. Mit offenen Augen lag ich im Dunkeln und versuchte die Richtung des Geräuschs zu bestimmen, als ich meinte, ein Tier mit einem langen Schwanz zu sehen. Und da noch eins, es hielt etwas zwischen den zierlichen Pfoten und fraß. War das Brot? Von meinem Brot konnte es nichts geschnappt haben, dachte ich, als im nächsten Moment aus einer anderen Richtung etwas auf mich zugelaufen kam. Ich schrie vor Schreck laut auf.

»He, was ist los? – Was schreist du so?« Die anderen Mädchen saßen kerzengerade auf ihren Strohbetten.

»Hier sind Tiere. Sie haben lange Schwänze und fressen unser Brot!«

»Ach, Monika, Tiere mit langen Schwänzen, du träumst wohl, hier ist nicht mal 'ne Maus.«

»Ehrlich, ich hab sie gesehen. Die müssen hier irgendwo sein«, verteidigte ich mich. Die großen Mädchen kicherten. Tatsächlich war von den Tieren keine Spur zu sehen, und es war auch kein Rascheln mehr zu hören. »Jetzt lasst uns weiterschlafen«, sagte Marianne.

Am Morgen erwachte ich, auf dem Bauch liegend, das Brot unter mir. »Na, wieder von Tieren mit langen Schwänzen geträumt, die dein Brot fressen?«, rief eins der Mädchen. Die anderen lachten. »Und hatten sie diesmal auch Mützen auf?«, spottete eine andere. Doch dann rief Eva: »He, wer hat mein Brot geklaut? Es ist nur noch ein kleines Stück übrig. Gestern Abend hatte ich noch mehr als die Hälfte.« Jetzt kontrollierten alle ihre Brotreste, und tatsächlich fehlte auch bei zwei anderen Mädchen ein Teil des Brotes. »Also, wenn Monika recht hat, dann hatten wir Besuch von Ratten! Die haben nämlich lange Schwänze«, erklärte Marianne nüchtern. »Wenn bei uns auf dem Bauernhof welche waren, wurden die sofort getötet. Wenn die einen beißen, kann man nämlich schlimme Krankheiten bekommen.« Einen Moment lang herrschte Stille. Dann sprangen alle auf, und eine wilde Suche begann, doch außer Brotresten im Stroh und Löchern in den Barackenwänden fanden wir nichts. Wir verstopften die Löcher in den Wänden mit Lumpen und hofften, so den Nagetieren den Weg in die Baracke versperrt zu haben. Aber sie ließen sich nicht aussperren; wenn sie etwas zu essen rochen, fanden sie auch den Weg dorthin. Und je hungriger sie waren, desto dreister wurden sie; nicht nur einmal erwischten wir eine Ratte am helllichten Tag zwischen unseren Betten. Die Plage würde erst aufhören, wenn auch das letzte

Stück Brot aufgegessen war. Ich hatte zuerst das weiche Innere aus dem Brotlaib herausgepult und lutschte noch Tage später an der Kruste. Trotz der Ratten wollte ich kein Essen vergeuden und möglichst lange davon zehren. Ich fand es fast leichter, den Rest vor den hungrigen Ratten als vor den hungrigen Kindern zu schützen. Es blieb nicht mehr bei neidischen Blicken und Fragen, ob ich von meinem Brot nicht etwas abgeben wollte. Ich erwischte immer mal wieder ein Mädchen, wie es mein Lager durchsuchte. Doch ich hatte das Brot am Körper, unter meinem Hemd versteckt. Bei meinem aufgeblähten Bauch fiel es nicht weiter auf. Jetzt aber wurden die anderen wütend, weil die Ratten wegen meiner Brotreste nachts immer noch durch die Hütte strichen. Ich befürchtete, dass die Mädchen mich bestrafen würden, und beschloss, das Brot aufzuessen. Ich brach ein großes Stück von der harten Kruste ab, den Rest steckte ich für den Moment in einen meiner Lumpenschuhe. Ich lutschte an der Kruste und aß, so viel ich konnte. Doch das Aufweichen war langwierig, und ich wurde darüber müde und schlief wohl irgendwann ein.

»Da! Da ist eine! – Und da!« Die Schreie der Mädchen ließen mich von meinem Strohlager hochfahren. »Jagt sie raus, los! Tut doch was!« Meine Lumpenschuhe lagen verstreut im Raum, die Ratten mussten das Brot darin gerochen haben. Die Barackentür stand weit offen, und eine Ratte jagte mit einem Stück Brot im Maul hinaus. »Da ist die Nächste! Raus! Raus!«

Als die Ratten verschwunden waren, kam eins der großen Mädchen und funkelte mich zornig an. Ich duckte mich. »Du hättest uns von deinem Brot abgeben sollen, jetzt haben es die Ratten gefressen!«, rief es erbost.

»Es tut mir leid«, sagte ich leise.

»Lasst die Monika in Ruhe, sie kann doch nichts dafür, dass wir alle kein Brot mehr haben. Und dass die Ratten immer wiederkommen, ist auch nicht ihre Schuld.« Nur Eva hielt zu mir. Mit ihr teilte ich das allerletzte Stück Rinde.

Wie erhofft, blieben wir von den Ratten erst einmal verschont. Es gab auch nichts mehr, was unseren oder ihren Hunger hätte stillen können … Wahrscheinlich war die kleine Betty deshalb gestorben. Ihr blasses Gesicht mit den hervorstehenden Wangenknochen zur Wand gewandt lag sie eines Tages da, und wir bemerkten ihren Tod erst einmal gar nicht. Dass ein Mädchen morgens nicht aufstand, kam öfter vor. Doch als sie sich am Nachmittag noch immer nicht geregt hatte, schaute Marianne nach ihr. »Tot«, sagte sie und legte ein Stück Lumpen über ihr Gesicht. Wir ließen den Leichnam liegen, es fühlte sich keine von uns verantwortlich. Wir hatten so viele Mädchen aus unserer Baracke verloren, es war nichts Besonderes mehr. Ohne Nahrung, ohne Liebe und immer mit dem Tod vor Augen, da stumpft man irgendwann ab. Zumal Bettys Kleider auch keiner anderen passten: Sie war mit Abstand die Kleinste gewesen. Niemand trug sie nach draußen. Doch dann waren eines Nachts plötzlich die Ratten wieder da, huschten um Bettys Lager. Und erst jetzt nahmen wir auch den Gestank wahr, der aus der Ecke mit dem Leichnam kam. In der Dämmerung zerrten wir zu zweit den Kinderkörper an den Beinen nach draußen, der Wind wehte den Lumpen über ihrem Gesicht fort und dort, wo Augen, Nase und Mund gewesen waren, klaffte eine braunrote Wunde. Ich rang nach Luft und würgte zugleich, dann erbrach ich mich in den Schnee.

Wir waren nur noch sechs oder sieben Kinder und zwei, drei, die neu hinzugekommen waren, aber wir fragten nicht, warum oder woher. Eine Gemeinschaft wurden wir nicht; jede kümmerte sich um sich selbst, und nur noch selten lagen zwei auf einem Lager und erzählten sich etwas oder nahmen sich in den Arm. Auch Eva war schon lange nicht mehr zu mir herübergekrochen, wir hatten wohl keine Kraft mehr, den anderen zu trösten. In Gleichgültigkeit versunken, verbrachten wir die sinnlosen Tage. Wir deckten Erbrochenes mit Stroh zu, hatten den Klostuhl wieder in Gebrauch, aber zum Hinauswerfen der Asche-Kacke-Stroh-Mischung konnte sich keine von uns aufraffen. Die meisten von uns hatten übel riechende Geschwüre, die sie sich mit den dreckigen Händen immer wieder aufkratzten. Manchen wuchsen die Lumpen bereits an den offenen Wunden fest. Unsere Fußsohlen waren von schmerzenden, blutigen Rissen gezeichnet, und hätten wir uns die Köpfe nicht mit alten Kleiderresten umwickelt, dann wäre uns wohl das Blut übers Gesicht gelaufen, denn die Läuse richteten uns übel zu. Da half es auch nicht, den geschorenen Kopf in den Schnee zu stecken oder mit Dreck zu bestreichen. Wir waren dem Tod ganz nah.

Inmitten dieser düsteren Wintertage geschah für ein paar Stunden etwas, das mir wie ein Wunder in Erinnerung geblieben ist. Ich saß am Ofen, hatte nach meinen schmerzenden Füßen geschaut, ob auch kein Geschwür daran war, und die vielen roten Stellen mit Wasser bestrichen, als jemand vergeblich versuchte, die Tür zu öffnen. Dann war die Stimme der Frau zu hören. Ich erkannte sie sofort wieder, obwohl sie lange nicht mehr bei uns gewesen war. »Habt keine Angst, bringe euch zu essen«, hörten wir sie rufen. Und dann stieß ein Soldat die zugeschneite Tür mit aller Macht auf, und die beiden brachten einen großen Topf und eine Kiste herein. Der Geruch nach einer gekochten warmen Mahlzeit erfüllte die Baracke. Und tatsächlich: In dem Topf waren dampfende Kartoffeln mit Schale und in der Kiste ein großes Stück Fleisch. Der Soldat ging mit seinem Gewehr nach draußen; nur die Frau blieb, sie lächelte uns an und winkte uns mit unseren Tellern heran. Der Geschmack der Kartoffeln und des Fleisches waren das Schönste, was ich seit Langem erlebt hatte. Und wann ich das letzte Mal etwas Warmes zum Kauen im Mund gehabt hatte, daran konnte ich mich gar nicht mehr erinnern. Die Frau blieb während des Essens bei uns und sang uns ein russisches Lied vor. Sie hatte eine schöne, klare Stimme. Als die Ersten ihre Teller beiseite stellten, weil unsere Mägen viel kleiner waren als unsere Augen, da fragte sie uns nach Kinderliedern. Wir lachten sehr, als sie in ihrem holprigen Deutsch mit uns *»Ri-ra-rutsch, wir fahren mit der Kutsch«* sang. Danach erzählten wir ihr von den Ratten. Nach den Mädchen, die die Soldaten weggeholt hatten, fragten wir aber nicht. Es wollte wohl keine die friedliche Stimmung zerstören. Die Frau lächelte uns die ganze Zeit freundlich an, und ich musste immerzu auf ihr blondes Haar schauen und dachte seit Langem mal wieder an meine Mama. Ob sie mich noch suchte? Ich war mir nicht sicher. Sie hätte mich doch längst schon abgeholt, dachte ich. »Kinder, müsst die Baracke sauber machen«, sagte die Frau und lächelte auch bei diesen Worten. Wir nickten und lächelten ebenfalls. Womit wir kehren und putzen sollten und wohin das alte Stroh und die Stroh-Asche-Kacke-Mischung unter dem Klostuhl sollte, das sagte sie uns nicht. Als die Frau gegangen war, versteckte jede von uns schnell ihre Essensreste. Vor den anderen und vor den Ratten.

Eines Nachts kam eins der großen Mädchen leise zu mir herübergekrochen. Misstrauisch lauschte ich darauf, was sie mir ins Ohr flüsterte. »Die Soldaten feiern wieder. Dann essen und trinken sie viel. Und die Reste werfen sie auf einen Misthaufen draußen. Wenn du mutig genug bist, komm mit, wir wollen uns dort etwas zu essen holen. Wir sind fünf Kinder, drei aus einer anderen Baracke. Was ist? Machst du mit?« Ich überlegte noch, als sie sagte: »Du musst dich ganz warm anziehen. Es ist frostig draußen.«

»Warst du denn schon einmal dort?«, fragte ich leise. »Ja … ja.« Ihre Stimme schien ein wenig zu zittern. »Aber das ist länger her. Weißt du, wir dürfen uns nicht erwischen lassen. Die Soldaten schießen sofort. Dann bist du tot.«

Diese Worte machten mir alles andere als Mut. »Ich komme mit«, hörte ich mich trotzdem sagen.

Draußen blies ein heftiger Wind, der mir den Schnee ins Gesicht trieb. Ich hatte alle möglichen Lumpen angezogen, die ich auf die Schnelle auftreiben konnte, doch die löchrigen Stoffe konnten die Eiseskälte nicht abhalten; sie zog mir am Körper hinauf in jedes einzelne Glied. Mit mir waren wir nun sechs Kinder. Ein Junge, ich wusste, dass er Gert hieß, sagte zu mir und zwei anderen Mädchen, die anscheinend auch das erste Mal dabei waren: »Merkt euch den Weg. Wenn was passiert, wartet nicht auf die anderen, dreht sofort um, und lauft zurück. Kapiert?« Wir nickten. Paarweise huschten wir im Schatten der Kinderbaracken über das Gelände. Das Mädchen aus meiner Baracke hatte mich an die Hand genommen. Es griff immer mal wieder nach, damit meine kleine Hand nicht aus ihrer rutschte. Für einen kurzen Moment dachte ich, Mama würde neben mir herlaufen.

Die Musik und das laute Lachen waren trotz des Schnees

schon von Weitem zu hören. Gert gab uns ein Zeichen, dass wir langsamer werden sollten, und zeigte auf die Rückseite der ersten Soldatenbaracke. Hintereinander schlichen wir nun von Baracke zu Baracke, bis der große, schneebedeckte Misthaufen vor uns auftauchte, der sich unter einem weit geöffneten und hell erleuchteten Fenster befand. »Mist«, zischte eins der großen Mädchen. »Wie sollen wir bei dem Schnee etwas finden?«

»Ich seh nach«, sagte Gert und war auch schon zu dem Schneehügel gelaufen, unter dem sich der Misthaufen verbarg, und kletterte geschickt hinauf. Als er oben war, hockte er sich hin und schien im Schnee zu wühlen. Aber dann winkte er uns zu, wir sollten kommen, und das Mädchen ließ meine Hand los. Jetzt rannten wir anderen wie um die Wette und kletterten den zugeschneiten Misthaufen hinauf. Wir hatten große Mühe, vorwärtszukommen, denn mit Lumpen lässt sich ein Schneeberg nicht gut erklimmen. Doch der Wille schien uns behilflich zu sein, anders kann ich mir nicht erklären, wie wir oben ankamen, ohne hinabzukullern. Auf der Kuppe des Misthaufens war der Schnee durch die Wärme, die aus dem Fenster der Baracke strömte, geschmolzen, und es lagen über ein Dutzend Knochen vor uns, mehrere Brotenden und jede Menge Kartoffelschalen. Die anderen nagten schon die ersten Fleischreste ab, während ich noch unsicher über den Schnee am Rand kroch. Dann hielt mir ein Mädchen einen Knochen hin, und ich griff ebenfalls zu und knabberte das wenige Fleisch ab. Wir aßen eine Weile, dann steckten wir, so viel wir konnten, in unsere Kleider. Plötzlich zischte Gert leise: »Ducken!« Ich sah gerade noch eine Hand, die etwas aus dem Fenster warf, und machte mich so klein ich konnte. Ein Soldat hatte Fischreste entsorgt, jede Menge davon türmte sich nahe dem Fenster auf. Zu dritt krochen wir hin und zogen die Fischköpfe mit Gräten am Schwanz hervor. »Ihr müsst die Kiemen anlutschen und den Kopf aussaugen«, erklärte Gert leise. »Das hat mein Vater auch immer gemacht.«

Meine Taschen waren bald voll und mein Magen zwickte schon, als ich bemerkte, dass ich dicht unter dem Fenster hockte. Ich lauschte der russischen Musik, die Soldaten sangen dazu. Gern wollte ich einen Blick durchs Fenster wagen, während die anderen sich weiter die Münder und Taschen füllten. Vorsichtig reckte ich den Kopf und spähte an der Ecke über mir in die Baracke hinein. Ich sah zuerst den großen Tisch mit Flaschen und Tellern, darauf die Fische. Brot lag daneben, in große Stücke gerissen. Rundherum saßen und standen Soldaten, mit einer Flasche in der Hand oder einem Mädchen im Arm. Ich wollte mich schon wieder wegducken, als ich weiter hinten in der Baracke eine Reihe Mädchen entdeckte, die auf einer Bank saßen. Ihre Gesichter konnte ich nicht sehen, denn sie hielten die Köpfe geneigt, als würden sie im Sitzen schlafen. Doch bei einigen zuckten die Schultern, so als würden sie weinen. Seltsam, die haben es doch warm und bekommen sicher zu essen, dachte ich. Und da ging auch schon ein Soldat zu den Mädchen hinüber und steckte ihnen der Reihe nach etwas in den Mund. Die Mädchen schienen es aber gar nicht essen zu wollen, sie verzogen die Gesichter, und jetzt sah ich ihre verheulten Augen. Ob die schon so viel zu essen bekommen hatten, dass ihnen schlecht war? Aber warum? Warum ließ man uns hungern und … Meine Gedanken wurden jäh unterbrochen, als der Soldat ein Mädchen zu einem Tisch zerrte. Was passierte jetzt? Ich wollte es eigentlich nicht wissen, konnte den Blick aber auch nicht lösen. Der Russe setzte das Mädchen auf den Tisch und hielt ihm eine Flasche an den Mund. Es war sicher kein Wasser, denn das Mädchen schüttelte sich, hustete und prustete. Doch der Soldat riss ihm den Mund immer wieder auf und schüttete mehr von der Flüssigkeit hinein. Ein paar andere Soldaten, die dazugekommen waren, feuerten ihn an und lachten laut. Das Mädchen aber schrie und schluchzte und begann zu spucken und übergab sich schließlich auf den Tisch. Da wurde der Soldat wütend und ohrfeigte es; er zwang das Mädchen, das Erbrochene aufzulecken. Ich bebte vor Angst und Ekel am ganzen Körper, ich wollte nicht weiter zuschauen, was der Soldat mit dem Mädchen noch anstellte, aber ich war wie versteinert. Jetzt sah ich, wie ein anderer Soldat einem Mädchen die Lumpen vom Körper riss und es in den Arm nahm. Wie eine Puppe hing das entblößte Mädchen an dem großen Mann, der sich zur Musik mit ihm im Kreis drehte. Zuschauer stellten sich um sie herum, klatschten, grölten und warfen mit toten Fischen nach den beiden. Der Kopf, die Arme und Beine des Mädchens schwangen schlaff hin und her. »Sie ist doch schon wie tot«, flüsterte ich leise. »Sie ist doch schon wie tot.« Der Soldat warf den leblosen Kinderkörper auf einen Tisch. Da kam noch einmal so etwas wie Leben in das Mädchen, es wollte schreien, aber der Russe stopfte ihm den Mund mit einem Fisch. Er ließ seine Hose hinunter und als er in das Mädchen hineinstieß, blickte es mit angstgeweiteten Augen zu mir herüber, aber nur in meine Richtung, es schien wie durch mich hindurchzusehen. »Monika, komm. Schau dir das nicht an«, sagte das große Mädchen, das mich an der Hand hierhergeführt hatte. Behutsam zog es mich fort. Das Mädchen hatte mich zum ersten Mal bei meinem Namen genannt.

Zitternd und mit klappernden Zähnen saß ich später auf meinem Strohlager. »Du musst die nassen Sachen ausziehen«, sagte das Mädchen. Aber ich rührte mich nicht. »Komm, Kleine, zieh die Sachen aus«, sagte sie noch einmal. In diesem Augenblick löste sich in mir ein Schrei; ich schrie und schrie und konnte nicht mehr aufhören. Ich weiß nicht, wie oft mich das Mädchen ins Gesicht schlug, bis ich endlich still war. »Sei mir nicht böse«, sagte es, »ich will dir nur helfen.« Ich begann leise zu weinen und wehrte mich nicht, als sie mich auszog, mir etwas Trockenes überzog und mich hinlegte. »Jetzt schlaf erst einmal«, sagte sie noch. »Ich heiße Regina; wenn du mich brauchst, ruf mich einfach. Ich passe auf dich auf.«

Regina wurde meine Freundin, sie schlief immer öfter mit in meiner Ecke, passte auf mich auf, tröstete mich. Nur das Essen teilten wir nicht. Es war einfach zu wenig.

Winter wie Sommer starben Kinder. Krank, verlaust, verhungert, vergewaltigt, von Ratten angefressen, erschossen, erfroren. Uns Überlebenden ging es aber nicht etwa besser, nur weil wir insgesamt weniger wurden – bis auf die Tatsache, dass jeder Todesfall neue Lumpen bedeutete. Eine Zeit lang hatten wir vielleicht genug Wasser, mal gab es eine Sonderration Brot oder sogar für jede von uns einen Apfel, ein paar Wochen lang konnten wir uns aus einer Baracke, in der es keine Kinder mehr gab, frisches Stroh holen, im Sommer suchten wir Beeren, Blätter, Würmer und Käfer, aber die meiste Zeit gab es nichts. Und es fehlte ebenso am Nötigsten wie am Wichtigsten: einer zärtlichen Hand, die uns mal über den Kopf strich, einem liebevollen Wort. Wir waren verwahrlost – verwahrloste Körper, verwahrloste Seelen. Die Lumpen waren mit der Haut verwachsen, wir stanken nach Urin, Kot, Schweiß, Blut, Eiter und Dreck. Wer konnte, stahl dem anderen das letzte Stückchen Brot; unser Erbrochenes fraßen wir lieber selbst, bevor es sich andere Kinder oder die Ratten holten. Und gleichwohl regte sich in mir immer noch der Wunsch, dieses Elend zu überwinden. Als ich eines Tages bei einer Brotausgabe noch einmal den Soldaten mit dem Hund traf, steckte er mir heimlich ein in Zeitung gewickeltes Stück Schokolade zu. Nicht weniger als über die Süßigkeit freute ich mich über das Papier, mit dem ich mir nun den Po abwischen konnte, wenn ich Verdauung hatte. Selbst die zerrissensten Stofffetzen wusch ich im Sommer mit dem Brunnenwasser. Jedes Jahr legte ich einen Vorrat für den Winter an, obwohl ich inzwischen wusste, dass er, schon allein wegen der Rattenplage, niemals bis ins Frühjahr reichen würde.

Ich dachte vielleicht, dass ich alle Grausamkeiten und Gefahren kannte – was nicht heißen soll, dass ich die Angst verloren hätte – nein, die Angst wuchs und grub sich nur tiefer in meine Seele. Jedenfalls rechnete ich mit dem Schlimmsten, als im letzten Winter plötzlich zwei Soldaten mitten in der Nacht in unserer Baracke standen, mit den Gewehren herumfuchtelten und uns Zeichen gaben, hinauszugehen. *»Dawaj, dawaj!«*

»Bitte Papa, lass mich nicht allein«, flehte ich leise zum Himmel. »Ich will gern zu dir kommen, aber lass mich nicht in der Baracke der Soldaten sterben.« Regina neben mir fasste nach meiner Hand.

Noch nie waren so viele Kinder mitten in der Nacht aus den Baracken geholt worden. Ob sie uns alle erschießen wollten? Sie trieben uns mit den Gewehren vorwärts über das schneebedeckte Gelände in einen Bereich noch hinter den Soldatenbaracken, in dem ich noch nie gewesen war. Weil sich einer meiner Lumpenschuhe gelöst hatte und ich stehen bleiben musste, um ihn wieder festzubinden, ließ ich Reginas Hand los und hockte mich an die Seite. Keine Sekunde später packte mich jemand im Nacken und zog mich hoch. *»Dawaj, dawaj!«*, brüllte der Soldat, und ich musste mit dem offenen Lumpen weiterlaufen. Wenn nur keiner darauftrat!

Nahe einer Hütte, die einsam dastand und mehr an einen Schuppen erinnerte, warteten schon einige andere Kinder. Ich suchte nach Regina und drängelte mich nach vorn durch. Da war sie ja! Ich zupfte an ihrem Ärmel, aber sie beachtete mich nicht. Starr sah sie nach vorn. Zögernd folgte ich ihrem Blick. Ein Mädchenkörper neben und über dem anderen lag nackt im Schnee. Mädchen aus unseren Baracken; Mädchen, die die Soldaten geholt hatten; Mädchen, die Schnaps hatten trinken müssen; Mädchen, die gekotzt hatten; Mädchen, die geblutet hatten, als die Männer in sie stießen; Mädchen, die hingerichtet worden waren.

Hinter den Mädchen standen Soldaten mit Gewehren und Hunden an einem Graben, aus dem Kinder geklettert kamen. Manche mit letzter Kraft – wenn sie wieder oben waren, fielen sie erschöpft um und lagen unweit der Toten im Schnee. *»Dawaj, dawaj!«*, hieß es wieder. Und nun wurden wir zu dem Graben geschickt. Ich stolperte mehr, als dass ich lief, und versuchte, den Lumpenschuh beim Laufen zusammenzuhalten. Bloß nicht anhalten, bloß nichts anmerken lassen, dachte ich. Zu spät. Ein Soldat hatte einen Fetzen meines Schuhs mit der schweren Sohle seines Stiefels erwischt.

Ich hatte noch Glück, dass ich nicht hingefallen war, und wollte die Stoffstreifen wenigstens aufsammeln, um sie mir später wieder um die Füße zu wickeln, und bückte mich danach, als ich einen Gewehrkolben zwischen meinen Rippen spürte, dann einen Tritt und noch einen. Ich konnte gerade noch meine Arme schützend über dem Kopf verschränken. Die Tritte hörten nicht auf, bis ich plötzlich in den Graben hinabstürzte.

Ich lag in dem dunklen, großen Loch. Wenigstens war ich dem Soldaten entkommen, dachte ich. Er stand oben am Rand, im Schein einer Fackel sah ich die große Gestalt über mir, das Gewehr auf mich gerichtet. Ich vergrub das Gesicht in meinem Arm und wartete. Als ich erneut aufschaute, war der Soldat fort. Ich setzte mich mühsam auf. Worauf war ich bloß gefallen? Es war keine Erde, waren keine Steine. Vorsichtig tastete ich in der Dunkelheit nach dem Boden unter mir. Ich spürte eiskalte Arme, Beine, Bäuche, Rücken, Köpfe, lauter kalte Haut, leblose Körper. Eine Grube voller toter Kinder! Ich würgte und rang nach Luft, dann zuckte ich zusammen, denn eine Hand legte sich auf meine Schulter. »Schsch«, machte jemand. Dann hörte ich Regina flüstern. »Kriech hinten zum Rand und bleib da liegen, los, die Soldaten erschießen dich sonst noch.« Ich tat, was sie gesagt hatte, und kroch über die Kinderleichen zum äußeren Rand, an der Seite, an der keine Soldaten standen. Regina und einige andere Kinder mussten das Grab erweitern; sie schaufelten Schnee und frostige Erde beiseite. Nach einer Ewigkeit durften sie wieder aus der Grube heraus. Ich ahnte, was nun passieren würde, und drückte mich gegen die Erdwand. Die Eiseskälte erstickte jeden Gedanken und jedes Gefühl im Keim. Eine Mädchenleiche nach der anderen, alle, die oben aufgereiht gelegen hatten, wurden in die finstere Grabstätte geworfen. Wie Säcke plumpsten Körper auf Körper, ein Arm, ein Bein streiften mich, rissen mich beinahe mit. Ich hatte Angst, dass die nächste Tote auf mich fiel und mich erschlug, und so suchte ich panisch nach einer Nische zwischen den toten Körpern am Rand.

Meine Seele war wie betäubt, jegliches Gefühl darin war abgestorben. Ich lag zwischen den toten Kindern und hielt mich an ihnen fest. Nach einer Weile wurde Erde auf uns geschaufelt. Hört auf, ich bekomme doch keine Luft mehr, wenn ihr uns zuschüttet!, schrie ich stumm. Mit dem letzten Rest an Lebenskraft wischte ich mir die Erde aus dem Gesicht. Immer wieder fielen Schüsse. Dann hörte ich russische Befehle und das Bellen der Hunde; die Kinder wurden in ihre Baracken zurückgetrieben.

Es begann zu schneien; ich sah im grauen Mondlicht die Flocken über mir. Wie eine sanfte Decke legte sich der Schnee über das große Grab, es war ganz still. Nur ich und die vielen toten Kinder waren hier unten. Ob ich nun zu Papa kam? Ich lag mit offenen Augen da und wollte auf den Tod warten; in einer Totengrube wartet man auf den Tod, dachte ich. Aber ich sah keinen Stern am Himmel, nur die vielen Schneeflocken. Papa kam nicht, um mich zu holen. Und hier würde er mich sicher niemals finden. Ich musste irgendwie aus diesem Erdloch raus. Aber wie? Das Denken fiel mir unendlich schwer. Ich hob vorsichtig den Kopf. War auf der anderen Seite der Grube die Erdwand nicht viel flacher gewesen als hier? Dort wollte ich versuchen hinauszuklettern. Nach und nach bewegte ich jedes einzelne Glied, bis mein rechter Fuß an der Reihe war. Aber er steckte zwischen zwei oder drei Leichen fest und ließ sich nicht herausziehen. Erst als ich mit beiden Händen fest an meinem Unterbein zerrte, gaben die Toten ihn frei. Auf allen Vieren kroch ich über die leblosen Kinderkörper zum Grubenrand und hinaus, und auf allen Vieren kroch ich auch zwischen den Baracken umher, ohne Orientierung, bis ich irgendwann unsere Baracke erkannte.

Regina war die Erste, die zu mir gelaufen kam. Sie half mir auf mein Strohlager. »Dein Fuß, Monika, dein Fuß ist verletzt … und deine Zehen sind ganz blau«, sagte sie und holte Wasser, um mir die Wunden auszuwaschen. »Aber du lebst, ja, du lebst.«

Als die blonde Frau eines Tages mit Suppe und Brot zu uns kam und sagte, wir dürften in ein paar Tagen nach Hause fahren, glaubten wir ihr zuerst nicht. »Doch, doch. Kinder bekommen jeden Tag Suppe und Brot. Dann stark und nach Hause.«

Am nächsten Tag erhielten wir tatsächlich wieder Suppe und Brot und diesmal sogar Milch. Und am nächsten und übernächsten auch. Sollte die Frau die Wahrheit gesagt haben? Die vielen Mahlzeiten jedoch bekamen uns nicht, unsere Mägen waren das Essen nicht gewohnt. Es war ein Würgen und Brechen, aber wir wollten auch jetzt nichts den Ratten überlassen. Wer wusste denn schon, ob wir am nächsten Tag nicht wieder hungern mussten!

An einem Morgen polterten zwei Soldaten in unsere Baracke. Ich verkroch mich tief unter meiner alten Decke. »Kinder, wascht euch, heute geht es nach Hause«, hörte ich die Frau rufen. Die Soldaten hatten jeder von uns eine saubere Decke gebracht. Die Decken stanken kein bisschen. Wir wuschen uns, wie es die Frau uns aufgetragen hatte. Aber wir freuten uns nicht; das Gefühl von Freude war uns im Gulag abhandengekommen. Und worauf sollten wir uns überhaupt freuen? Wo war unser Zuhause nach so langer Zeit? Wo wurde ich hingebracht? Zu Mama? Wo war sie denn?

Mit den Decken bestiegen wir die Lastwagen, in denen an den Seiten lange Sitzbänke angebracht worden waren. Es gab einige Kinder, die nicht sitzen konnten, weil sie zu schwach waren. Sie wurden in die Mitte der Ladefläche auf Stroh gelegt. Ich suchte mir einen Platz in einer Ecke gleich an der Ladeklappe und hielt nach Regina Ausschau. Sie war einem anderen Lastwagen zugeteilt worden. Da, endlich hatte ich sie ausgemacht, als sie mir auch schon zuwinkte und im Inneren eines Lkws verschwand. Ich blinzelte die aufsteigenden Tränen fort.

Kurz bevor die Planen hinuntergelassen wurden, stand wie aus dem Nichts plötzlich der bärtige Soldat an unserem Wagen. Sein Hund war diesmal nicht bei ihm. Er nickte mir lächelnd zu. *»Do swidanija«*, sagte er und streckte mir seine Hand entgegen. Er drückte meine schmale Kinderhand, dann starteten auch schon die Motoren.

Ich sah zwischen den Planen hindurch zurück, das Tor hinter uns blieb geöffnet, die schäbigen Baracken erinnerten mich an die faulen Zähne des Soldaten. Mit der Fahrt wurden sie kleiner und kleiner. Als ich nicht einmal mehr schwarze Punkte am grauen Horizont sehen konnte, schloss ich die Augen und ließ mich vom Schaukeln des Lastwagens in den Schlaf wiegen.

1948

Kinderheim und Krankenhaus in der sowjetischen Besatzungszone

»Mama!«, rief ich und lief auf meine Mutter zu. Sie schaute sich um, als würde sie jemanden suchen. »Hier bin ich! … Mama? Sieh, doch, ich bin es, Monika! Erkennst du mich nicht?« Ich hatte beide Arme zum Winken in die Höhe gestreckt, aber mit einem Mal waren lauter Soldaten zwischen uns, russische Soldaten. Wollten sie mich zurück in das Lager bringen? Würden sie Mama erschießen? »Bitte, nicht! Nicht meine Mama erschießen! Ich habe doch niemanden außer ihr!«, rief ich. An den Uniformierten vorbei sah ich ihr blondes Haar, das unter der Mütze hervorschaute, einen Zipfel von ihrem Mantel, einen Stiefel. Es waren nur noch wenige Meter, die uns trennten, als ich sie von einem Wimpernschlag zum nächsten aus den Augen verlor. Mama? Dort, wo eben noch meine Mutter gestanden hatte, war jetzt die blonde Russin zu sehen. »Kind, da bist du ja«, sagte sie.

»Wach auf, wir sind da.« Der Junge neben mir rüttelte an meiner Schulter.

Mit schlaftrübem Blick nahm ich wahr, wie zwei Frauen in schwarzen langen Kleidern und mit weißen Tüchern um den Kopf auf den Lastwagen zugelaufen kamen. »Die Kinder, die Kinder sind angekommen!«, rief eine von ihnen unentwegt. Und im nächsten Augenblick strömten aus dem großen weißen Haus, vor dem wir gehalten hatten, noch mehr Frauen in solchen seltsamen Gewändern. Ihre Schritte gerieten ins Stocken, je näher sie kamen, und als sie vor uns standen, schlugen sie die Hände vor den Mund und betrachteten uns voller Entsetzen. Unsere von Blut und Dreck verkrusteten Gesichter, die jämmerlichen Lumpen, die schlaff an unseren ausgehungerten Körpern herabhingen … »Gütiger Himmel!« – »Die armen Würmer …« – »Das ist nur der erste Wagen …«

»Kommt, wir helfen euch runter, Kinder«, sagte eine Stimme ganz in meiner Nähe. Erst jetzt bemerkte ich, dass die Frauen *unsere* Sprache sprachen. Redet weiter, hätte ich am liebsten gerufen. Ich konnte gar nicht genug von den vertrauten Wörtern bekommen.

Die meisten von uns waren nicht in der Lage, aus eigener Kraft aufzustehen. Manche krochen oder robbten nach vorn, tatsächlich mehr wie Würmer denn als Menschenkinder, um sich von dem Wagen heben und ins Haus bringen zu lassen. Die anderen Kinder blieben sitzen und warteten. Wie ich. Ich betrachtete aus dem Wagen heraus das große weiße Haus, den Weg durch den Vorgarten auf die weit geöffnete Holztür zu. Dort stand eine Frau, die Hand an der Stirn, um trotz der hellen Sonne etwas sehen zu können. »Bringt die Kinder gleich in den Bettensaal!«, rief sie den anderen zu. Und als die ersten Kinder an ihr vorbei ins Haus getragen wurden, strich sie ihnen über ihre Lumpenmützen. Dann kam auch sie zu unserem Lastwagen.

Als mich die Frau ins Haus brachte, dachte ich, das müsse nun doch endlich der Himmel sein. Es war alles so sauber und hell, und es duftete herrlich! Sie trug mich in einen großen Saal, in dem mehrere Reihen mit Betten standen. Betten mit Untergestell und Matratze und Kopfkissen und Decke. Jedes frisch bezogen, in Weiß und glatt gestrichen. Aber oje, mehrere Kinder saßen mit ihren dreckigen Lumpenkleidern auf den schönen Betten. Das würde Ärger geben. Während ich das noch dachte, wollte mich die Frau gerade auf einem Bett absetzen. Ich strampelte und stemmte mich gegen sie, bis ich auf dem Boden landete. Schnell kroch ich unter das Bett und drückte mich dort an die Wand.

»Kleine, du musst keine Angst haben«, sagte die Frau. »Ich bin Schwester Maria. Die anderen Schwestern und ich helfen euch, dass ihr wieder gesund und kräftig werdet. Und nun komm raus da.«

Ich hätte gern gesagt, dass ich nichts schmutzig machen wollte, aber ich bekam keinen Ton heraus. Stumm blieb ich unter dem Bett sitzen und sah der freundlichen Frau, die meine Schwester sein wollte, in die Augen.

»Wie heißt du denn, Kleine? Weißt du das?« Was für eine dumme Frage! »Monika Charlotte Clausen von Quitzro«, antwortete ich.

»Na, dann komm, Monika. Du hast doch sicher auch Durst und Hunger. Wenn du dich ausziehen und in dein Bett legen lässt, bringe ich dir später eine warme Milch. Und ein Glas Wasser bekommst du gleich.«

Warme Milch … Ich schnupperte. Das war der wunderbare Duft, der schon das Treppenhaus erfüllt hatte … Ich wollte nun zu gern aufstehen und Wasser und Milch trinken, aber meine Beine ließen sich nicht bewegen, und in meinem rechten Fuß pochte es vor Schmerzen.

Schwester Maria bückte sich tiefer unter das Bett, zog mich vorsichtig hervor und setzte mich auf ein Laken, das sie über dem Bett ausgebreitet hatte. Ich ließ es geschehen. »Und jetzt hole ich dir Wasser«, sagte sie. In diesem Moment fiel mir mein Becher ein. Ich hatte ihn in der Baracke auf meinem Lager liegen gelassen. Meinen Becher, meinen Teller und den Löffel. Wie hatte ich mein Geschirr nur vergessen können? Woraus sollte ich das Wasser denn trinken, das Schwester Maria mir bringen würde? Ich wollte mich gerade aufrichten, um eins der anderen Mädchen zu fragen, ob es mir einen Becher leihen könnte – obwohl ich wusste, dass keins seinen Becher abgeben würde –, als Schwester Maria mit einem Glas vor mir stand. Einem Glas voll Wasser ... Mit einem Mal erinnerte ich mich an früher, an zu Hause und an die große Küche bei Oma und Opa und den Schrank, in dem die Gläser standen ... Kühl und glatt lag das Glas an meinen Lippen. Ich trank einen ersten kleinen Schluck. Hmmm ... Noch einen. Hmmm ... Dieses Wasser war besser als der geschmolzene Schnee und das Brunnenwasser, es schmeckte süßlich. Schluck für Schluck leerte ich das Glas.

»Und jetzt ziehe ich dich aus, damit ich sehen kann, ob du Verletzungen hast«, sagte Schwester Maria und wollte mir die Lumpen vom Kopf wickeln, aber ich schlug ihr gegen die Hände. Niemand würde mir meine Kleider wegnehmen! Sie waren das Einzige, was ich noch hatte. Schwester Maria war zurückgezuckt, aber dann wies sie auf eine Frau, die gerade den Saal betrat. »Schau, Monika, Schwester Josefine bringt dir und den anderen neue Sachen zum Anziehen. Da ist bestimmt etwas Passendes dabei.«

»Sterben hier denn auch so viele Kinder?«, fragte ich, als Schwester Josefine die neuen Sachen auf einem der leeren Betten ablegte.

»Sterben? Warum sollen hier ... ach, nein, nein! Das sind

alles Kleider, die uns gespendet wurden. Das heißt, sie wurden uns für euch geschenkt. Jedes Kind bekommt etwas.«

»Dann darfst du mir beim Ausziehen helfen«, sagte ich.

Schwester Maria begann meinen Kopf von der Lumpenhaube zu befreien, behutsam rollte sie Stück für Stück ab, bis meine wunde Kopfhaut mit den Haarstoppeln zum Vorschein kam. »Na, die Läuse haben dir aber ganz schön wehgetan, was? Die müssen wir erst einmal entfernen, damit die Haut wieder heilen kann.« Ich biss die Zähne zusammen, vor Schmerzen und auch weil ich mitbekommen wollte, was Schwester Maria sagte, während sie mir behutsam über den blutenden Kopf tupfte. »Es wird einige Zeit dauern, bis alle Läuse weg sind, aber gegen das Jucken unternehmen wir schon heute etwas.« Als ich etwas später bis auf die Fußlumpen entkleidet auf dem Bett vor ihr saß, schämte ich mich. Im Lager hatte ich mich nie nackt ausgezogen. Im Lager waren nur die Toten nackt gewesen … Ich hielt den Kopf tief auf die Brust gesenkt, um meine Tränen zu verbergen.

»Hier ist ein frisches Laken, Monika. Du frierst doch sicher«, hörte ich Schwester Maria sagen, und schon hüllte sie eine großes weißes Tuch um mich. Kalt war es mir nicht, aber ich war froh, meinen Körper bedecken zu können. »Jetzt möchte ich mir deine Füße ansehen, ja?« »Nein, die Fußlumpen kann ich nicht ausziehen. Dann kann ich nicht mehr laufen. Die Füße tun schrecklich weh.«

»Gerade weil sie dir so wehtun, muss ich sie mir mal anschauen. Damit ich dir helfen kann … Hab keine Angst. Ich bin ganz vorsichtig.«

Ich nickte zögernd und hielt ihr den linken Fuß hin.

»Leg dich am besten zurück.« Während Schwester Maria die Stoffstreifen vorsichtig ablöste, jammerte ich leise vor lauter Brennen und Stechen. Der Fuß war blau und grün. »Zeig mal die Fußsohle«, bat Schwester Maria und betrachtete sie dann mit ernstem Blick. Danach nahm sie meinen rechten Fuß. Doch allein das Abwickeln der Lumpen ließ mich nun laut aufschluchzen. Der rechte Fuß brannte wie Feuer, und es klopfte ein Schmerz darin, der kaum auszuhalten war. Der Fuß war blau und grün und lila und schwarz. Als sie die untere Stoffschicht erreicht hatte, quoll am Fußspann eine dicke gelbgrüne Flüssigkeit hervor, die genauso übel roch, wie sie aussah.

»Ach, Kind, das sieht aber gar nicht gut aus. Und hier unten klebt etwas fest, da muss der Doktor nachschauen.« Sie legte ein Tuch auf die Wunde. Sofort sog es sich mit dem Eiter voll. Oberhalb des Stückes, das mit meinem Fleisch wie verwachsen war, schnitt sie den letzten Stofffetzen ab. Ich wollte noch sagen, dass sie den Fuß doch lieber wieder mit Lumpen umwickeln sollte, aber das heftige Stechen im Fuß raubte mir die Luft zum Sprechen. »Bleib schön liegen. Ich hole nur schnell den Doktor.« Schwester Maria deckte mich zu und verschwand durch die große Flügeltür.

Ich vermied es, den Fuß auch nur einen Millimeter zu bewegen, und der stechende Schmerz ließ ein wenig nach. Jetzt erst sah ich, dass einige der anderen Kinder weiße Tücher wie Hüte auf dem Kopf trugen. Und darunter waren sie weiß eingepudert. Lustig sahen sie aus. Die Kinder mit den Hüten hatten gar keine Ähnlichkeit mehr mit den Kindern im Lager. Sie waren sauber, und manche hatten sogar ein Leuchten in den Augen. Einige lachten miteinander. Gerade wurde wieder ein Mädchen eingepudert, und weiße Nebelwolken tanzten durch den Saal. Danach zauberte Schwester Josefine mit ein paar Handgriffen solch einen weißen Hut auf den Kopf des Mädchens. Zu gern hätte ich auch schon sauber und gepudert mit solch einem Hut in dem großen Kissen gelegen. Während ich so dalag und die anderen beobachtete, bekam ich plötzlich Angst, dass Schwester Maria mich vergessen haben könnte. Vielleicht waren auch noch mehr Kinder angekommen, mit denen mussten wir uns jetzt sicher auch die Milch teilen ... Ob ich überhaupt noch Milch bekommen würde? Mein leerer Magen rumorte bei dem Gedanken, und ich wollte Schwester Josefine fragen, ob es denn auch genug Milch für alle gab, als ein großer dünner Mann mit einem langen weißen Kittel auf mich zukam. Und dahinter kam Schwester Maria, die mich ausgezogen hatte. Milch hatte sie keine dabei.

»Das ist der Doktor, Monika. Er wird jetzt deinen Fuß untersuchen.« Der Arzt nickte mir freundlich zu und sagte noch, ich brauchte keine Angst zu haben, er würde mir ganz bestimmt nicht wehtun. Trotzdem zog ich das Laken so hoch, dass nur meine Augen und der Schopf darunter hervorschauten. Der Arzt sah sich den Fuß mit der eitrigen Wunde schweigend an. Viel zu lange dauerte mir das. Es war mir peinlich, dass ich einen so hässlichen und stinkenden Fuß hatte. Endlich begann der Arzt zu sprechen. »Wir müssen dich ins Krankenhaus bringen, Monika. Schwester Maria wird dich noch baden und dann ...«

»Aber ich will nicht wieder weg! Wo soll denn das Krankenhaus sein? Du lügst bestimmt, es gibt doch gar kein Krankenhaus!« Ich rief das, so laut ich konnte; die anderen Kinder sahen mich erschrocken an. Aber schließlich wussten sie so gut wie ich, was mit den Kindern passierte, die auf die Krankenstation kamen. Sie lagen später nackt in der Grube.

»Doch, doch, es gibt ganz in der Nähe ein Krankenhaus. Mich wirst du dort auch wiedersehen«, beeilte sich der Arzt zu sagen.

»Das stimmt, Monika«, versicherte die Schwester. »Du musst wirklich keine Angst haben. Du bleibst nur so lange im Krankenhaus, bis der Fuß abgeheilt ist, und dann kommst zurück zu uns ins Kinderheim.«

Dass ich im Kinderheim war, überhörte ich. Ich fühlte mich wie im Himmel, und da wollte ich bleiben. Aber die beiden sprachen so lieb mit mir, wie es lange kein Erwachsener mehr getan hatte, und so glaubte ich ihnen, dass ich zurückkommen würde. »Und ich darf vorher wirklich baden?«, fragte ich. »Ich bin nämlich sehr dreckig.«

»Ja, ich mache dir ein schönes, warmes Bad. Danach fühlst du dich viel besser.« Schwester Maria lächelte.

Kurz darauf hob sie mich behutsam in eine große Zinkwanne. Eine Wanne ganz für mich allein. Ein Stück Seife. Ein Waschlappen. Die Schmerzen in meinem Fuß nahm ich dumpf wahr, ich lag im Wasser und schloss die Augen. Dann spürte ich, wie Schwester Maria begann, mir den Lagerdreck abzuwaschen. Sie begann in meinem Gesicht, an den Wangen, wusch über meine Stirn, die Augen, die Nase, den Mund, säuberte mir die Ohren und die Stellen dahinter, den Hals, die Brust, den Bauch, die Achselhöhlen, den Rücken, den rechten Arm, den linken Arm, das rechte Bein – bis oberhalb der Wunde –, das linke Bein, den rechten Fuß – bis unterhalb der Wunde –, den linken Fuß. Als ich die Augen wieder aufschlug, reichte sie mir einen neuen Waschlappen. »Für den Po«, sagte sie. Nachdem sie mir noch den Kopf gewaschen hatte, hob sie mich aus der Wanne und setzte mich zum Abtrocknen auf einen Tisch.

Und wieder hüllte mich die Schwester in ein großes weißes Laken; davon mussten sie hier sehr viele haben. Anschließend kam noch einmal der Doktor. Er nahm mich auf den Arm und lachte. »Du bist ja leicht wie ein Küken«, sagte er und legte mich auf eine schmale Trage. »Ich gebe dir jetzt noch eine Spritze, und dann kannst du ein bisschen schlafen. Wenn du wieder aufwachst, bist du schon im Krankenhaus.«

Als ich erwachte, lag ich in einem Bett an einer Wand, an der ein Holzkreuz hing. Unter einem Fenster stand ein Tisch mit einem Stuhl, und in einer Ecke gab es ein Schränkchen mit einer großen Schüssel darauf und einer Kanne daneben. Ob in der Kanne Wasser war? Ich wollte mich aufrichten, schaffte es aber nur, den Kopf zu heben. »Lieber Gott, danke, dass ich den Tisch und den Stuhl und das Bett nicht mit anderen Kindern teilen muss«, sagte ich leise, als plötzlich eine Frau mit einem weißen Becher, aus dem es dampfte, neben meinem Bett stand. Meine Milch …

»Guten Tag, Monika, ich bin Schwester Mathilde.« Sie hatte ein schwarzes Kleid an und eine weiße Haube auf, aber mit einem viel längeren Schleier, als Schwester Maria gehabt hatte. Schnell betastete ich meinen Kopf und tatsächlich, ich hatte auch etwas auf … sicher solch eine Mütze, aus einem Tuch gebastelt, wie sie die Kinder im Heim gehabt hatten. Und als ich dies dachte, kam mir eine Idee … »Guten Tag«, sagte ich brav. Und dann fragte ich: »Sag mal, hast du auch Läuse?«

Schwester Mathilde guckte einen Moment lang irritiert, aber dann lachte sie laut. »Warum lachst du? Das ist doch nicht lustig, wenn du Läuse hast. Die beißen dich.«

»Ach, mein Kind, ich lache ja auch nicht über die Läuse. Du hast mich so drollig angeschaut, dass ich lachen musste. Weißt du, du bist hier in einem katholischen Krankenhaus, und ich bin eine Ordensschwester, und wir Ordensschwestern tragen alle solch eine Kopfbedeckung, das gehört zu unserer Tracht. Aber Läuse haben wir nicht.« Sie stellte den Becher auf dem Tisch ab, half mir, mich aufzurichten, und rückte sich selbst den Stuhl ans Bett. Ich ließ die Milch keine Sekunde aus den Augen. »Ist das mein neuer Becher?«, fragte ich.

»Wir haben viele davon, du musst nicht immer aus derselben Tasse trinken.«

Ich wusste nicht genau, was das bedeutete, aber es war mir auch erst einmal egal. Ich nahm nur noch den süßen Duft wahr, den die Milch unter meiner Nase verströmte. »Vorsicht, sie war eben noch heiß«, sagte die Ordensschwester. Gierig trank ich mehrere Schlucke hintereinander und wollte die Tasse am liebsten gar nicht mehr absetzen. »Langsam, langsam, Kind ...« – Ich wusste, dass ich nicht zu schnell trinken durfte, weil ich mich dann erbrechen müsste und die schöne Milch auf der Bettdecke landen würde. Und dann könnte ich sie nicht mal mehr auflecken. Also setzte ich die Tasse für einen Moment ab, hielt sie dabei aber fest in der Hand. »Gibt es hier auch Ratten?«, fragte ich besorgt, denn bei dem Gedanken, dass die Ratten nachts auf mein Bett springen würden, bekam ich Angst.

»Nein, keine Sorge. Ratten haben wir keine.«

»Und wo habt ihr das Feuer und das Holz, um die Milch heiß zu machen?«

»Wir haben eine große Küche, darin steht ein Herd, auf dem unsere Köchinnen kochen und auch Milch wärmen können. Wenn du aufstehen und wieder gehen kannst, dann zeige ich dir die Küche. Aber jetzt musst du erst einmal liegen bleiben und dich erholen.« Schnell setzte ich die Tasse an die Lippen, bevor die Schwester sie mir wegnehmen konnte, und leerte sie. »So süße Milch habe ich noch nie getrunken«, sagte ich.

»Es war Honig in der Milch.«

»Honig?«

»Ja, ein süßer, klebriger ... Saft. Vielleicht hast du ihn früher schon mal bekommen, als du erkältet warst.«

»Vielleicht«, sagte ich, aber ich konnte mich nicht daran erinnern. Als Schwester Mathilde mir die leere Tasse aus der Hand nehmen wollte, traten mir augenblicklich Tränen in die Augen.

»Aber, Kind, was ist denn?«, fragte sie bestürzt. »Hab ich etwas falsch gemacht?«

»Wenn du mir die Tasse wegnimmst, wie soll ich denn dann Milch trinken, wenn es neue gibt? Ich hab meinen Becher doch im Lager vergessen.«

»Ach, wie dumm von mir«, sagte sie. »Warte, ich spüle sie nur aus, und dann bekommst du sie sofort zurück.«

»Aber wo willst du sie denn ausspülen? Kann ich dir dabei zusehen?«

»Ich spüle sie auf dem Waschtisch aus, siehst du, dort in der Ecke. Da kannst du genau zuschauen und brauchst keine Angst zu haben, dass ich die Tasse mitnehme.«

Jetzt war ich beruhigt, denn Schwester Mathilde ging, wie versprochen, zu der Waschschüssel hinüber, schüttete aus der Kanne etwas Wasser in die Tasse, spülte sie aus und trocknete sie mit einem Tuch, das sie aus dem Schrank unter der Schüssel hervorgeholt hatte.

Ich verstaute die saubere Tasse unter meiner Decke. »Ich werde gut darauf aufpassen«, versprach ich.

»Das ist fein. Aber jetzt schlaf ein wenig. Ich komme etwas später wieder nach dir schauen.«

Mit geschlossenen Augen lag ich in meinem Bett und lauschte der Stille. Keine Rufe, keine Schüsse, kein Bellen, keine Bomben, die vom Himmel krachten. Es war wohlig warm in meinem neuen Bett, kein Stroh, das pikste, kein feuchter, kalter Boden, sondern eine richtige Matratze und ein weiches Kissen. Wie zu Hause. Zu Hause bei Mama, mit der ich manchmal morgens im Bett gekuschelt hatte.

Als ich daran dachte, überfiel mich unendliche Traurigkeit. Wo war Mama bloß? Warum war sie nicht hier? Und dann überlegte ich, wo *ich* denn überhaupt war. In Königsberg? Oder in Berlin? Oder ganz woanders? Und jetzt fühlte ich mich plötzlich wieder so allein wie im Lager. Ich lag in diesem gemütlichen, warmen Bett, aber das war kein Trost dafür, dass ich niemanden mehr hatte. Und jetzt dachte ich auch wieder an Papa und an Peter, an Oma und Opa und an Elsa, und die Tränen liefen und liefen. Warum hatten sie mich denn alle verlassen? Warum hatte mich keiner mit in den Himmel genommen? Die Tränen liefen mir in die Mundwinkel. Der salzige Geschmack in meinem Mund war mir vertraut. Und während ich dalag und wieder an die Baracke denken musste, durchfuhr mich plötzlich ein großer Schrecken. Wie konnte ich denn nur so dreckig in dem schönen Bett liegen? Vor Aufgeregtheit zitternd, betrachtete ich meine Hände und meine Arme, und jetzt war ich nur noch mehr durcheinander. Sie waren sauber, nur ein paar Krusten mussten noch abheilen. Aber selbst unter meinen Fingernägeln war kaum noch Schwarzes zu sehen. Während mein Herz wild pochte, fiel mir ein, dass ich gebadet worden war. Wie ein schöner Traum kam es mir vor. Und jetzt bemerkte ich, dass mein Kopf gar nicht mehr juckte, und ich fühlte nach der Haube. Ob die Läuse schon alle tot waren? Alle in eine Grube geschüttet? Eine Grube wie in Russland, in der ich mir meinen Fuß verletzt hatte. Mein Fuß … Er schmerzte nicht mehr. Ich spürte ihn gar nicht mehr. Ob sie ihn mir abgeschnitten hatten? Sicher hatte der Doktor ihn abgeschnitten, weil er so gestunken hatte. So einen stinkenden Fuß wollte ich auch nicht haben. Dann besser einen Fuß weniger, ich hatte ja noch den anderen. Ich wollte unter der Bettdecke nach dem gesunden Fuß fühlen, als sich die Tür öffnete.

»Ich bringe dir etwas zu essen, Monika. Du hast die Milch so gut vertragen, da wird dir eine Suppe auch guttun. Eine kräftige Fleischsuppe mit viel Gemüse.«

»Danke, aber leider kann ich jetzt nichts essen«, sagte ich leise.

»Aber warum denn nicht, Kind? Willst du nicht erst einmal einen Löffel probieren?«

»Nein, ich kann nicht mal einen Löffel davon probieren.«

»Das ist aber schade. Die Suppe ist nämlich besonders lecker. Dann muss sie wohl ein anderes Kind bekommen.«

»Nein, nein«, flüsterte ich jetzt. »Dann will ich doch probieren … Es ist nur, weil ich so nötig aufs Klo muss … Und hier gibt es ja gar keins.«

»Ach, wenn es nur das ist, das haben wir gleich«, sagte die Schwester. »Bin sofort wieder da.« Und sie verschwand mit der Suppe durch die Tür; ich hatte noch rufen wollen, lass die Suppe doch da, aber die Tür war schon hinter der Schwester ins Schloss gefallen. Hoffentlich aß jetzt nicht ein anderes

Kind alles auf ... Mit einem Stuhl auf Rollen kam Schwester Mathilde kurz darauf zurück. »Die Suppe habe ich warm gestellt«, sagte sie, als sie meinen besorgten Gesichtsausdruck bemerkte.

In dem Stuhl, den sie vor sich herschob, war ein Loch wie bei unserem Stuhl in der Baracke, aber es war ein sauberes Loch mit einem Topf darunter. »Ach, wenn wir doch nur so eine Toilette in unserer Baracke gehabt hätten!«, sagte ich und seufzte tief. Ich hatte den Gestank der Baracke sofort wieder in der Nase und sah mich die Kacke mit Asche und Stroh vermengen. Als hätte sie meine Gedanken erraten, sagte Schwester Mathilde, während sie mir über die Schulter strich: »Du wirst sicher noch oft an die Zeit in Russland zurückdenken, meine Kleine ... aber nun komm, wir wollen die Suppe nicht so lange warten lassen.«

Die Schwester half mir hoch, und da bemerkte ich, dass mein Nachthemd hinten gar nicht geschlossen war. »Oje, ich hab das Hemd wohl aus Versehen zerrissen!«, rief ich gleich schuldbewusst.

»Aber nein, das ist ein Krankenhaushemd, das muss so sein, damit dich der Arzt besser untersuchen kann.«

»Aber wenn er nach meinem Fuß guckt, braucht er doch gar nicht an den Rücken«, sagte ich und starrte auf meine beiden verbundenen Füße. »Da ist ja mein Fuß noch. Hat der Doktor ihn gar nicht abgeschnitten?«, fragte ich erstaunt.

»Nein, nein«, sagte die Schwester, »es war eine schwierige Operation, aber wenn alles gut heilt, bleibt der Fuß dran.«

Jetzt war ich doch erleichtert, dass ich noch beide Füße hatte. »Sag mal, Schwester Mathilde ... wo hast du denn meine Suppe zum Warmhalten hingebracht? Nicht, dass ein anderes Kind sie aufisst.«

»Du hast recht, ich hol sie dir lieber schnell. Bis dahin bist du dann bestimmt auch fertig.«

Die Suppe habe ich am Ende wirklich nur probieren können, denn es wurde mir bereits beim ersten Löffel derartig übel, dass ich wusste, was passieren würde, wenn ich noch einen zweiten nahm. Mein Magen war sehr empfindlich. »Die Suppe schmeckt später noch genauso gut«, meinte Schwester Mathilde. Ich war aber nicht mehr in der Lage, auch nur ein Wort zu erwidern. Von einem Moment auf den anderen war eine bleierne Müdigkeit über mich gekommen. Und noch während die Schwester den Raum verließ, muss ich eingeschlafen sein.

»Hallo«, sagte ein Mädchen, das vor meinem Bett stand. Ich war noch gar nicht richtig wach und wusste nicht, wo ich war. Wieder im russischen Lager? Oder doch im Himmel? Gulag oder Himmelreich? Dazwischen gab es anscheinend keinen Ort für mich.

»Wo bin ich?«, fragte ich.

»Im Krankenhaus.«

Jetzt fielen mir wieder mein Fuß und die Suppe ein. Die langen, geflochtenen Zöpfe des Mädchens hingen über seinen Bademantel. »Warst du auch im Barackenlager?«

»Aber nein, mich haben Mama und Papa hierhergebracht.«

»Und warum? Wollen sie dich nicht mehr?«

Das Mädchen sah mich erschrocken an. »Nein, nein. Sie kommen jeden Tag. Und morgen darf ich wieder nach Hause. Ich bin schon wieder gesund.« – Eine Weile musterten wir uns stumm. Wie schön die braunen Zöpfe des Mädchens glänzten! Und wie sauber sein Gesicht und seine Hände waren! Schnell rieb ich unter der Bettdecke meine

Hände am Nachthemd ab. »Warst du wirklich nicht im Lager?« Ich konnte mir gar nicht vorstellen, dass es Kinder gab, die nicht dort gewesen waren.

»Nein, ich war noch nie in Russland. Und da will ich auch nicht hin. Ich bleibe lieber hier … Aber ich habe gehört, wie schlecht es dir geht. Und dass du niemanden hast. Und da hat der Doktor gesagt, ich soll dich mal besuchen. Hier, die ist für dich.« Das Mädchen hielt mir eine Puppe hin. Ich spürte, wie Tränen in mir hochstiegen. Das Mädchen hatte recht, ich war ganz allein. Schnell ergriff ich das Geschenk. »Danke«, sagte ich leise. »Jetzt muss ich aber noch etwas schlafen.« Ich nahm die Puppe fest in den Arm und drehte mich zur Wand. Die Einsamkeit rauschte so laut durch meinen Körper, dass ich nicht einmal mehr hörte, wie das Mädchen das Zimmer verließ.

War da nicht dieses Kratzen, dieses Rascheln? Die Ratten! Sie waren unter meinem Bett. Sicher waren sie gekommen, um meine Puppe zu holen. Sicher wollten sie ihr das Gesicht zerbeißen. »Nein, geht weg!«, schrie ich mehrere Male laut, und mein verzweifeltes Brüllen und Jammern muss durch die Zimmerwände und die Krankenhausflure gedrungen sein, denn plötzlich stand Schwester Mathilde an meinem Bett. »Kind, ganz ruhig, schschsch …«, sagte sie. »Du hast sicher nur geträumt.«

»Nein, nein«, widersprach ich unter Tränen, »sie waren wieder da. Ganz viele. Unter dem Bett waren sie.«

»Wer war unter deinem Bett?«

»Die Ratten.«

»Glaub mir, Kind, es gibt hier keine einzige Ratte. Du hast bestimmt nur schlecht geträumt.«

»Die Ratten kommen immer in der Nacht. Immer.«

»Ich weiß, dass ihr im Lager in Russland Ratten hattet. Und daran musst du heute noch immer denken. Aber hier haben wir keine Ratten. Du brauchst wirklich keine Angst zu haben, mein Kind. Komm, wir schauen zusammen unter dem Bett nach.«

Nur allmählich beruhigte ich mich.

»Zeig mir mal deine schöne Puppe. Hast du die geschenkt bekommen?«, fragte die Schwester. Die Puppe hatte ich die ganze Zeit festgehalten. »Hast du ihr schon einen Namen gegeben? Wie soll sie denn heißen?«

Ja, einen Namen wollte ich ihr gern geben, ich überlegte ... »Elsa ... sie soll Elsa heißen«, sagte ich leise.

»Das ist aber ein schöner Name«, sagte die Schwester. »Gibt es denn noch jemanden, der so heißt?«

»Ja, mein Hund Elsa, aber den haben die Soldaten totgeschossen.«

»Ach, Kind ...«, seufzte Schwester Mathilde und drückte mich an sich. Ganz steif machte ich mich dabei, die Nähe und die Zärtlichkeit hielt ich nicht gut aus.

Die erste Zeit im Krankenhaus lief ich mit Krücken; es dauerte, bis ich endlich üben durfte, wieder ohne Gehhilfe zu laufen. Und weil die Kopfhaut immer noch von Wunden und Rissen gezeichnet war, wurde mir alle paar Tage der Kopf neu verbunden. Aber alle sonstigen Blessuren, Quetschungen, Blutergüsse und Hautabschürfungen waren fast verheilt.

Während von den Verletzungen meines Körpers nach und nach nur noch Narben übrig bleiben würden, kamen meine seelischen Verwundungen jetzt erst richtig zum Vorschein.

Ich vertrug das Essen inzwischen zwar, zumindest wenn ich wenig und langsam aß, aber ich verlor den Appetit. Ich schlief von Tag zu Tag mehr, als dass ich wach war, und weinte oft stundenlang. Niemand und nichts konnte mich trösten. Was ich erlebt hatte, konnte nicht rückgängig gemacht werden. Was ich verloren hatte, war unwiederbringlich verloren. Gefühle wie Vertrauen und Zuversicht waren abgestorben, vielleicht in einem der russischen Winter erfroren, vielleicht bei einem der Blicke durch das Barackenfenster der Soldaten ausgelöscht, vielleicht schon am ersten Tag mit der Kette vom Hals für immer genommen. Es gab keinen Trost.

Tagelang blieb ich allein mit Elsa im Krankenhausbett liegen und wollte niemanden sehen. Mit anderen Kindern wollte ich schon gar nicht spielen. Hörte ich ihre Rufe durch das Fenster ins Zimmer schallen, hielt ich mir die Ohren zu. Ich schlief die meiste Zeit oder dämmerte niedergeschlagen vor mich hin, wenn ich nicht gerade aufgeschreckt im Bett saß, weil ich mal wieder die russischen Lieder der Soldaten gehört hatte, das keifende Bellen der Hunde, wenn wir nachts hungrig wie die Tiere auch an ihren Hütten vorbeigeschlichen waren. Ich sah im Schlaf die toten Kinder, und ich sah mich in der Grube, ganz blau vor Frost. Ein gutes Ende nahm der Traum, wenn Papa mich aufhob und in den Himmel trug.

»Monika, willst du nicht zurück ins Kinderheim? Erinnerst du dich an Schwester Maria? Sie würde sich freuen, wenn du wieder zu ihr kommst. Sie ist dort die Heimleiterin.«

Ich blickte den Doktor gleichgültig an, wusste auch gar nicht mehr, wie diese Schwester Maria ausgesehen hatte.

Doch dann fiel mir das schöne Bad ein ... Schnell sah ich nach, ob ich auch sauber war. Das machte ich oft mehrmals am Tag. Immer hatte ich Angst, dass ich noch dreckig war oder stank.

»Schwester Maria kann dir auch helfen, deine Mutter zu suchen. Willst du das?«

Ob ich meine Mutter suchen wollte? Suchte sie mich denn gar nicht? Und wie wollte Schwester Maria mir dabei helfen? Ich versuchte an Mama zu denken, aber in meinem Kopf geriet einiges durcheinander. Ich hatte plötzlich wieder die Russin vor Augen. Oder war es doch Mama? Nein, Mama trug doch keine Uniform ... – »Du kannst in Ruhe darüber nachdenken. Weißt du, die Kinder im Heim freuen sich schon auf dich, sie möchten gern mit dir spielen. Einige kennst du sicher noch.«

»Dann bleib ich lieber hier. Ich habe ja Elsa«, sagte ich leise. Elsa nahm mir kein Essen weg, sie schlug mich nicht, und sie hörte mir zu.

»Ja, das mit dem Spielen ist vielleicht auch noch zu früh, die anderen Kinder werden das verstehen, wenn du erst einmal für dich bleiben willst. Aber du kannst ja noch mal mit deiner Elsa sprechen, vielleicht möchtet ihr zusammen nach deiner Mama suchen, ja?« Der Doktor strich mir sanft über den verbundenen Kopf und ging zur Tür. Bevor er hinaustrat, drehte er sich noch einmal zu mir um.

»Elsa und ich wollen Mama suchen«, sagte ich leise.

Schwester Mathilde kam am nächsten Morgen mit einem dunkelblauen Kleid und einem Paar neuer Schuhe. »Die kannst du aber erst anziehen, wenn deine Füße wieder ganz heil sind.«

»Der eine ist doch schon gesund.« Ich streckte den linken Fuß in die Höhe. »Einen Schuh kann ich anziehen!«, rief ich und humpelte vor Freude im Zimmer auf und ab. Ein richtiger Schuh, keine Lumpen, sondern ein fester Schuh am Fuß! »Ist der auch wirklich ganz neu? Musste kein Kind dafür sterben?«

»Nein, dafür musste kein Kind sterben …«, antwortete Schwester Mathilde mit rauer Stimme.

»Oh, wie ich mich freue!«, rief ich. »Schade, dass mich meine Mama nicht sehen kann.« Doch mit diesem Satz verflog die Freude so schnell, wie sie in mir aufgestiegen war.

Das Verabschieden zog sich hin, obwohl mir nur ein, zwei weitere Schwestern, die sich um mich gekümmert hatten, wenn Schwester Mathilde einmal nicht da gewesen war, auf Wiedersehen sagten. Kinder verabschiedeten mich keine, ich hatte mich mit niemandem angefreundet. Und den Doktor würde ich im Heim wiedersehen. So stieg ich mit Elsa und einem Beutel, in dem der rechte Schuh und meine Tasse waren, in den großen schwarzen Wagen. Vorn saß der Fahrer, ein weißhaariger Herr, der mich ins Heim bringen würde. Das Auto hatte eine bequeme Sitzbank und war sehr sauber, ganz anders als der Lastwagen. Und ich war auch eine andere geworden. Immer wieder zupfte ich während der Fahrt an meinem Kleid. Ich kam mir plötzlich wie ein großes Mädchen vor, obwohl ich von dem Doktor erfahren hatte, dass ich für mein Alter, das er auf etwa sieben Jahre schätzte, viel zu klein und mager sei. Mir war das egal, ich brauchte nicht mehr wachsen. Je kleiner und dünner ich blieb, desto weniger musste ich essen. Und wenn ich nicht mehr wuchs, würde mir das hübsche Kleid auch viel länger passen. Ich wollte es nie wieder hergeben.

Wir fuhren durch mehrere Dörfer, an grauen Häusern und gelben Feldern vorbei; mal grasten Kühe auf einer Wiese, dann standen Schafe zusammengedrängt an einem Zaun. Als wir dem Bogen einer langen Straße folgten, näherten wir uns einem großen weißen Haus. »Gleich sind wir da«, sagte der Fahrer. Und dann sah ich auch schon die vielen Kinder vor dem Haus. Das musste das Heim sein. Ob die Kinder mich erwarteten? Ich drückte mich tief in den Sitz hinein und hätte dem Fahrer am liebsten zugerufen, fahren Sie zurück, ich will nicht ins Heim, da sind mir viel zu viele Kinder. Doch ich schwieg, und kurz darauf stoppte der Wagen.

Laute Rufe, Lachen, Gekreische … ich schlug die Hände über die Ohren. So stand ich eine Weile da und regte mich erst wieder, als Schwester Maria angelaufen kam. Ich erkannte sie sofort wieder und sah, dass sich ihre Lippen bewegten; sie lächelte beim Sprechen und schien sich zu freuen. Vor mich gekniet, nahm sie mir behutsam die Hände von den Ohren. »Monika, wie schön, dass du jetzt bei uns bist. Guck mal, die Kinder freuen sich alle, dass du da bist.«

Wie so oft spürte ich Tränen in mir aufsteigen. Immer diese dummen Tränen …

»Ach, das ist alles etwas viel für dich. Komm, ich bring dich und deine hübsche Puppe erst mal ins Haus.«

»Das ist Elsa«, sagte ich leise und drückte sie nun noch fester gegen meine Brust, damit sie mir keiner wegnehmen konnte. Schwester Maria trug mich wie schon bei meiner ersten Ankunft auf dem Arm in den großen Bettensaal. Doch diesmal war ich sauber und nicht in Lumpen gekleidet. Trotzdem fühlte ich mich unwohl.

»Das hier ist dein Bett, und du hast auch ein Fach im Schrank dort drüben. Ich lege deinen Schuh hinein, ja? Siehst du, hier liegt er. Und in den nächsten Tagen schaue ich, dass du noch eine Garnitur Wäsche zum Wechseln bekommst«, hatte sie gesagt, während sie mich auf das Bett gesetzt, den Schuh zum Schrank getragen und anschließend begonnen hatte, mir den anderen Schuh auszuziehen. »Ruh dich erst einmal aus. Wenn es Essen gibt, hole ich dich.«

Nachdem sie gegangen war und ich mich eine Weile in dem großen, leeren Bettensaal umgeschaut hatte, fühlte ich mich in meiner Einsamkeit genauso verloren wie in dem eisigen Kindergrab in Russland. In Tränen aufgelöst, nahm ich nicht einmal wahr, dass Kinder in den Saal gelaufen kamen. Erst als sie sich um mein Bett stellten und fragten, warum ich denn weinte, bemerkte ich sie, antwortete aber nicht, sondern schloss bloß die Augen. Und auch als eine Glocke ertönte, blieb ich reglos liegen und tat, als würde ich schlafen. »Hast du nicht das Läuten gehört?«, sagte ein Kind. »Du darfst jetzt nicht schlafen. Wir müssen alle unsere Hände waschen und zum Essen gehen.«

Die Kinder waren schon fort, als Schwester Maria kam. »Ich habe keinen Hunger«, log ich. Ich wollte auf gar keinen Fall mit all den anderen Kindern zusammen in einem Raum essen.

»Und meinst du, eine warme Milch mit Honig würde dir schmecken? Du darfst sie ausnahmsweise auch im Bett trinken«, sagte Schwester Maria und zwinkerte mir zu.

»Ja, aber wo ist denn mein Becher?« Ich wollte schon aus dem Bett klettern und im Schrank nachschauen, aber Schwester Maria, die den Beutel mit der Tasse neben dem Bett abgestellt hatte, hielt sie bereits in der Hand. »Die nehme ich jetzt mit in die Küche, und dann füllt dir die Köchin die Milch hinein. Und du bleibst schön liegen.« Die Schwester verschwand; abermals lag ich allein in dem großen Saal. Und abermals überwältigte mich das Gefühl des Verlorenseins, sodass ich mit Elsa von dem Bett rutschte und mich darunter verkroch. An die Wand gedrückt, wartete ich.

Nach einer Weile sah ich die Schuhspitzen und das untere Stück der langen Schwesterntracht, die auf mich zuschaukelte. Bevor die Schwester die Mitte des Saals erreicht hatte, verharrten ihre Schritte. »Monika? Wo bist du, Kind?«, hörte ich ihre Stimme.

»Hier«, hörte ich mich sagen, rührte mich jedoch nicht. Das schwarze Kleid schwankte nun weiter auf mich zu, ein Klappern verriet, dass etwas abgestellt wurde, und dann kniete sich die Schwester neben das Bett, und ihre dunkelbraunen Augen suchten meinen Blick.

Nachdem ich die süße Milch getrunken hatte, wurde mein ganzer Körper vor Müdigkeit schwer, und ich fragte, ob ich mich wieder hinlegen dürfte. Schwester Maria half mir ins Bett und versprach, so lange bei mir sitzen zu bleiben, bis ich eingeschlafen sei. Das war ein gutes Gefühl, und ich konnte den Schlaf kommen lassen. Doch als ich wohl gerade eingeschlummert war, trampelte eine Horde Kinderfüße in den Saal. »Pssssss!«, machte Schwester Maria, aber zu spät. Ich war hellwach. Wie in Russland, wenn nachts plötzlich ein betrunkener Soldat in die Baracke gestürmt war. Von einem auf den anderen Moment aus dem Schlaf gerissen und hellwach. Schwester Maria schimpfte. Die Kinder, es waren bestimmt fünfzehn oder zwanzig, redeten alle durcheinander, entschuldigten sich, fragten, was denn mit mir los sei, und schwatzten miteinander. »Monika ist noch nicht wieder ganz gesund. Ihr müsst alle besonders lieb zu ihr sein und auf sie aufpassen. Ruft mich, wenn sie etwas braucht. Und vor allem, seid nicht immer so laut. Man kann auch leise durchs Treppenhaus gehen und sich in normaler Lautstärke unterhalten.« Schwester Maria sah durch die Runde, und ich folgte ihrem Blick, bis ich ein größeres Mädchen entdeckte. Es hatte Tränen in den Augen. Regina! Es war meine Regina! Sie kam zu mir ans Bett, und ich fiel ihr um den Hals. Doch dann stieg plötzlich eine Befürchtung in mir auf.

»Müssen wir wieder zu den toten Fischen?«, fragte ich und sah von Regina zu Schwester Maria. »Aber nein, mein Kind. Tote Fische gibt es hier nicht. Du bist nicht mehr in Russland. Du bist jetzt in Sicherheit, und ich und die anderen Schwestern, wir kümmern uns um euch Kinder, bis wir eure Eltern gefunden haben. Auch deine Mutter suchen wir.«

Ich war froh über Schwester Marias Worte. Es stimmte ja, ich war nicht mehr in Russland. Doch die Erinnerung an das Erlebte kam immer wieder zurück, so als wäre Russland überall. »Darf Regina denn heute Nacht bei mir im Bett schlafen?«, fragte ich leise, und nach dem Nicken von Schwester Maria kroch Regina auch schon unter meine Decke.

Obwohl ich nun meine Freundin bei mir hatte und es uns Kindern im Heim bei den Ordensschwestern gut ging – wir hatten jedes ein sauberes Bett, bekamen drei Mahlzeiten pro Tag, der Arzt schaute regelmäßig nach uns, und es gab eine saubere Toilette –, schien meine Seele nicht gesund zu werden. Sie war wohl noch immer im Gulag, und es würde noch viel Zeit und Kraft brauchen, bis sie zurück in die Heimat fand.

Ich verkroch mich bei Tag und bei Nacht oft unter meinem Bett, versteckte in allen möglichen Ecken Lebensmittel, statt sie zu essen, fühlte mich ständig schmutzig und elend und blieb am liebsten für mich. Dann summte ich Kinderlieder für meine Puppe Elsa.

Seltsam fand ich die Besucher im Heim. Es kamen von Tag zu Tag mehr Paare, die sich uns Kinder anschauten. Zuerst dachte ich, sie würden ihre verlorenen Kinder suchen, aber dann erfuhr ich, dass sich viele von ihnen *neue* Kinder suchten. Ob sich meine Mama auch *neue Kinder* ausgesucht hatte? War sie deshalb noch nicht hergekommen, um mich zu holen? Es waren schon einige Kinder aus dem Heim abgeholt worden, aber nur wenige von ihren leiblichen Eltern. Auf die Idee, dass auch ich in eine fremde Familie vermittelt werden könnte, kam ich nicht. Umso überraschter war ich eines Vormittags, als ich draußen auf einer Bank im Garten bei Schwester Maria saß und eine kleine Amsel in einem Baum beobachtete – Schwester Maria kannte fast jede Vogelart – und plötzlich ein Ehepaar vor uns stand. Schwester Maria begrüßte die beiden und bot ihnen an, sich zu uns zu setzen. Ich beachtete das Paar nicht weiter, sondern schaute der Amsel zu, die einen Wurm im Schnabel hielt. Und plötzlich sah ich den Vogel auf einem Zaun sitzen, auf dem Stacheldrahtzaun des Lagers. Ich stand wie so oft im Sommer an dem Zaun, und wie immer hatte ich großen Hunger. Der Vogel beugte sich vor, und im nächsten Moment fiel mir der Wurm vor die Füße. Iss, du brauchst es nötiger als ich, schien mir der Vogel sagen zu wollen, und ich hob die rosabraune Kreatur auf, teilte sie in zwei Stücke und wollte dem Vogel eine Hälfte zurückgeben, aber da breitete er schon die Flügel aus und flatterte davon. »Sie können Monika mitnehmen«, hörte ich Schwester Maria in meinen Tagtraum hinein sagen. Erschrocken zuckte ich zusammen. »Natürlich nur, wenn Sie wollen«, fügte sie schnell noch hinzu. Und sie hätten ja bereits ausführlich gesprochen, und sie wisse, dass ich es auf dem Hof gut haben würde. »Glauben Sie mir«, sagte Schwester Maria und griff nach meiner Hand, »dieses Kind wird hier sonst vor Kummer sterben. Sie isst zu wenig, nimmt nicht an den Spielen der anderen Kinder teil und hat eine große Traurigkeit in sich.« Ich bräuchte eine Familie, die sich meiner annimmt. Jetzt schaute sie mich an und lächelte aufmunternd. Einen Bruder zu haben, würde mir sicher gefallen. Der Mann und die Frau betrachteten mich mit gesenkten Köpfen. »So ein armes Ding«, sagte die Frau zum Abschied. Sie würden es sich gern überlegen, fügte der Mann hinzu, schließlich hätten sie sich immer eine Tochter gewünscht. Die Amsel im Baum fing an zu zetern. Von dem Wurm war nichts mehr zu sehen.

Eine neue Familie. Ein Vater, eine Mutter und ein Bruder. Schwester Maria erzählte mir, dass die Familie Koehler auf einem schönen Gut wohne, mit anderen Familien und Kindern zusammen. Es gäbe viele Tiere auf dem Hof, Wiesen und Felder. Die Pflegeeltern würden mich wie eine Tochter annehmen, und ich dürfe so lange bei ihnen leben, bis meine Mama gefunden sei.

Aber wie wird man wohl zu einer Familie, mit einem geliehenen Kind, und zudem noch mit einem Kind, das im Gulag großgeworden ist? Was braucht dieses Kind, das mehr Tier ist als Mensch – wie treibt man ihm den Gulag aus? Es würde sicher nicht leicht mit mir werden, hatte Schwester Maria noch zu den Pflegeeltern gesagt.

1948 bis 1955

Bei Pflegeeltern in Zuchau (ab 1949 DDR)

»Das ist mein Brot! Das kriegst du nicht!« Ich trommelte mit Fäusten auf Bernhard ein.

»Monika, hör sofort auf!«, rief Schwester Maria, und der Pflegevater war auch schon vom feierlich gedeckten Esstisch aufgesprungen und hielt mich an den Handgelenken fest, dass es schmerzte. »Entschuldige dich bei Bernhard«, sagte er in scharfem Ton.

»Entschuldigung«, flüsterte ich.

Mit neuen Kleidern im Gepäck, Mütze über dem Kopfverband und zwei Paar Wollsocken über dem rechten Fuß war ich, begleitet von Schwester Maria und dem Doktor, durch die mit Schnitzereien verzierte Holztür meines neuen Zuhauses getreten. Im dämmrigen Licht eines langen Hausflurs, von dem mehrere Türen abgingen, hatte ein Junge gestanden. Er war vielleicht drei Köpfe größer als ich. Wie sein Vater, der die Haustür geöffnet hatte, trug er einen ordentlich gezogenen Seitenscheitel und hatte das gleiche dunkle Haar; sein schmales Gesicht aber ähnelte dem seiner Mutter, die nun ebenfalls dazukam, um uns zu begrüßen. Erstaunt blieb der Blick des Jungen an meinem Kopf haften. »Meine Haare müssen erst wieder wachsen«, erklärte ich. Da lächelte er und reichte mir die Hand. »Hallo, Monika, ich bin Bernhard. Ich habe schon auf dich gewartet.« Ich wollte ebenfalls lächeln, aber es gelang mir nicht.

Herr Koehler, der selbst den Doktor um einiges überragte, bat uns alle über eine breite Holztreppe in die Wohnung hinauf, die in der oberen Etage lag. Wegen meines Fußes musste ich auf jeder Stufe einen kurzen Halt machen und kam als Letzte oben an. Bernhard hatte auf mich gewartet. »Vati und die anderen sind ins Herrenzimmer gegangen«, sagte er, während ich Mantel und Mütze an einer Garderobe ablegte. Und als er meinen fragenden Blick sah, fügte er mit einem Grinsen hinzu: »Das Zimmer heißt nur so, da dürfen auch Kinder und Frauen rein.«

Als wir den Raum betraten, hatten Schwester Maria und der Doktor bereits auf einem dunkelbraunen Sofa Platz genommen. Die Pflegeeltern ließen sich gerade in den Sesseln gegenüber nieder, und der Vater zog Bernhard zu sich heran. Ich beeilte mich, zwischen Schwester Maria und dem Doktor Platz zu finden.

Einen Moment lang sagte niemand etwas.

Ich betrachtete den Mann, der nicht mein Vater war, die Frau, die nicht meine Mutter war, den Sohn, der nicht mein Bruder war. Eine Familie, die nicht meine Familie war.

Ein Räuspern unterbrach die Stille. »Jetzt gehörst du also zu uns, Monika. Du kannst Vati zu mir sagen, und das ist deine Mutti, und Bernhard wird von nun an dein Bruder sein.«

Vati, Mutti, Bernhard … Papa, Mama, Peter … Vati, Mutti, Bernhard … immer im Wechsel summte ich die Namen in meinem Kopf, während ich verstohlen vom hell erleuchteten Kronleuchter an der Decke zur Flügeltür neben dem Sofa schaute, dann die Wand entlang zu einem Schrank aus schwarzem Holz und zu einem Sekretär aus dem gleichen Holz, mit einem Stuhl davor, dessen Sitzpolster mit dunkelrotem Leder bezogen war und dessen Armlehnen Löwenköpfe zierten. »Den Stuhl können wir in der Baracke aber nicht gebrauchen«, platzte ich heraus. »Da bekommen wir niemals ein Loch hinein. Höchstens, wenn die Ratten helfen. Die haben ja immer Hunger.«

Schwester Maria setzte sofort an, etwas zu sagen, aber Pflegevater Koehler kam ihr zuvor. »Wir werden das schon schaffen!«, sagte er, den Blick streng auf mich gerichtet, und nickte noch ein paar Mal zur Bestätigung. »Und jetzt zeigt dir Bernhard euer Zimmer, wir rufen euch dann zum Essen. Sie möchten sich vor der Rückreise doch sicher etwas stärken.« Damit hatte er sich an den Doktor und Schwester Maria gewandt.

»Dort auf dem Sofa hat Mutti dir dein Bett hergerichtet«, sagte Bernhard, nachdem wir sein Zimmer, das er nun mit mir teilen sollte, betreten hatten.

»Hinter der Tür, das ist gut«, überlegte ich laut. »Da kann man sich besser vor den Soldaten verstecken.«

»Aber hier sind doch gar keine Soldaten! Hier wohnen nur Mutti, Vati, ich und jetzt auch du … Und die anderen Familien im Haus haben auch keine Soldaten.«

»Aber wenn Soldaten kommen, dann haben wir keine Zeit wegzulaufen«, sagte ich.

»Es kommen bestimmt keine Soldaten …« Klang Bernhards Stimme unsicher?

»Du musst ja keine Angst haben, die nehmen nur Mädchen mit.« Ich ging zu dem Bett hinüber und befühlte das Kissen und das Federbett. Ob ich zu Hause bei Mama auch so ein Bett gehabt hatte? Bestimmt war es darin ganz weich und kuschelig. Gern wäre ich gleich darauf gehopst, um es auszuprobieren, wenn meine Blase nicht so gedrückt hätte. »Habt ihr hier auch eine Toilette?«

Bernhard kam zu mir herüber und zog einen mit gelben Blumen bemalten Porzellantopf unter meinem Bett hervor. »Hier kannst du reinmachen. Aber nur Klein.«

»Ich muss aber Pipi …«

Bernhard gab mir den Topf. »Pipi ist doch Klein«, sagte er und grinste.

Während es in den Topf plätscherte, erzählte ich Bernhard von dem Klostuhl in der Baracke und wie wacklig er gewesen war. »Habt ihr Kinder alle ins Stroh gepinkelt? Und auch Groß da rein gemacht? Das … das muss doch gestunken haben …«

»Ja, und wie …«

Bernhard verzog angewidert das Gesicht, was sehr komisch aussah, sodass ich lachen musste.

»Kinder, essen kommen!«, rief Bernhards Mutter über den Flur, und ich wollte sogleich aufspringen, doch der Topf blieb an meinem Po hängen. Schnell setzte ich mich mit dem Topf unter mir wieder hin. Jetzt prustete Bernhard. »Du … du musst den Topf … festhalten«, stotterte er vor Lachen.

»Bernhard!« Harsch schallte die Stimme des Vaters zu uns herüber. »Kommt zu Tisch!«

»Beeil dich«, sagte Bernhard. »Nicht, dass Vati böse wird, weil wir trödeln.«

Durch die weit geöffnete Flügeltür im Herrenzimmer gelangten wir in einen Raum mit einem großen Esstisch in der Mitte und vielen Stühlen drumherum. Auch hier ließ ein mächtiger Kronleuchter unter der Decke den ganzen Raum erstrahlen. In einem der beiden großen Fenster, die von schweren Samtvorhängen umrahmt waren, stand eine Kerze, deren Flamme sich in der abenddunklen Scheibe spiegelte.

»Komm zu mir herum, Monika«, hatte Schwester Maria von der anderen Seite des Tisches gerufen, als sie meinen verlorenen Blick bemerkt hatte. Ich nahm den weiteren Weg um den Tisch herum, um nicht am Pflegevater vorbeizumüssen, dann ließ ich mir von Schwester Maria auf den Stuhl hinaufhelfen. Auch diese Stühle waren alle mit dunkelrotem Leder bezogen, und es dauerte eine Weile, bis ich Halt auf dem erhabenen Polster gefunden hatte. Am liebsten wäre ich mit den Füßen auf den Stuhl gestiegen, um besser sehen zu können, was es zu essen gab. »Du möchtest bestimmt eine Scheibe Brot und etwas Milch, Monika, ja?«, fragte Schwester Maria.

»O ja, Brot und Milch!«, rief ich mit grummelndem Magen. Dann sah ich, wie Frau Koehler Schwester Maria den Brotkorb reichte. Wie gern hätte ich selbst zugegriffen und mir gleich mehrere Scheiben genommen! Wer wusste schon, wann es das nächste Mal etwas zu essen gab? Die Hungersnot der letzten Jahre bohrte mir immer noch Löcher in den Bauch, und mit dem aufregenden Gefühl, bald etwas zu essen zu bekommen, wallte gleichzeitig Übelkeit in mir auf. Während sich nun mein Magen auf das bevorstehende Essen und das mögliche Erbrechen danach vorbereitete, plagten meinen Kopf die Fragen: Wie viel kann ich essen, ohne dass ich es wieder hinauswürgen muss? Wie stelle ich es an, heimlich etwas Brot einzustecken, damit ich die nächsten Tage nicht hungern muss?

»Iss schön langsam.« Schwester Maria klang besorgt.

»Ich weiß selbst, dass ich langsam essen muss«, gab ich trotzig zurück. Ich fühlte mich ertappt. Und es fiel mir tatsächlich unendlich schwer, mich zu beherrschen, während ich etwas von der Brotscheibe auf meinem Teller abriss, um es mir scheinbar gleichmütig in den Mund zu schieben, obwohl ich eigentlich nur auf den passenden Augenblick lauerte, in dem sich die Erwachsenen angeregt unterhielten, um etwas von dem Brot unter dem Tisch verschwinden zu lassen. Endlich kam dieser Moment, und ich musste das Brotstück nur noch in meiner Unterhose verstauen. Nervös nestelte ich an meinem Kleid, als ich plötzlich meinte, Bernhards Blick zu spüren. Er saß gleich zu meiner Rechten, doch seine Anwesenheit war mir völlig entfallen, so sehr war ich auf die anderen am Tisch konzentriert gewesen. Und tatsächlich, Bernhard musste den heimlichen Brotklau wachsam verfolgt haben, denn jetzt sah ich, wie sich seine Hand unter dem Tisch meiner mit dem Brotklumpen näherte. Und so war es gleich am Ankunftsabend in meinem neuen Zuhause zum ersten Zwischenfall gekommen.

»Am besten, die Kinder gehen jetzt zu Bett«, sagte der Pflegevater nach dem Essen, und schon sprang Bernhard auf und gab zuerst den Gästen, dann seinen Eltern höflich die Hand. Ich hingegen rutschte von meinem Stuhl, murmelte ein »Gute Nacht« und wollte nur schnell aus dem Raum, aber da standen Schwester Maria und der Doktor auf, um mich zum Abschied in den Arm zu nehmen.

»Ich wollte dir eben am Tisch nur ein Stück von meinem Brot rüberreichen«, sagte Bernhard auf dem Weg in unser Zimmer. Jetzt schämte ich mich, dass ich ihn geschlagen hatte. Aber es ärgerte mich auch, dass ich wegen ihm kein

Brot hatte verstecken können, und ich sagte nichts mehr dazu. Ich sehnte mich nach Rückzug, war froh, ins Bett gehen zu dürfen. Und während ich mich in Kleid und Strümpfen bereits unter meine Decke kuschelte, zog sich Bernhard aus, legte seine Kleidung ordentlich über einen Stuhl und holte schließlich ein langes weißes Kleid unter seinem Oberbett hervor. Wollte er das zum Schlafen anziehen? Ich hätte beinahe losgeprustet, aber da ging die Tür auf, und die Pflegemutter kam herein.

»Na, Monika, hast du dein Nachthemd gefunden?« Tatsächlich, auch in meinem Bett lag solch ein weißes Kleid. »Ich nehme es gern als Geschenk«, sagte ich, »aber ich möchte meine Sachen lieber nicht ausziehen. Über so einem Stuhl kann sie doch jeder klauen.«

»Aber hier bestiehlt dich doch keiner, Kind.« Es brauchte noch einiges gutes Zureden, bis sie mich endlich überredet hatte.

Nicht nur die Sorge um mein Kleid ließ mich, nachdem die Pflegemutter das Licht gelöscht hatte, im Bett hin und her wälzen. Ein leises Rumoren in meinem Bauch hielt mich wach. Und selbst als im gesamten Haus Nachtruhe eingekehrt war, lag ich mit offenen Augen in meinem Bett. Es rumpelte in meinem Bauch, und ich spürte, dass ich die Verdauung nicht mehr lange zurückhalten konnte. Aber in den Topf mit dem Blumenmuster durfte ich nur Pipi machen ... Ich versuchte an etwas anderes zu denken, lauschte Bernhards ruhigem Atmen, starrte auf den schmalen Lichtschimmer, der durch den Schlitz zwischen den Vorhanghälften am Fenster fiel. Immerhin konnte ich die Umrisse der Möbel erkennen. Doch das Poltern in meinen Gedärmen wurde heftiger. Warum hatte mir niemand gesagt, wohin ich mein Aa machen durfte? Fieberhaft suchte ich nach einer Lösung. Ich kroch aus dem Bett und schlich durch das Zimmer.

»Monika?«, war auf einmal Bernhards Stimme zu hören.

»Ja?«

»Was machst du denn da?«

»Ich … ich … ich muss mal … Aa.«

»In der Küche ist ein Eimer, warte, ich zeig ihn dir.«

Hell schien der Mond durch das große Fenster. »Hier kannst du reinmachen. Und da ist Papier …« Bernhard hatte einen Eimer mit Deckel hinter der Tür hervorgezogen und einen Stapel zerrissene Zeitung danebengelegt.

»Danke. Geh ruhig wieder schlafen. Ich finde allein zurück«, sagte ich. Ich wollte nicht, dass er blieb.

Nachdem ich mein großes Geschäft erledigt hatte, entdeckte ich ein Waschbecken an der Wand, wie ich es aus dem Kinderheim kannte. Dort war es Pflicht gewesen, sich nach jedem Toilettengang die Hände zu waschen. Also stieg ich auf den Schemel, der unter dem Waschbecken stand, und drehte den Wasserhahn auf. Das Wasser spritzte in alle Richtungen.

»Was spielst du denn mitten in der Nacht mit dem Wasser? Ab, in dein Bett!« Ich hatte den Pflegevater nicht kommen gehört und fiel vor Schreck fast von dem Hocker.

»Ich … ich …« Mehr brachte ich nicht heraus, stattdessen klapperte ich vor Angst mit den Zähnen. So schnell ich es mit meinem wehen Fuß schaffte, humpelte ich ins Bett zurück und zog mir die Decke über den Kopf.

»Monika, aufwachen.« Das war nicht Regina, die mich da weckte, und auch nicht Schwester Maria. War das eine Jungenstimme gewesen? Ich blinzelte gegen die Müdigkeit an und als ich Bernhard an meinem Bett stehen sah, fiel mir wieder ein, wo ich war. »Wir müssen uns waschen, das Frühstück ist gleich fertig«, sagte er. »Nimm deine Kleider mit.«

Ich schreckte hoch, denn jetzt fiel mir auch wieder ein, dass ich Kleid, Leibchen und gestrickte Strümpfe über den Stuhl am Fußende des Bettes gehängt hatte. Erleichtert, dass alles noch da war, ergriff ich die Sachen und folgte Bernhard zum Badezimmer, in dem es zu meiner Freude auch eine Badewanne gab. Aber jetzt hieß es, vor das Waschbecken und Zähneputzen, wie Bernhard vorgab, und schon steckte ich mir den Zeigefinger in den Mund. »He, was machst du da? Hier ist eine Zahnbürste und Zahnpasta. Guck mal, so geht das.«

Ich nahm das Bürstchen an dem langen Stiel, und Bernhard tat etwas von der weißen Creme darauf. »Das schmeckt aber eklig«, sagte ich mit der Bürste zwischen den Zähnen.

Bernhard antwortete ebenfalls mit vollem Mund. »Ist aber gesund für die Zähne.«

Ich bürstete so lange, bis Bernhard mir einen Becher Wasser hinhielt. »Und jetzt ausspülen.«

Wenig später betrat ich gewaschen und angezogen an Bernhards Hand die Küche. »Guten Morgen, Vati. Guten Morgen, Mutti«, sagte Bernhard. »Guten Morgen«, nuschelte ich. Die Pflegemutter stand auf und half mir auf den Stuhl neben dem Vater und wollte noch ein Kissen holen, damit ich überhaupt an meinen Teller kam. Der Pflegevater hatte bereits ein Brot vor sich, betete jetzt mit lauter Stimme, nickte kurz und starrte schließlich kauend vor sich hin. Bernhard setzte sich dem Vater gegenüber und wartete. Ich konnte nicht viel von dem erkennen, was auf dem Tisch stand, aber den Brotkorb sah ich ganz genau. Randvoll war er. In Sekundenschnelle kletterte ich auf den Stuhl, langte in den Korb hinein und verschwand mit einer Handvoll Brotscheiben unter dem Tisch. Der Pflegevater und Bernhard hatten sich nicht einmal gerührt, so sehr musste meine Aktion sie überrascht haben.

»Wo ist denn Monika?«, hörte ich die Pflegemutter fragen, als sie mit einem Kissen mit Rüschenrand in die Küche zurückgekommen war.

»Unter dem Tisch«, antwortete Bernhard leise.

»Setz dich anständig hin, Bernhard!«, sagte der Vater barsch, und ich sah, wie Bernhard ein paar Mal auf dem Stuhl hin- und herrutschte. Ohne einen Blick unter den Tisch zu werfen, legte die Pflegemutter das Kissen auf meinem Stuhl ab und setzte sich auf ihren Platz. Und während die Familie frühstückte, aß ich unter dem Tisch von meinem Brot und summte ein russisches Lied.

Nach einer Weile stand der Pflegevater auf, woraufhin ich wie bei einem Reflex die Brotscheiben in meiner Hand schützend vor meine Brust drückte. Doch er rückte seinen Stuhl an den Tisch und verließ ohne ein Wort die Küche.

»Monika, willst du nicht zu uns an den Tisch kommen und deine Milch trinken?«, war bald die Stimme der Mutter zu hören. Ich überlegte nicht lange, kroch hervor und wollte auf meinen Platz klettern, als ich jede Menge Krümel auf dem Boden bemerkte. Ich selbst musste sie verloren haben und wollte sie nun rasch aufsammeln, aber die Pflegemutter hielt mich sanft zurück. »Das können wir doch nachher auffegen«, sagte sie.

»Aber nein!«, rief ich. »Wenn ich das nicht aufesse, kommen die Ratten und holen es sich.«

»Wir haben hier keine Ratten, Monika. Du musst dir

wirklich keine Sorgen machen. Und Brot haben wir auch genug. Iss doch einmal ein Brot mit Marmelade oder Rübensirup. Hm?«

Neugierig betrachtete ich die Gläser, auf die sie gezeigt hatte.

»Warte, ich werde dir einen Löffel von beidem zum Probieren geben. Hier, das ist selbst gemachte Erdbeermarmelade.« Die Pflegemutter hielt mir einen Löffel voll hin. Schließlich ließ ich mir die glänzend rote Probierportion in den Mund schieben und schloss die Augen. Die fruchtige Süße auf meiner Zunge weckte Erinnerungen an den Gutshof meiner Großeltern und an ein Sonntagsfrühstück im Familienkreis, bei dem viel geredet und gelacht wurde.

»Und? Wie schmeckt dir die Marmelade?« Bernhard holte mich mit seiner Frage zurück an den Frühstückstisch meiner neuen Familie.

»Ich … ich hab so eine Marmelade schon einmal gegessen, früher bei … bei meiner Oma. Ich hab nur vergessen, wie es heißt und schmeckt. Aber jetzt vergesse ich es nie mehr.«

»Na, dann schauen wir mal, ob du auch Rübensirup schon mal gegessen hast.« Die Pflegemutter tunkte den Löffel in das Glas mit dem dunklen Brotaufstrich. Als sie ihn wieder herauszog, drehte sie ihn so lange, bis nichts mehr vom Löffel tropfte. »Schnell, deinen Mund auf, sonst kleckere ich noch.« Bei diesen Worten verschwand der Rübensirup in meinem Mund. Ich hätte am liebsten gleich noch einen Löffel von dem klebrigen Aufstrich genommen, so gut schmeckte er mir.

»Willst du mir nicht die Brotreste in deiner Hand geben?«

Sofort verfinsterte sich mein Blick, und ich zog die Hand vor meine Brust. »Nein, das Brot gebe ich nicht her. Ich werde es in meine Tasche hier im Kleid stecken. Dann hab ich später auch etwas zu essen.«

»Wir haben uns etwas Besseres für dich ausgedacht«, sagte die Pflegemutter und blickte zu Bernhard hinüber. Der stand auf, ging zu dem Küchenschrank hinüber und machte eine der kleineren Türen auf. »Das ist jetzt dein Fach«, erklärte er. »Hier kannst du alles, was du willst, hineintun. Und kein anderer darf daran.«

»Dann kann ich auch mein Brot hineinlegen?«

»Klar.« Bernhard sah kurz seine Mutter an und nickte noch einmal zur Bestätigung.

»Und auch die Ratten kommen da nicht ran?«

»Hast du schon mal eine Ratte gesehen, die eine Schranktür öffnet?« Die Pflegemutter schmunzelte.

Noch immer zögernd, legte ich die Brotreste in den Schrank und schloss dann schnell die Tür.

»So, und bevor Bernhard und Vati dir jetzt gleich den Hof zeigen, verbinde ich dir noch den Kopf und den Fuß neu. Schau mal, dieses Tuch hier, das kommt über den frischen Kopfverband, dann siehst du richtig hübsch aus. Und hier ist noch eine Ledersohle, die hat Vati für dich geschnitten. Damit kannst du sicher besser laufen als nur mit dem Verband.«

Ich ließ alles geschehen und war richtig glücklich mit dem schönen Tuch auf dem Kopf und der bequemen Sohle unter dem Fuß.

»In dieser Wohnung ist eine Familie mit Baby, die Eltern und die beiden älteren Kinder sind im Krieg zu uns gezogen«, sagte Bernhard, als wir aus der Wohnungstür in den Hausflur kamen, und zeigte auf die Tür gegenüber. »Und unter uns wohnt Tante Frieda. Vati ist oft bei ihr. Sicher wartet er schon auf uns.« Bernhard lief zur Treppe, schwang sich auf das Geländer, rutschte es hinab und sprang am Ende gekonnt auf die schwarz-weißen Bodenfliesen. Wie gern hätte ich es ihm nachgetan! Aber das Geländer war für mich zu hoch, und so humpelte ich Stufe für Stufe hinunter.

Der Pflegevater hatte tatsächlich schon auf uns gewartet. »Na, dann kann es ja losgehen«, brummte er, nachdem uns Tante Frieda die Tür geöffnet hatte. »Aber nicht, bevor ich und die Kinder Monika ordentlich begrüßt haben«, sagte Tante Frieda, und ihr warmes Lächeln ließ auch mich strahlen. Sie beugte sich zu mir hinunter und reichte mir die Hand. »Du darfst Tante Frieda zu mir sagen, wenn du magst.« Ich knickste. »Du bist aber ein gut erzogenes Kind«, lobte mich Tante Frieda. »Kinder, kommt, begrüßt Monika!«, rief sie nun. Die drei kamen aus einem anderen Zimmer angelaufen und gaben mir ebenfalls die Hand. »Das sind meine Kinder. Franz … Margret … und die kleine Inge.« So viel Händeschütteln war ich gar nicht gewohnt, und ich steckte meine Hände danach schnell in die aufgenähten Taschen auf meinem Kleid.

Verstohlen schaute ich mich um. Es gab wie oben zwei große Fenster, aber insgesamt war der Raum größer, und ein mächtiger Ofen stand darin. »Das hier ist die Gesindeküche«, sagte der Pflegevater. »Und hier hat Tante Frieda das Sagen!« Es war das erste Mal, dass ich ihn vergnügt sah.

»Aber Arthur, erzähl doch nicht solchen Unsinn. Jetzt geht lieber Monika den Hof und die Tiere zeigen, darauf freut sie sich bestimmt schon. Nicht wahr, meine Kleine?«

»Ja. Vor allem auf die Tiere«, sagte ich.

»Wenn ihr alles gesehen habt, gibt es bei mir hier unten Mittagessen. Dann sehen wir uns wieder.«

Das Anwesen der Koehlers war so weitläufig, dass man es vom Haus aus nicht überblicken konnte. Hinter dem Haus und den Ställen und der Scheune – manche Gebäude hatten große Tore statt Türen – erstreckte sich ein großzügiger Platz mit Springbrunnen, über den man zu den Obstwiesen, Feldern und Äckern gelangte. Der Pflegevater erklärte mir in knappen Worten, was wo war und eilte ohne Rücksicht auf meinen Fuß zügig von einem Gebäude zum nächsten. Es gab einen Hühner- und einen Ziegenstall, Stallungen für Pferde, aber es gab nur ein paar alte Gäule, ein großes Lagerhaus für die Obsternte sowie eine Scheune. Außer einer herumstreunenden Katze war jedoch kein Tier zu sehen. »Die sind alle draußen«, erklärte Bernhard, der wie auch Tante Friedas Kinder mitgekommen war. Der Pflegevater schritt nun an dem stillgelegten Springbrunnen vorbei auf eine Wiese mit Büschen und Bäumen zu. Erst beim Näherkommen sah ich den Zaun mit dem Tor. Und wenn es auch kein Stacheldrahtzaun war, so flößte mir die Einzäunung doch solch eine Angst ein, dass sich meine Schritte wie von selbst verlangsamten. »Was ist, Monika, tut dir der Fuß weh? Soll ich dich tragen?« Der Pflegevater war stehen geblieben und wartete.

»Nein, es ist nur … der Zaun. Willst du mich einsperren?« Jetzt schaute der hochgewachsene Mann entgeistert auf mich hinunter. »Aber nein, wie kommst du denn darauf?«, sagte er.

Auch Bernhard sprach mir Mut zu. »Hinter dem Zaun sind unsere Gärten. Und den Zaun hat Vati nur aufgestellt, damit niemand die Äpfel von den Bäumen stiehlt«, erklärte er.

Misstrauisch folgte ich den anderen bis zu dem Tor, als ich

plötzlich ein Meckern und Gackern hörte, und tatsächlich, hinter dem Zaun war linker Hand eine abgesperrte Wiese, auf der sich eine kleine Herde Ziegen tummelte, rechter Hand scharrten Hühner auf dem Acker. Ich lief zuerst zu den hübschen weißen Ziegen, denn sie hatten vor Kurzem Nachwuchs bekommen, und ich hätte am liebsten jedes einzelne Zicklein auf den Arm genommen, doch der Pflegevater drängte zum Weitergehen. »Du kannst später noch mal hierherkommen, bis zum Mittag ist es ja noch Zeit.« Der einzige Hahn krähte laut, als wir an seiner Hühnerschar vorbeiliefen. Doch weit kamen wir nicht, denn als ich aus der Entfernung die vier kleinen Holzhäuser sah, blieb ich wie angewurzelt stehen. »Was ist denn jetzt wieder?« Der Pflegevater verzog mürrisch das Gesicht.

»Du hast gelogen, hier gibt es ja doch Baracken. Sicher willst du mich jetzt einsperren.« Ich war schon ein paar Schritte rückwärts gegangen und wollte mich gerade umdrehen und fortlaufen, als der Pflegevater laut auflachte.

»Ach, Monika, das sind doch nur unsere Klohäuschen«, sagte er. Und auch die Kinder lachten. »Komm, wir zeigen sie dir!«, rief Bernhard, bat seinen Vater um den Schlüssel und ergriff meine Hand.

In jeder der vier Türen waren kleine Fenster in Herzform. »Siehst du das rot umrahmte Herz? Dort ist unser Klo.« Bernhard schloss die Tür auf, und ein übler Geruch schlug uns entgegen. Ich hielt mir die Nase zu, während Franz sich zwischen uns durchdrängelte. »Hier macht man rein!«, rief er und hob den Deckel auf einer Holzbank hoch. In diesem Moment schoss ein Schwarm Fliegen aus dem stinkenden Loch empor. »Iiiihhh!«, platzte ich heraus und lief zu Margret und der kleinen Inge, die kichernd in sicherer Entfernung standen. »Kinder, jetzt erschreckt Monika doch nicht so. Komm, ich zeige dir noch etwas Schönes.« Selbst wenn der Pflegevater freundlich sein wollte, klang seine Stimme spröde. Ich und die anderen Kinder folgten ihm über die Wiese bis zu einer Steinmauer, in der ein großes Tor war. Hinter den anderen schritt ich hindurch und erst als der Pflegevater vor mir zur Seite trat, sah ich, welch ein Paradies sich jenseits der Mauer verbarg. Vor uns lag ein Feld mit Blumen und Sträuchern, rechts führte ein Weg durch eine herrliche Baumlandschaft, lauter Obstbäume, viele davon standen gerade in Blüte.

»Wir haben Äpfel, Kirschen, Pflaumen, Birnen und sogar Pfirsiche«, erzählte der Pflegevater im Weitergehen, und ein Strahlen erfüllte seine Augen. »Und dies ist ein Walnussbaum …«

»Und der Baum da hinten? Was wächst an dem?«, fragte ich und zeigte auf einen einzeln stehenden Baum auf einer kleinen Wiese, die von Rosen- und Kräuterbeeten umgeben war. »Das ist auch ein Apfelbaum, aber die Äpfel sind erst spät im Jahr reif, wenn es Winter ist.«

»Sind die Äpfel von dem Baum rot?« Ich hatte sofort an die Äpfel denken müssen, die mir meine Oma zum Geburtstag auf einen Teller gelegt hatte.

»Ja, das sind dunkelrote Äpfel. Warum fragst du?«

»Weil es an meinem Geburtstag auch immer rote Äpfel gab.«

»Soso.« Der Pflegevater zog die Augenbrauen hoch. Dann wandte er sich an Bernhard und die anderen. »Zeigt Monika noch die Spargelbeete, den Bach und das Schlösschen, ich muss jetzt zum Hof zurück. Und hier ist der Schlüssel fürs Tor, Bernhard, vergiss nicht abzuschließen, und kommt ja pünktlich zum Essen, verstanden?« Damit wandte er sich auch schon zum Gehen.

Das »Schlösschen«, wie es der Pflegevater genannt hatte, war das Schönste, was ich je gesehen hatte. Ein Pavillon aus weißem Stein, umgeben von einer Rosenhecke, sogar an den Dachstreben rankten blühende Zweige empor. Bernhard, Franz, Margret und Inge waren vorgelaufen und saßen schon auf der lauschigen Rundbank unter den Rosen, als ich endlich den schmalen Eingang durch die Dornenhecke erreicht hatte. Ich ließ mich gerade auf der schmalen Steinbank nieder, als Bernhard den Rückweg antreten wollte.

»Können wir nicht noch bleiben?«, fragte ich enttäuscht.

»Nein, es wird Zeit, wenn wir zu spät zum Essen kommen, gibt es Ärger.«

»Aber mein Fuß tut weh«, schwindelte ich. Mein Fuß schmerzte nicht mehr als sonst, aber ich wollte unbedingt noch eine Weile an diesem wundervollen Ort bleiben. Die anderen redeten wild durcheinander, es schien ihnen daran zu liegen, mir noch eine Pause zu gönnen, aber sie hatten alle vier Angst vor einer Strafe, wenn sie nicht rechtzeitig zurück wären.

»Ich bleibe einfach noch ein wenig allein hier sitzen, und ihr lauft schon mal nach Hause«, schlug ich vor. »Den Weg finde ich.«

Die anderen tauschten Blicke und schienen zu überlegen. »Na gut«, sagte Bernhard schließlich. »Aber dann musst du auch den Schlüssel an dich nehmen und das Tor damit wieder verschließen. Sonst kann jeder auf die Obstwiesen.«

»Ja, das mache ich«, versprach ich, und Bernhard zog aus seiner Hosentasche den Schlüssel hervor.

»Pass gut darauf auf, Monika! Und bleib nicht so lange!«

Ich versprach auch dies und ließ die vier ziehen.

Endlich war ich allein. Ich genoss die Stille, nur das leise Rauschen des Bachs in der Nähe war zu hören. Ich lehnte mich ein wenig zur Seite, weil dort die Sonne durch das Rosendach hindurchschien. Und mit geschlossenen Augen sog ich den Duft der Rosen ein und wäre wohl lange noch nicht aufgestanden, wenn sich nicht ein paar Spatzen auf dem Dach des Pavillons niedergelassen hätten, um einen Sängerstreit auszutragen. »Euch hat bestimmt der Pflegevater geschickt!«, rief ich ihnen zu und musste kichern. Zum Abschied fühlte ich noch einmal über ein paar Blütenköpfe und Stiele, und selbst das Piksen der Dornen machte mir nichts aus.

Ich lief den Weg am Bach entlang, den ich mit den anderen gekommen war, dann an den Spargelfeldern vorbei und zu den Wiesen hinüber. Der Rückweg war viel weiter, als ich gedacht hatte, und nun schmerzte mein Fuß allmählich doch noch. Ich musste eine Pause einlegen und setzte mich mitten ins Grüne, um die Beine für eine Weile auszustrecken. Wenn nur das Jucken unter dem Kopfverband nicht wäre ... Und schon lagen das Tuch und der Verband im Gras, und ich ließ mir die Sonne auf die vernarbte Kopfhaut scheinen. Auf einmal juckte es unter dem Verband am Fuß ... Und wieder dauerte es nicht lange, und ich streckte den vernarbten Fuß auf der Wiese aus. So saß ich eine ganze Zeit lang, träumte vor mich hin und rupfte an den Wiesenhalmen, als mich ein plötzliches Hungergefühl ergriff. Sofort steckte ich mir etwas von dem Gras in den Mund, doch es schmeckte fad, und ich spuckte es wieder aus. Ich würde doch gleich Mittagessen bekommen, was sollte ich also das unappetitliche Grünzeug essen? Den Fußverband wickelte ich mir wieder um, aber das Tuch und den Verband für den Kopf trug ich in der Hand, als ich erneut aufbrach, um zum Haus zurückzugehen. Ich lief über ein Feld mit Beerensträuchern und wunderte mich, weil ich die leuchtend roten Früchte auf dem Hinweg gar nicht gesehen hatte. Ohne lange darüber nachzudenken, hockte ich mich hin und pflückte von den Beeren, aß ein paar und legte welche in das Tuch. Gerade wollte ich wieder Beeren ins Tuch geben, als mich zwei braune Männerschuhe mit Hosen darüber innehalten ließen. Mit leise klappernden Zähnen schaute ich an ihnen hinauf und erblickte den Pflegevater, der jetzt noch größer aussah als sonst. »Was machst du denn hier, Monika? Wir haben mit dem Essen auf dich gewartet! Was hast du nur so lange gemacht?«

»Ich hab Beeren gepflückt«, sagte ich leise. Vor Angst, dass ich geschlagen wurde, klapperten meine Zähne immer heftiger, und ich biss sie fest aufeinander.

»Nimm meine Hand.« Der Pflegevater zog mich behutsam hoch. »Hast du den Schlüssel noch, den Bernhard dir gegeben hat?«

Oje, den Schlüssel hatte ich ganz vergessen. Ich wühlte in meiner Kleidertasche und atmete auf. »Hier ist er.« Ich reichte ihm den Schlüssel.

Der Pflegevater nahm ihn und hob auch mein Tuch vom Boden auf. »Ist das nicht dein Kopftuch?«, fragte er.

»Ja, aber die Sonne war so schön warm, da habe ich es ausgezogen. Und dann war ich froh, dass ich die Beeren hineinlegen konnte.« Das Zähneklappern hörte zum Glück auf, und ich lief plappernd an der großen Männerhand weiter. Jetzt durfte ich sogar noch die Zicklein streicheln, und wir machten einen Umweg an einem Zaun mit Weinreben entlang, an denen erste kleine Blütenstände zu sehen waren, wie der Pflegevater erklärte. »Daraus werden mal Dolden mit lauter süßen Trauben, aus denen Mutti dann Gelee macht.«

»Gelee?« Ich verstand das alles nicht.

»Ach, du musst noch so viel lernen … Gelee ist wie Marmelade.« Der Pflegevater seufzte angestrengt, und ich fragte lieber nicht weiter, was denn Dolden und Trauben seien.

»Ich zeig dir jetzt noch den Schuppen; da darf nur die Familie rein.«

Zählte er mich dazu? Meine Freude verflog, als ich das Holzhaus sah. Wie eine große Baracke, dachte ich und wollte schon weglaufen, als der Pflegevater die Tür aufgeschlossen hatte und aufhielt. »Hier stehen wahre Schätze«, sagte er.

Zögernd betrat ich den großen, kühlen Raum, in den nur durch zwei verstaubte Seitenfenster und die offene Tür das Tageslicht fiel. Als Erstes erkannte ich im Halbdunkeln eine Kutsche. Sie musste alt sein, glänzte aber wie neu. Solche Kutschen hatte ich früher in Königsberg oft gesehen. An der Decke über uns hingen Holzschlitten, und in einer Ecke standen lauter alte Möbel, die mit weißen Tüchern zugedeckt waren. »Die standen im Haus, als die Eltern von Mutti noch lebten«, sagte der Pflegevater. »Im Krieg mussten wir dann auch andere Familien aufnehmen, und wir haben alles hier untergestellt.« Gedankenverloren hielt er die Abdeckung über ein paar gestapelten Stühlen länger hoch als nötig, bis er sich mit der freien Hand über die Augen strich, so als wollte er die aufkommenden Erinnerungen fortwischen, und das Tuch endlich wieder fallen ließ. Er deutete auf einen großen Tisch mit Schränken darunter und Werkzeugen an der Wand darüber. »Wie gut, dass ich diese Werkbank vom meinem Vater noch habe. So kann ich die meisten Reparaturen am Haus selbst erledigen«, erklärte er. »Aber nun komm, wir müssen nach Hause, die anderen machen sich sonst Sorgen.« Wir verließen den Schuppen, und der Pflegevater schloss sorgfältig ab. »Ein anderes Mal steigen wir noch auf den Dreschboden hinauf.« Ich wusste gar nicht, wovon der Pflegevater sprach, wollte aber nicht nachfragen, weil die Stimmung gerade so schön war. Er sagte dann noch, dass hinter dem Schuppen eine steile Treppe hinaufführe, aber dass mein Fuß dafür wieder ganz gesund sein müsse. Außerdem würde es schon anfangen zu dämmern. Wir brachten dann aber doch noch schnell die Ziegen in den Stall.

Aufreibend und mühevoll war für mich die erste Zeit bei der Pflegefamilie: Es gab so viel Neues und so viel, was ich nicht kannte und nicht verstand! Und außerdem war ich nun mal ein Gulag-Kind. Die Essenszeiten in der Familie ließen meinen Magen häufig streiken; ich konnte mich einfach nicht an regelmäßiges Essen gewöhnen. Dabei tobte oft solch ein Hunger in mir, dass ich meinte, er würde mich zerreißen. Doch die vielen verschiedenen Lebensmittel und Speisen auf Tisch und Teller überforderten mich, sodass ich mal zu viel aß und mich schließlich übergeben musste oder aber nicht mehr in der Lage war, auch nur einen Bissen zu probieren. Dann brachte mich die Pflegemutter auf mein Zimmer, und ich trank einen Becher warme Milch. Gleichzeitig wollte ich ständig Lebensmittel einstecken und verstecken; das kleine Fach im Schrank reichte nicht aus, um mir ein sicheres Gefühl zu geben, und die Angst, wieder hungern zu müssen, war stärker als alle Zusicherungen meiner Pflegeeltern, dass es immer ausreichend Essen für mich geben würde.

Zu schaffen machte mir auch, dass ich anfing einzunässen. Ich schämte mich dafür; das erste Mal, als es passierte, weckte uns der Pflegevater morgens, was nur selten vorkam, und ich weigerte mich aufzustehen.

»Fühlst du dich nicht gut?« Der Pflegevater schaute mich prüfend an.

Ich traute mich nicht zu lügen und schwieg.

»Na, dann kannst du auch aufstehen.«

Ich regte mich nicht.

»Geh dich erst mal waschen, und dann frühstücken wir ... Oder hast du etwa ins Bett gemacht?«

Ich zuckte zusammen. Woher wusste er das?

»Also, jetzt reicht's. Sprich gefälligst mit mir!«

Wieder einmal begannen meine Zähne zu klappern. Würde er mich jetzt schlagen? Würde er mich treten? Der Pflegevater wandte sich abrupt ab und verließ das Zimmer.

»Monika, steh doch lieber auf ... bevor Vati böse wird.« Bernhard war aus dem Badezimmer zurück ins Zimmer gekommen, er war schon angezogen.

»Aber ich kann nicht aufstehen«, sagte ich.

»Soll ich Mutti holen?«

Zu spät. Der Pflegevater stand abermals im Raum und sagte jetzt streng: »Steh sofort auf und komm in die Küche.« Ich drückte mich tief in das Kissen. Mir war es unangenehm, in dem feuchten Bett zu liegen, aber mit dem nassen Nachthemd aufzustehen und in die Küche zu gehen war mir unmöglich. Zudem lähmte mich der harsche Ton. Und dann sah ich nur noch das zornige Blitzen in den Augen des Pflegevaters, und im nächsten Moment riss er mir die Bettdecke fort, ergriff meine Handgelenke und zog mich aus dem Bett, über den Flur und in die Küche. »Vati, was machst du denn?«, rief Bernhard und lief uns hinterher. Ich zappelte, trat um mich, weinte und rief immer wieder: »Lass mich!« Doch wie sollte ein mageres und klein gewachsenes Mädchen wie ich gegen einen Mann von vielleicht einem Meter neunzig ankommen?

In der Küche stand eine blaue Wanne mit Wasser, und jetzt wollte mir der Pflegevater das Nachthemd ausziehen. Ich schlug und trat um mich, als ginge es um mein Leben. Trotzdem schaffte er es, mich nackt in die Wanne zu heben. In dem Moment, als er meinen entblößten Körper berührt hatte, konnte ich den Urin nicht mehr halten, und das Pipi lief an meinen Beinen hinunter, auf den Boden und ins Wasser, wo mich meine Kräfte schließlich verließen und ich wie ein Häufchen Elend im Wasser kauerte. »Arthur, was soll das denn? Monikas Fuß ist noch nicht ganz verheilt. Geht mal beide raus.« Bernhard stand hinter der Pflegemutter, er hatte sie wohl dazugeholt. »Ich kümmere mich um Monika«, sagte die Pflegemutter.

»Warum hast du dich denn nass gemacht?«, fragte sie, als wir allein waren.

»Ich weiß es nicht.« Meine Stimme zitterte. Sie wusch mich, zog mich an und setzte mich an den gedeckten Frühstückstisch. »Arthur, Bernhard!«, rief sie. Die beiden waren noch nicht ganz in der Küche, da sagte der Pflegevater zu mir: »Du bekommst heute kein Frühstück. Wer ins Bett macht, braucht kein Essen.« Ich hörte seine Worte, und schon begann mein ganzer Körper so stark zu zittern, dass Arme und Beine unkontrolliert zuckten. Ich spürte, wie meine Füße gegen die Stuhlbeine schlugen, und konnte nichts dagegen tun. Und keiner half mir, keiner sagte etwas. Die Familie frühstückte. Wortlos.

Gerade als der Pflegevater sich vom Stuhl erhoben hatte, kletterte ich auf meinen Stuhl, packte mit beiden Händen von dem Brot, das noch im Korb lag, und war im nächsten Moment in der hintersten Ecke unter dem Tisch verschwunden. Gierig stopfte ich die Scheiben in mich hinein und summte kauend meine Lieder. »Das ist ja nicht auszuhalten«, sagte der Pflegevater noch und eilte aus der Küche. Die Pflegemutter redete beruhigend auf mich ein, doch ich hörte nicht hin.

Wie ein unerwarteter Faustschlag erwischte mich kurz darauf die Übelkeit, und ich erbrach alles, was ich so unüberlegt verschlungen hatte, auf den Boden. Die Pflegemutter und Bernhard beugten sich zu mir hinunter, wollten mir hinaufhelfen, aber ich war nur darauf fixiert, mir das Erbrochene schnellstmöglich wieder in den Mund zu stopfen. Niemand sollte mir mein Essen wegnehmen! Niemand!

»Monika, nicht doch, Kind, du bekommst doch ein Frühstück, lass das liegen.« Das Zureden der Pflegemutter zeigte keine Wirkung, ich nahm es wahr und nahm es auch nicht wahr. Alles, was nicht das Essen und das Erbrochene betraf, war mir gleichgültig. Ich blieb noch eine ganze Weile summend unter dem Tisch sitzen.

Solche Zwischenfälle gab es immer wieder, doch mit den Wochen, die vergingen, veränderte ich mich auch. Nicht nur, dass ich auf die Verbände um Kopf und Fuß verzichten konnte, meine blonden Locken wuchsen allmählich nach, und ich fasste vor allem zu Tante Frieda Vertrauen und half ihr oft in der Küche. Lieber als mit den Kindern im Haus zu spielen, half ich, Kartoffeln zu schälen oder Geschirr abzuwaschen. In der Küche gab es auch immer eine Kleinigkeit zu kosten, was mir gefiel. Ich aß lieber ein kleines Stück Kartoffel vom Probierteller als ein ganzes Mittagessen am gedeckten Tisch mit der Familie.

Eines Tages, als ich mich wieder einmal zu Tante Frieda in die Küche verzogen hatte, kam Bernhard. »Ich will dich heute herumführen, Monika. Du hast ja noch gar nichts von unserem Dorf gesehen.«

»Aber ich muss Tante Frieda helfen«, versuchte ich mich herauszureden. Doch Tante Frieda pflichtete Bernhard bei und sagte noch: »Die frische Luft wird dir guttun.«

An der Hand von Bernhard verließ ich zum ersten Mal das Haus durch die Vordertür und ging an den Fliederbäumen vorbei auf die Straße, wo der Wagen des Doktors bei meiner Ankunft gehalten hatte. Nicht weit entfernt gab es einen schönen Dorfplatz mit Bänken unter Bäumen und Laternen und hübschen Häusern drumherum. Es sah friedlich aus. »Bernhard, warum läuft hier denn keiner weinend durch die Straßen, und warum schießen sie hier nicht?«

»Schießen? ... Ach, du meinst wohl wie im Krieg? Der ist doch schon lange vorbei. Du musst keine Angst haben. Es schießt keiner mehr. Komm, jetzt gehen wir zum Laden von Frau Wentzel.«

Wir liefen weiter und bogen um die nächste Hausecke, als uns eine alte Frau in ihrem Garten zu uns rief. »Hallo, ihr beiden, du bist sicher Monika, ja?«, sagte sie, und ich nickte.

»Guten Tag, Tante Ida«, grüßte Bernhard und verbeugte sich sogar. »Ich zeige Monika das Dorf.«

Tante Ida beachtete ihn nicht weiter, sondern wandte sich wieder an mich. »Lass dich mal ansehen, mein Kind, ich habe schon viel von dir gehört ... Wenn du mal Ärger mit Vati hast, kommst du einfach zu mir. Du weißt ja jetzt, wo ich wohne.«

»Ja«, sagte ich verlegen. Tante Ida mochte ich auf Anhieb, sie hatte beim Lachen die gleichen Falten wie Oma.

»Besucht mich doch nachher, ich habe heute Kuchen gebacken. Dann bekommt ihr ein Stück.«

Bernhard sagte, dass wir gerne kämen, und zog mich weiter.

Wir liefen durch die Dorfstraßen, und ständig zeigte Bernhard auf ein anderes Haus und erzählte mir, wer darin wohnte. Meist waren es Schulfreunde, wobei ich gar nicht wusste, was das für Freunde sein sollten. Dann erreichten wir ein Haus mit einem Treppenaufgang und als Bernhard die Tür aufstieß, bimmelte ein Glöckchen und durch einen Vorhang trat eine Frau in den Verkaufsraum. »Bernhard, das ist aber schön, willst du deiner neuen Schwester meinen Laden zeigen? Oder wolltest du etwas kaufen?«

»Nein, danke. Heute habe ich kein Geld dabei. Ich wollte Monika nur zeigen, wo wir unsere Bonbons herbekommen.«

»Dann kommt mal zur Theke …« Die Frau in der weißen Schürze holte ein hohes Glasgefäß mit lauter roten Kugeln darin aus einem Regal. »Haltet mal eine Hand auf«, sagte sie und gab jedem von uns drei von den Kugeln. »Heute schenke ich euch die Bonbons, damit ihr nicht ohne nach Hause gehen müsst.« Meine steckte ich in eine der beiden Taschen von meinem Kleid, Bernhard steckte sich gleich ein Bonbon in den Mund, die anderen in die Hosentasche.

Gut gelaunt spazierten wir weiter. »Dort ist der Bäckerladen und da hinten die Schule.« Bernhard zeigte auf ein großes Gebäude mit einer Freitreppe. »Wenn dein Fuß wieder ganz gesund ist, kommst du auch in die Schule.«

»Was ist das denn, eine Schule?«

»Da muss jedes Kind hin, um Rechnen, Schreiben und so was zu lernen. Aber jetzt haben wir Ferien.«

»Wie viele Kinder sind in so einer Schule?«, fragte ich. Der

Gedanke, mit vielen Kindern in einem Haus sein zu müssen, gefiel mir gar nicht. »Eine ganze Menge, aber es gibt verschiedene Klassen, und jede hat ihren eigenen Klassenraum.«

»Kannst du mir denn nicht beibringen, was du schon gelernt hast? Dann brauche ich nicht dort hinzugehen.«

Bernhard lachte. »Nein, das ist ja viel zu viel, was ich dir dann zeigen müsste.«

Nachdem wir durch einen Park gelaufen waren, standen wir wieder auf dem Platz nahe dem Gutshaus, aber jetzt waren wir dort von Kindern umringt, die verschiedene Spiele spielten. Ein paar Jungen schubsten große Eisenringe mit Stöcken vorwärts, die über den Platz rollten. Andere Kinder warfen bunte Glaskugeln in ein Erdloch. Wenn eine Kugel neben dem Loch gelandet war, schoben sie sie mit den Fingern hinein. »Ich möchte auch so eine Kugel in das Loch werfen«, sagte ich. Und ein Mädchen, das meinen Wunsch gehört hatte, rief: »Hast du denn deine Murmeln dabei?« Ich fühlte nach den Bonbons in meiner Tasche. Aber da antwortete Bernhard für mich. »Wir haben unsere Murmeln zu Hause, wir spielen ein anderes Mal mit.« Ich schaute ihn fragend an. Ob er wohl gelogen hatte? Aber Bernhard ergriff ohne eine weitere Erklärung meine Hand und zog mich an ein paar Mädchen vorbei, die ein Hüpfspiel spielten; dafür hatten sie Kästchen auf den Boden gezeichnet. Ich machte mich aus Bernhards Hand frei und schaute den Mädchen neugierig zu. Wie gern würde ich so hüpfen können …

»Monika, nun komm, Tante Ida wartet bestimmt schon mit dem Kuchen!«

Und tatsächlich, die alte Dame hatte bereits Teller und Tassen für uns gedeckt, und ein hoher Kuchen mit einem Loch in der Mitte stand auf dem Tisch. »Tante Ida«, sagte Bernhard, »Monika kann nicht so viel essen, sie ist noch krank, bitte gib ihr nur ein kleines Stückchen von dem Kranz.«

»Aber ich möchte ein großes Stück«, sagte ich verärgert.

»Na, dann nimmst du dir einfach noch ein Stück für morgen mit. Und für eure Eltern lege ich auch zwei dazu.«

Es wurde Zeit, nach Hause zu gehen, doch ich musste mal wieder dringend auf die Toilette und fragte nach einem Klostuhl. Tante Ida führte mich daraufhin in den Flur hinaus und öffnete eine Tür, hinter der sich zu meiner großen Überraschung eine richtige Toilette verbarg, wie wir sie in Königsberg gehabt hatten. »Soll ich dir helfen?«, fragte die alte Frau.

»Nein, das kann ich doch allein«, sagte ich. Und nachdem sie die Tür von außen geschlossen hatte, saß ich auf der Klobrille und sah mich nach Zeitungspapier um. Doch stattdessen entdeckte ich eine Rolle mit weichem hellem Papier. Ich zog an dem Papier, und es hörte gar nicht mehr auf, sich abzurollen, und bald lag ein ganzer Haufen Toilettenpapier vor mir auf dem Boden. Ich riss etwas ab, um mich abzuputzen, den Rest versuchte ich, in die Kleidertaschen zu stecken, doch in einer waren schon die Bonbons. Nicht alles bekam ich unter, und die hellen Blätter schauten aus den Taschen hervor. Weil jedoch nichts herausfiel, war ich zufrieden. Die Bonbons, der Kuchen und auch noch so schönes Papier: Heute war anscheinend mein Glückstag.

Tante Ida lachte, als sie mich sah. Und als Bernhard mir die Papierknäuel wegnehmen wollte, hielt sie ihn zurück. Ich solle ruhig davon mitnehmen, erlaubte sie.

Mit der Zeit bekam ich von dem Pflegevater verschiedene Aufgaben übertragen. So brachte er mir das Ziegenmelken bei. Zuerst mussten wir die Ziegen aber von der Wiese hereinholen, und der Pflegevater wunderte sich, warum die Tiere alle zu mir gelaufen kamen und sich so einfach von mir einfangen ließen. Vor ihm sprangen sie jedes Mal davon, und er musste ihnen hinterherrennen und fluchte dabei laut. Doch dann im Stall beim Melken stellte ich mich weniger geschickt an. Ich sollte mich auf einen Melkschemel setzen, der nur ein Bein hatte und auf dem das Sitzen eine wacklige Angelegenheit war. Der Pflegevater band mir den Schemel um, sodass ich damit von Ziege zu Ziege hätte gehen können und dabei den Eimer tragen konnte, in den die Milch gemolken werden sollte. Doch zum ersten Üben an einer Ziege hatte er das Tier an einem Balken festgebunden. Jetzt kniete er sich hin, stellte einen kleinen Eimer unter das Euter, griff nach einer Zitze, und zu meinem Erstaunen schoss ein dicker Milchstrahl daraus hervor. »Hast du gut zugeschaut?« Der Pflegevater schaute streng. »Dann bist du jetzt dran.«

Ich rutschte auf dem Schemel hin und her, bis ich meinte, Halt zu haben, ergriff mit der rechten Hand eine Zitze und drückte zu. Die Ziege sprang bockig hoch, Milch war keine gekommen. Ich versuchte es noch einmal, aber selbst als die Ziege ruhig stehen blieb, fiel nicht ein Tröpfchen in den Eimer. »Du musst die Milch von oben nach unten herausdrücken«, erklärte der Pflegevater ungeduldig. »Zuerst greifst du mit Daumen und Zeigefinger die Zitze und drückst sie zu, dann machst du eine Faust und drückst weiter. So, siehst du?« Wieder schoss die Milch großzügig in den Eimer. »Ich geh jetzt mal nach den Pferden sehen und wenn ich wiederkomme, ist der Eimer voll.« Damit war er aus dem Stall verschwunden.

»Na, Ziege, willst du mir nicht etwas Milch geben«, redete ich freundlich auf die Ziege ein. Dann hielt ich die

Zitze in meine Richtung, um mir etwas Milch in den Mund zu spritzen. Hmmm … Das meiste ging zwar daneben, aber es gelangte auch etwas in meinen Mund. Mit neuem Mut griff ich abermals nach dem Euter, und tatsächlich, die klägliche Milchpfütze im Eimer wuchs an. Auf einmal machte das Melken sogar Spaß, zumindest bis zu dem Moment, als die Ziege plötzlich mit einem Bein ausschlug. Der Eimer fiel um, und ich kippte vor Schreck mit dem Schemel nach hinten.

Als der Pflegevater die verschüttete Milch sah, sagte er nichts, sondern schlug mir ohne Vorwarnung mit der flachen Hand ins Gesicht. Ich wollte weglaufen, aber der Schemel hinderte mich daran.

»Du wirst doch wohl noch die Ziege zu Ende melken!«, wetterte der Pflegevater. Unter Tränen drückte ich die Zitze zusammen, bis kein Tropfen Milch mehr herauskam.

»Monika wird nun jeden Tag die Ziegen melken«, sagte der Pflegevater zur Mutter, als wir zum Abendbrot in die Küche kamen.

»Ach, das ist ja schön!«, rief sie. »Da nimmst du mir eine Menge Arbeit ab.«

Eine andere Arbeit, die ich von nun an zu erledigen hatte, war das Schuheputzen. Einmal in der Woche hatte ich alle Schuhe zu putzen, die vor der Tür standen, die Arbeitsschuhe des Pflegevaters sogar jeden Tag. Auch das Schuheputzen brachte mir der Pflegevater bei. Ich ekelte mich, als er am Ende der Putzerei auf jeden Schuh spuckte, um ihn anschließend mit einer Bürste blank zu reiben. Doch auch diesen Arbeitsschritt kontrollierte er und wenn ein Schuh nicht glänzte, musste ich noch mal von vorn anfangen.

Lieber als die Ziegen zu melken oder die Schuhe zu putzen hätte ich Tante Frieda öfter in der Küche geholfen. Doch auch hier gab es einmal einen hässlichen Zwischenfall, nach dem ich eine Zeit lang nicht mehr so gern zu Tante Frieda in die Küche ging. Es war an einem Nachmittag, Tante Frieda musste in den Keller, sie wollte fürs Abendbrot eingelegte Gurken heraufholen, als ich etwas Weißes, Rundliches auf der unteren Ablage des Küchenschranks sah. Ich wusste nicht, was es war, und stupste es neugierig an. Langsam rollte das Ding auf mich zu und … fiel zu Boden und zerbrach. Eine glibberige Flüssigkeit sowie etwas Gelbes drangen aus der Schale hervor. Ob man das essen konnte? Ich wollte gerade meinen Finger hineintunken, als ich Schritte im Flur hörte. Schnell schob ich alles unter den Küchenschrank, wischte mit der Hand über den Boden und setzte mich an den Tisch. Die klebrige Hand versteckte ich.

Während Tante Frieda die Schüssel mit den sauren Gurken auf dem Tisch abstellte, verabschiedete ich mich und sagte, ich wollte mit den anderen Kindern auf dem Hof spielen.

Mit Bernhard zum Abendessen zurück im Haus, hatte ich schon ganz vergessen, dass ich etwas kaputt gemacht hatte. Doch dann hörte ich den Pflegevater sagen: »Kommt rein, Monika und Bernhard, kommt rein, wir warten schon auf euch.« Ich ahnte, dass dies nichts Gutes bedeuten konnte. Alle Kinder waren in Tante Friedas Küche versammelt. Franz, Margret, Inge und die drei Kinder der Familie, die gegenüber von Tante Frieda wohnten. In einer Reihe mussten wir uns vor dem Pflegevater am Tisch aufstellen. Tante Frieda und Mutti standen am Ofen.

»Wer hat das Ei genommen?«, fragte der Pflegevater und musterte jeden von uns streng. Niemand sagte etwas. »Ihr wisst doch ganz genau, dass die Hühner zurzeit nicht so viele Eier legen und wir jedes Ei brauchen.« Ich wusste nicht, worüber er sprach. Aber warum schaute er mich jetzt so streng an?

»Noch mal, wer hat das Ei gestohlen? Habe ich mich jetzt klar genug ausgedrückt?« Das Zittern und Zähneklappern begann. Jetzt ging er uns Kinder der Reihe nach durch … »Monika, was ist mit dir, hast du das Ei gestohlen?«

»Nein. Ich habe nichts gestohlen.«

Auch die anderen hatten die Frage verneint.

»Überlegt noch einmal genau. Ich werde das nicht durchgehen lassen.«

Jetzt sprachen alle Kinder durcheinander. Bernhard fragte mich leise, ob ich das Ei vielleicht doch genommen hätte.

»Aber ich weiß gar nicht, was ein Ei ist.«

»Es lag dort auf dem Küchenschrank«, sagte der Pflegevater, der mich gehört hatte.

Jetzt dämmerte es mir. »Ich … ich … da lag etwas«, begann ich und stockte immer wieder, weil das Zittern zunahm und ich plötzlich ganz durcheinander war. »Das war wie eine große Murmel … und … und dann ist sie heruntergefallen … ich hab sie nur ganz kurz angefasst …«

»Was soll diese Lügengeschichte? Du hast das Ei gestohlen!« Die Stimme des Pflegevaters überschlug sich vor Ärger.

»Nein, ich habe wirklich nichts gestohlen, Vati.« Es war das erste Mal, dass ich ihn so nannte. Im nächsten Moment knallte seine Hand gegen meinen Kopf, und ich verlor den Halt. »Das passiert Kindern, die stehlen und lügen! Und wenn du nicht sofort die Wahrheit sagst, dann gibt es noch mehr Schläge!«, brüllte er auf mich hinunter.

Doch da stellte Bernhard sich vor mich. »Vati, guck doch, unter dem Schrank, da ist doch das kaputte Ei. Sie hat es wirklich nicht gestohlen, und gelogen hat sie auch nicht.«

Tante Frieda half mir vom Boden auf. »Sieh nur, Arthur, was du angerichtet hast.« Das Blut lief mir über die Stirn. Ein paar Narben auf meinem Kopf waren aufgeplatzt.

»Das mache ich mit jedem, der lügt«, sagte der Pflegevater noch einmal, bevor er die Küche verließ.

An diesem Abend begann ich wieder mit meinem Papa zu sprechen. Und nachdem ich am Fenster stehend einen Stern am Himmel gefunden hatte, erzählte ich ihm alles, was mir der Pflegevater angetan hatte. Danach kroch ich weinend in mein Bett und fiel in einen unruhigen Schlaf.

Mitten in der Nacht musste ich zur Toilette und suchte den Topf unter meinem Bett, fand ihn aber nicht. Ich stand im Dunkeln im Zimmer und wusste nicht, was ich tun sollte, als ich mich plötzlich immer leichter fühlte. Es fühlte sich an, als würden sich meine Arme und meine Beine in eine luftige Blase verwandeln, die mich federleicht trug, und wenn ich das Fenster geöffnet hätte, wäre ich wohl davongeflogen. Aber ich wollte nur mein Töpfchen suchen und ging hinaus in den Flur, wo ich eine Weile lang stand und mit den Armen ruderte, als würde ich fliegen. »Was machst du hier, Kind?«, holte mich die Stimme der Pflegemutter zurück auf den Boden, und ich ließ die Arme sinken. »Ich dachte, ich kann fliegen … und ich wollte mein Töpfchen suchen.« Sie nahm mich an der Hand, führte mich ins Zimmer zurück, und wie immer stand der Topf unter meinem Bett.

Ein Leibchen, lange Strickstrümpfe mit Knöpfen, ein Kleid mit Schürze darüber – neu eingekleidet wurde ich einem Mann mit einer schwarzen Ledertasche und einer Frau mit einem Häubchen auf dem Kopf vorgestellt. Es waren der Kreisarzt und eine Krankenschwester.

»Wie heißt du denn, mein Kind?«, fragte der Arzt.

»Monika Charlotte Clausen von Quitzro«, antwortete ich.

»Und weißt du noch, wo du herkommst?«

»Aus dem Barackenlager.«

»Ja, das stimmt ... Aber davor? Wo warst du zu Hause?«

»In Königsberg. In der Kneiphöfischen Langgasse siebenundachtzig.«

»Dass du das noch so genau weißt ... Kennst du denn auch deinen Geburtstag?«

»Ich habe Geburtstag, wenn es rote Äpfel gibt.«

»Und in welchem Monat?«

»Na, wenn es die Äpfel gibt.«

»Hm. Dann wollen wir dich mal untersuchen, um es genauer herauszufinden. Du bist ja recht klein und zart für dein Alter. Isst du denn genug.«

Ich wusste keine Antwort. »Sie verträgt nicht immer alles«, kam mir die Pflegemutter zu Hilfe.

Der Arzt ließ sich von der Schwester einen Holzstab anreichen. »Mach mal den Mund auf und zeig mir deine Zähne.« Widerwillig öffnete ich den Mund, aber nur einen kleinen Spalt. »So kann ich nichts sehen, mach den Mund mal weit auf ...« Der Arzt zeigte mir sein Gebiss. »Ja, so ist es gut.« Er kam ganz nah an mich heran, drückte mit dem Stab meine Zunge nach unten und fasste mit seinen Fingern in meinen Mund. Danach schrieb er etwas auf ein Blatt Papier.

»Und bist du denn getauft?«

»Was ist das denn, getauft?«

»Wir werden sie noch taufen lassen«, sagte der Pflegevater nun schnell. Der Arzt nickte zufrieden. »Schwester Gudrun, bitte ziehen Sie das Kind aus.« Die Krankenschwester kam lächelnd auf mich zu. Ich wollte mich schon unter dem Tisch verkriechen, aber ihr harter Griff ließ keinen Widerstand zu.

Unter den Blicken der Pflegeeltern musste ich die Untersuchung über mich ergehen lassen; der Arzt drückte mal hier, mal dort, horchte durch einen schwarzen Trichter an meiner Brust und an meinem Rücken und befühlte alle möglichen Körperstellen, vor allem meinen Blähbauch, der noch immer nicht kleiner geworden war, und schaute sich den vernarbten Kopf und den rechten Fuß sehr genau an.

Schließlich durfte ich mich wieder anziehen, und die Krankenschwester schenkte mir noch eine Socke für den kranken Fuß, denn einen Schuh durfte ich immer noch nicht tragen. Aber dieses Söckchen war viel weicher als die Stricksocken der Pflegemutter, sodass ich es gern tragen wollte. »Monika, geh doch bitte zu mal Tante Frieda hinunter«, sagte der Pflegevater, und ich gehorchte.

Draußen vor der Tür blieb ich jedoch stehen und lauschte.

»Das Kind war lange Zeit unterernährt und liegt in seiner körperlichen Entwicklung weit zurück«, hörte ich den Arzt sagen, »aber es wird mit regelmäßigen Mahlzeiten und Bewegung an der frischen Luft sicher einiges nachholen können.«

»Und wann ist sie wohl geboren?«, fragte der Pflegevater.

»Ich würde sagen, im März 1940 … Nehmen wir doch den 16. März. Das ist ein schönes Geburtstagsdatum. Im Frühling …«

Der Alltag auf dem Hof ließ mich den Besuch des Arztes bald wieder vergessen. Es war Sommer, und vor allem die Obsternte und Gartenarbeit bestimmten den Tagesablauf. Immer öfter half ich nun auch der Pflegemutter in der Küche. Sie brachte mir bei, Gemüse zu putzen, Obst einzukochen und wie man aus Ziegenmilch Butter, Sahne und Dickmilch herstellte.

»Holst du noch Kräuter aus dem Garten? Petersilie und Schnittlauch?« Wenn die Pflegemutter mich in den Kräutergarten schickte, sprang mein Herz vor Freude. Nur dann durfte ich allein über das Grundstück laufen, durch die Obstwiesen und an den Blumenfeldern vorbei. Und bevor ich die Kräuter mit der Schere abschnitt, die mir die Pflegemutter in die Schürzentasche gesteckt hatte, lief ich jedes Mal zu meinem Baum, der im Winter rote Äpfel tragen würde, und schaute, wie weit sie waren. Heute war wieder so ein Tag. Klein und hellgrün hingen die Früchte an den Zweigen.

Vom herrlichen Duft der Rosen angezogen, spazierte ich zu den Beeten hinüber und sog bei jedem Schritt die Luft tief ein. Vor einem Strauch mit üppigen rosafarbenen Blüten blieb ich stehen. Ach, wie schön diese Rosen waren! Wenn Mama sie nur sehen könnte, sie würden ihr gewiss genauso gut gefallen wie mir. Ich hatte lange nicht an meine Mutter gedacht, doch in diesem Augenblick überkam mich eine große Sehnsucht. Ich sah mich kurz um, ob mich auch niemand beobachtete, griff nach der Schere in meiner Schürze und schnitt die Rose mit der größten Blüte ab. Zum Pavillon war es nicht weit … Er war wie ein Zauberort, hier würden meine Wünsche vielleicht in Erfüllung gehen. Ich legte die Rose auf die Sitzbank. »Mama, die ist für dich. Wenn du sie findest, weißt du, wo ich bin. Ich brauche dich so sehr. Bitte komm und hol mich … Ich möchte nie mehr geschlagen werden.« Eine ganze Weile lang blieb ich unter dem Dornendach sitzen und träumte vor mich hin. Erst als mein Magen sich regte, fiel mir auch wieder ein, dass ich fürs Abendbrot Kräuter holen sollte. Doch bis dahin würde mein Hunger viel zu groß werden. Und schon pflückte ich mir ein paar von den Aprikosen. Wie im Paradies kam ich mir vor. Ich stand unter dem Aprikosenbaum und biss bereits in die dritte Frucht, der süße Saft rann mir übers Kinn. Mein Blick schweifte unter den niedrigen Ästen her über die Wiese. Was war das? Diesen Hügel weiter hinten auf der Wiese sah ich zum ersten Mal. Ich wischte mir mit dem Ärmel über Mund und Kinn und lief kauend auf den Hügel zu. Je näher ich kam, desto größer erschien er mir. Neugierig ging ich um ihn herum; er war über und über mit wilden Rosen bewachsen. Auf einmal entdeckte ich an einer Stelle eine Fläche, die von feinen dünnen Ranken bedeckt war, die auch keine Dornen hatten. Auf Knien krabbelte ich vorsichtig an der Blätterwand hinauf. Welch ein Blick über den Garten! Und das Beste war, mich konnte man dort oben zwischen dem grünen Blätterwerk nicht mal erahnen. Ein hervorragendes Versteck. Hier würde mich niemand finden, die Klohäuschen waren nicht weit, und in der Nacht unter dem Sternenhimmel könnte ich laut mit Papa sprechen. O ja, das wollte ich bald versuchen, bei Nacht hierherzukommen. Aber jetzt musste ich endlich zum Kräutergarten, die Pflegemutter wunderte sich sicher schon, wo ich blieb.

Als ich das Haus betrat, hörte ich die Stimme des Pflegevaters. Er musste bei Tante Frieda in der Küche sein, und so schlich ich mit den Kräutern in der Hand an der Tür vorbei und die Treppe hinauf.

»Das hat aber lange gedauert, Monika. Warst du wieder bei den Rosen?« Ich nickte mit gesenktem Kopf. »Na, leg die Kräuter auf den Tisch … Ich zeig dir etwas.« Aus einem Schrank im Flur holte die Pflegemutter eine kleine Flasche aus Glas. »Das ist Rosenöl, hier, ich gebe dir einen kleinen Tropfen auf deine Hand … Und jetzt riech mal.«

Hmmm … Wie von selbst schlossen sich meine Lider, und ich dachte, ich wäre wieder bei meinen Rosen im Garten. »Wie kommt der Duft denn da hinein?«, fragte ich erstaunt, die Hand immer noch unter meiner Nase. – »Es ist sehr viel Arbeit, Rosenöl herzustellen, für solch ein kleines Fläschchen braucht man viele Körbe voll Blüten.« Ich hörte aufmerksam zu und verstand, dass dieses Duftöl etwas ganz Besonderes war. »Jetzt aber schnell wieder in die Küche, bevor Vati uns erwischt. Der meint, so etwas brauche ich nicht.«

Zu gern hätte ich das Fläschchen in die Ritze meines Bettsofas gesteckt, wo schon ein paar Murmeln, Steine, Knöpfe, ein Löffel, eine Entenfeder, die ich am Bach gefunden hatte, und ein Schnuller versteckt waren. Den Schnuller hatte ich aus einem Kinderwagen genommen, als niemand hingeschaut hatte. Das Baby hatte zwei davon, und ich hatte noch nie einen gehabt. In der Sofaritze war mein geheimer Schatz bestens versteckt.

Mit der Brotschale und einer Schüssel Wurstsalat gingen wir zu Tante Frieda in die Küche hinunter, wo bereits der Tisch gedeckt war und die anderen auf uns warteten. Wie so oft, wenn ich Hunger hatte und mit vielen Personen am gedeckten Tisch saß, spielten die Gefühle in mir verrückt. Im einen Moment wollte ich gar nichts essen, im nächsten hätte ich am liebsten so viel wie möglich in mich hineingestopft, hätte die Schalen und Schüsseln gegriffen und mich mit ihnen unter den Tisch verzogen.

»Ich schmiere dir ein Brot, Monika«, sagte Tante Frieda, die meine Not wohl erkannt hatte. »Warte, ich schneide es dir noch in Stücke ...« Mit klopfendem Magen und schwirrendem Kopf versuchte ich, mich ganz auf die Brothappen vor mir zu konzentrieren. Die anderen klapperten mit ihrem Besteck, Inge plapperte fröhlich mit Bernhard. Mein Blick flatterte immer wieder über den Tisch ...

»Du musst gut kauen, Monika«, sagte Tante Frieda.

»Das weiß ich«, gab ich patzig zurück, kaute übertrieben und rollte mit den Augen. Ein ganz deutliches Signal, dass ich in Ruhe gelassen werden wollte, was auch schließlich eintrat.

Ich schob den Brotbrei in meinem Mund von einer Backentasche in die andere, als ich plötzlich etwas Glänzendes auf dem Küchenschrank entdeckte. Aber es war kein Schmuck, es waren glänzende Plättchen, wie ich sie noch nie gesehen hatte. Und sie lagen dort einfach herum. Ich aß mein Brot Bissen für Bissen auf, aber meine Gedanken drehten sich nur darum, was das wohl für geheimnisvolle Plättchen waren. Schließlich beendete der Pflegevater das Abendbrot, und auch die anderen standen von der Küchenbank oder ihren Stühlen auf, aber es gelang mir nicht, unbemerkt an den Küchenschrank heranzukommen.

»Kinder, Zeit fürs Bett.« Die Pflegemutter schob mich und Bernhard zur Tür hinaus.

»Monika, hilfst du mir morgen früh beim Aprikoseneinkochen?«, rief Tante Frieda mir noch zu.

»Ja ... mach ich. Gute Nacht!«

»Gute Nacht, ihr beiden!«

Die seltsamen Plättchen lagen am nächsten Tag noch immer an der gleichen Stelle auf dem Küchenschrank, und als Tante Frieda die eingemachten Aprikosen in den Keller trug, verschwanden sie klimpernd in meiner Schürzentasche.

»Darf ich raus zum Spielen?«, fragte ich später Tante Frieda und hatte die Klimperstücke in der Schürze schon wieder vergessen. Es war das erste Mal, dass ich allein auf den Platz zu den anderen Kindern lief. Mit Bernhard war ich schon ein paar Mal dort gewesen, aber heute musste er dem Pflegevater bei der Feldarbeit helfen.

»Möchtest du ein Bonbon?«, fragte mich ein Mädchen mit langen Zöpfen, die am Ende jeweils mit einer roten Schleife gebunden waren, und hielt mir ein buntes Papier hin.

»Danke«, sagte ich und griff zu. In dem Papier war eine hellbraune Kugel eingewickelt. »Wir haben nur Rübenkraut zu Hause, keine Bonbons«, erklärte ich und steckte die Süßigkeit in den Mund.

»Deine Mutter muss mal welche kaufen«, sagte das Mädchen. »Oder sie soll dir Geld geben, dann kannst du bei Tante Wentzel selbst welche holen.«

»Das mach ich«, sagte ich und wandte mich zu den Kindern um, die mit ihren Murmeln spielten. Ich hockte mich auf den Boden und verfolgte die kullernden Klackerdinger mit meinem Blick. Plötzlich rollte eine Murmel direkt auf mich zu, und ein Junge rief: »Weg da.« Ich wollte zur Seite springen und stolperte über meine Schürze, und auf einmal lagen die geheimnisvollen Plättchen aus Tante Friedas Küche im Dreck.

»Warte, ich helfe dir!« Das Mädchen mit den Zöpfen kam angelaufen und half mir beim Aufsammeln. »Du hast ja richtig viele Münzen. Dafür bekommst du jede Menge Bonbons.«

Für diese Plättchen gab es Bonbons? Na, wenn das kein Glück war. »Bringst du mich zu dem Laden?«, fragte ich.

»Ja, aber dann müssen meine Geschwister mitkommen«, sagte das Mädchen und rief ein paar Namen. Am Ende waren wir eine ganze Horde Kinder, die über die Straße lief.

»He, Monika, wo willst du denn hin? Ist Bernhard nicht bei dir?« Tante Ida stand an ihrem Gartenzaun. Ich sagte zu ihr, dass doch viele Kinder bei mir seien und wir zum Laden von Frau Wentzel liefen. »Bonbons holen.« Da lachte sie und winkte uns hinterher.

Ich hielt die Schürze weit auf, so viele Bonbons bekam ich von Tante Wentzel. Die anderen Kinder griffen ebenfalls zu, und wir hüpften mit bonbondicken Backen zurück zum Platz. »Bis morgen vielleicht!«, rief ich den Kindern zu und eilte nach Hause. Ich wollte nicht noch mehr abgeben müssen.

Oben in der Küche angekommen, öffnete ich mein Fach und verstaute die Bonbons ganz hinten. Die Pflegemutter war anscheinend schon unten bei Tante Frieda, also wusch ich mir nur noch schnell die Hände und ging ebenfalls hinunter. Die Stimmen aus Tante Friedas Küche waren nicht zu überhören. Ob noch Besuch gekommen war? Dann würde es lustig, denn bei Tante Frieda durften wir Kinder bei Tisch miteinander reden; oben bei den Pflegeeltern hatten Bernhard und ich nur zu antworten, wenn wir etwas gefragt wurden. Ich drückte die Klinke hinunter, doch noch bevor ich den Fuß in der Küche hatte, schwand meine gute Laune. Die Nachbarskinder, Tante Friedas Kinder und Bernhard standen in einer Reihe nebeneinander vor dem Pflegevater, wie beim letzten Mal, als ich versehentlich das Ei kaputt gemacht hatte. »Da ist ja auch Monika. Komm, stell dich dazu!«, rief er streng. Ich wollte mich schon umdrehen und weglaufen, aber da brüllte er: »Nichts da! Zu den anderen mit dir.« Meine Knie schlotterten vor Angst, und ich taperte wie benommen zum Ende der Reihe und stellte mich neben Bernhard. Er sah mich mitleidig an. Würde mich der Pflegevater wieder schlagen? Aber warum? Was hatte ich getan? Der Pflegevater stand schwer atmend auf. »Kinder, ihr wisst, wie viel wir arbeiten, um ein bisschen Geld zu verdienen und unsere Familie satt zu bekommen. Jeder, der zu Besuch kommt, ist bei uns willkommen, und wir teilen unser Essen mit ihm. Aber wenn uns jemand Geld wegnimmt, dann können wir es uns nicht mehr leisten, den Tisch für alle zu decken.«

Ob nicht genug zu essen da war? Wollte der Pflegevater das sagen? »Vati, ich brauche heute kein Essen mehr, du kannst meins einem anderen Kind geben«, sagte ich schnell und dachte an die vielen Bonbons in meinem Schrank. Aber der Pflegevater sah mich nicht mal an. Hilflos blickte ich zur Pflegemutter und zu Tante Frieda hinüber. Die Pflegemutter presste die Lippen aufeinander, Tante Frieda lächelte milde.

»Wer hat die drei Mark fünfzig genommen?«, schallte es jetzt durch die Küche. Keins von uns Kindern sagte ein Wort. Ob meine Geheimplättchen gemeint waren? Oje, mir schwante Übles. Aber ich hatte doch gar nicht gewusst ... »Ich hab dort etwas weggenommen. Es lagen dort so Dinger. Die glänzten so schön ... Und Tante Wentzel hat mir ganz viele Bonbons dafür gegeben.« Ohne ein weiteres Wort schob der Pflegevater die anderen Kinder zur Seite und ging zum Küchenschrank. Er öffnete eine Schranktür und zog einen Stock daraus hervor. »Nicht mit dem Siebenzagel!«, rief Tante Frieda. »Arthur, sie hat doch gar nicht gewusst, dass es Geld war. Sie hat es doch nicht absichtlich gemacht.«

»Dann soll sie es auch nicht mehr vergessen, was Geld ist und was passiert, wenn man Geld stiehlt.« Jetzt stand er wie ein Riese vor mir. Meine Zähne klapperten. »Dreh dich um«, sagte er. Und dann trafen mich die Lederriemen auf dem Rücken, am Po, an den Beinen, und ich krümmte mich. Immer und immer wieder schlug er zu. »Arthur! Nein! Lass das Kind in Ruhe!«, rief Tante Frieda, aber es half nicht. Die Pflegemutter stand neben ihr, den Blick zum Boden gerichtet. Das Bild der Frauen verschwamm vor meinen tränennassen Augen. Jetzt traf mich ein Riemen am Hinterkopf, und ich sackte vor Schmerz zusammen; ich kniete am Boden, mein Gesicht von den Armen verdeckt, die Hände über dem Kopf. Von diesem Moment an nahm ich die Schmerzen gar nicht mehr wahr, ich spürte die Schläge, wie das Leder über meine Finger, die Arme, den Rücken und die Beine knallte, aber ich fühlte den Schmerz nicht mehr. Mein ganzer Körper war wie im Schmerz ertrunken, und es gab kein Denken und kein Fühlen mehr. Vielleicht ist es so, wenn man tot ist.

Erst als sich Tante Frieda zum Schutz über mich beugte und rief: »Du musst schon mich schlagen, wenn du nicht aufhören willst!«, kam ich wieder zu mir. Der Pflegevater ließ den Siebenzagel sinken. Tante Frieda wollte mir helfen aufzustehen, aber ich hatte keine Kraft und kam nicht auf die Beine. Sie hielt mich eine Weile im Arm, während ich wimmernd am Boden saß. Den anderen Kinder, die sich an die Wand gepresst hatten, war die Furcht ins Gesicht geschrieben. Nur allmählich konnten sie sich aus ihrer Starre lösen. Der Pflegevater setzte sich an den Tisch und begann mit dem Abendbrot. Als wäre nichts geschehen, nahm er sich von dem Brot und der Wurst, und die Pflegemutter schenkte ihm Tee ein.

Nachdem sich die Nachbarskinder mit leisen Stimmen verabschiedet hatten und gegangen waren, setzten sich Bernhard, Inge und Franz zu den Pflegeeltern an den Tisch. Tante Frieda aber holte eine Schüssel mit Wasser und tupfte mir mit einem Waschlappen über die blutigen Striemen. Auf einmal hielt sie inne. »Weißt du eigentlich, warum Vati dich geschlagen hat?«, fragte sie mich.

»Nein«, antwortete ich leise.

»Die kannst du totschlagen, dann hört sie noch nicht auf zu lügen«, schimpfte der Pflegevater mit einem Seitenblick auf mich.

»Sei still, Arthur. Jetzt spreche ich mit Monika und nicht mit dir. Also, Monika, warum sagst du Nein?«

»Ich weiß nicht.«

»Gut, dann frage ich dich mal anders. Was lag da oben auf dem Küchenschrank?«

»So glänzende Plättchen. Geheimplättchen.«

»Und wie nennt man die noch?«

»Münzen hat das Mädchen mit den Zöpfen dazu gesagt.«

»Ja, Münzen. Das ist Geld. Hast du denn noch nie Geld gesehen?«

»Weiß nicht. Was ist denn Geld?«

»Mit Geld kann man Essen und andere Dinge kaufen. Das Geld hier auf dem Schrank gehörte Vati, das durftest du nicht einfach wegnehmen. Du musst fragen, wenn du Geld haben möchtest.«

»Ich werde es mir merken«, sagte ich leise.

»Ist gut.« Tante Frieda wollte mir über den Kopf streichen. »Herrje, du blutest ja immer noch …« Sie tupfte mit dem Waschlappen noch einmal über meinen Kopf, dann über meine Hände und Arme. Danach wandte sie sich an den Pflegevater. »Und ich hoffe, du merkst dir das auch. Das Kind wusste nicht, dass es Geld genommen hat. Und sie hat nicht gelogen. Du hast Monika grundlos blutig geschlagen. Hach, deine ewige Prügelei …«

In der Nacht wachte ich erschöpft aus einem schlechten Traum auf und wollte aufs Töpfchen gehen. Doch ich konnte mich kaum bewegen, alles tat mir weh. Die Schläge mit dem Siebenzagel … sofort fiel es mir wieder ein. Vorsichtig kroch ich aus dem Bett. Wenigstens hatten die Wunden aufgehört zu bluten … Wo war denn nur wieder der Topf? Ich bückte mich noch etwas weiter unter das Bett, aber da war nichts zu sehen. Also stand ich auf und taperte durchs Zimmer und zur Tür hinaus. Und als ich im Flur stand, spürte ich plötzlich wieder diese Blase um mich herum; mein Körper wurde ganz leicht, und es tat nichts mehr weh, ich wurde in die Höhe gehoben und durch die Räume getragen. Als würde ich fliegen, lief ich durchs Treppenhaus, die Stufen hinunter und durch die Hintertür auf den Hof, an dem Springbrunnen vorbei und immer weiter in Richtung der Klohäuschen. Doch dann hockte ich mich einfach auf die Wiese und putzte mich anschließend mit Gras ab. Danach flog ich weiter über die mondgrauen Felder und an den im Wind raschelnden Sträuchern und den leise knarrenden Bäumen vorbei. Plötzlich stand ich vor einem nachtschwarzen Berg. Er sah unheimlich aus, so still ragte er in den dunklen Himmel. Ob das der Rosenhügel war, den ich tags zuvor entdeckt hatte? Ja, das musste er sein. Auf dem Hügel würde mich niemand finden. Ich würde heimlich Beeren pflücken, Gemüse ernten und Äpfel und Birnen aufsammeln, wenn sie reif waren. Dann konnte ich sogar den Winter hier verbringen. Der Hügel war meine Rettung. Nie mehr Schläge, nie mehr Angst. Barfuß und im Nachthemd suchte ich die geeignete Stelle und kletterte die Rankenwand nach oben. Dort stand ein Bett aus Blättern für mich bereit, und ich legte mich müde vom Laufen und Klettern darauf und sah den Mond über mir und ein paar kleine Sterne. Darüber wurde ich traurig. »Papa, bist du da? … Papa, ich möchte hier nicht mehr bleiben. Kannst du nicht Mama zu mir schicken? Papa? Mama? …«

Ein zarter Lichtstreifen war am Horizont zu sehen, als ich aus einem tiefen Schlaf erwachte. Die Luft war noch kühl, aber ich war Schlimmeres gewohnt. Ich wollte mich erst einmal recken und strecken, zuckte vor Schmerz jedoch zusammen. Nie zuvor hatte ich solch einen Stock mit Lederriemen gesehen; jetzt war er mir ins Gedächtnis eingebrannt. Ich blickte über den dunklen Garten. Bis zum Haus konnte ich sehen. Dort ging gerade ein erstes Licht an, ich hatte also nicht mehr viel Zeit. Bevor jemand bemerkte, dass ich weggelaufen war, wollte ich mir für den Tag einen kleinen Vorrat an Früchten besorgen. Also kletterte ich den Hügel an der dornenfreien Seite hinunter und lief zu den Obstwiesen hinüber. Mit Aprikosen, Kirschen und Johannisbeeren kehrte ich zurück und sah erneut zum Haus hinüber, in dem jetzt mehrere Fenster hell erleuchtet waren. Ob sie mein leeres Bett bereits entdeckt hatten? Mich suchten? Nach mir riefen? Sollten sie doch. Ich würde gewiss nicht antworten, und sie würden mich nicht finden.

Während ich eine Aprikose teilte, den Kern herauspulte und in das gelbe Fruchtfleisch biss, ließ ich mich von der Morgensonne wärmen.

»Monika! – Monikaaaa!«, dröhnten die Rufe über die

Wiesen und die Felder. Ich hob den Kopf nur so weit, dass ich über den Blätterkranz vor mir Ausschau halten konnte. Doch es kam niemand in die Nähe des Hügels. Ich lag da und döste in der Sonne. Dann schreckte ich hoch. Wasser! Ich hatte kein Wasser geholt! Im Garten gab es einen Brunnen. Ich konnte mir aber auch Milch melken. Nur, jetzt würde ich nicht unbemerkt in den Stall kommen. Vielleicht später, wenn der Pflegevater und Bernhard auf dem Feld waren. Die Morgensonne schien bereits mit aller Kraft, und ich überlegte, wie ich mir einen Sonnenschutz bauen könnte. Aber nichts, das man von außen sehen konnte … Eher eine Höhle … Auch für den Winter … Und schon tastete ich den Boden ab. Wo so viele Pflanzen wuchsen, musste doch Erde sein. Richtig. Unter den Ranken und dem Gestrüpp fühlte ich weiche, kühle Erde. Mit beiden Händen legte ich ein Stück frei und begann zu graben. Im Nu waren meine Hände und mein Nachthemd, vor allem an den Kniepartien, dunkelbraun. Ich wollte ein tiefes Loch für mich und meine Vorräte buddeln, denn wenn der Winter kam, dann gab es sicher nichts mehr zu ernten. »Huch, was machst du denn da, kleiner Wurm?«, rief ich und hielt ein rosagraues Etwas in die Höhe. Es rollte sich vor Schreck zusammen. »Keine Angst, noch habe ich genug Früchte und brauche dich nicht zu essen. Du kommst wieder in die Erde, aber nicht in mein Loch zurückkrabbeln, verstanden?« Kaum hatte ich den Wurm am Rand des Hügels abgesetzt, bohrte er sich zwischen Blättern und Wurzeln in den braunen Boden. Ich wollte schon weitergraben, als ich Blut an meinen Händen bemerkte. Und wie in einem Traum sah ich die Lederriemen wieder vor mir, wie sie auf meine Hände knallten. Ich starrte sie an, und der Dreck vermischte sich mit dem Blut, und ich musste an die eitrigen Wunden und stinkenden Geschwüre denken, die wir Kinder im Lager gehabt hatten. Sofort wollte ich den Dreck von den Händen waschen und war auch schon auf halbe Höhe hinuntergeklettert, als ich meinen Namen hörte. Es war Tante Frieda, die mich rief. Sehen konnte ich sie nicht, wollte aber auch nicht, dass sie mich entdeckte, also kroch ich schnell wieder zurück und legte mich mit klopfendem Herzen in die Kuhle, die ich ausgehoben hatte.

»Monika, Kind, zeig dich, wenn du hier bist. Wir wollen dich nach Hause holen. Bitte zeig dich doch, mein Kind.«

Ich tat keinen Mucks und blieb reglos liegen. Auf einmal hörte ich die Pflegemutter von weiter weg. »Lass uns zurückgehen, Frieda. Hier ist sie nicht, ich habe im Pavillon und zwischen den Rosen nachgeschaut, aber sie ist nicht hier. Wenn sie Hunger hat, wird sie schon den Weg zu uns finden.« Das dachte sie wohl! Ich wusste, wie ich mich selbst versorgen konnte, und brauchte niemanden. Niemanden. Ich drückte die Tränen, die in mir aufstiegen, weg.

Das Blut an den Händen war getrocknet, und ich konnte die Krusten vom Dreck kaum unterscheiden. Ich weiß nicht, wie viele Stunden vergangen waren, es war vielleicht Mittag oder Nachmittag, als Bernhard und Franz um den Hügel schlichen. Ich konnte ihre leisen Gespräche nicht verstehen, aber ihre Stimmen hatte ich sofort erkannt. Ob sie auch nach mir suchten? Ich lauschte noch angestrengt, als es längst wieder ruhig war und nur der Gesang einiger Vögel die Stille unterbrach.

Während ich so dagelegen hatte, war mir die Idee gekommen, aus dem Ziegenstall eine kleine Schaufel zu holen, die dort in einer Ecke stand. Und dann konnte ich auch gleich Milch trinken. Bei dem bloßen Gedanken an Ziegenmilch schoss mir der Speichel in den Mund. Doch ich wollte noch warten. Bloß nicht riskieren, vom Pflegevater entdeckt zu werden.

Im Dunkeln machte ich mich dann auf den Weg. Doch bevor ich zum Stall lief, huschte ich noch zum Bach hinüber, um den Enten »Gute Nacht« zu sagen. Und ich meinte auch, dass sie die Köpfe zum Gruß gehoben hatten, jedenfalls waren sie nicht davongelaufen und kannten mich sicher schon. Von nun an würden wir direkte Nachbarn sein. Auf dem Weg zum Stall kam ich auch an meinem Apfelbaum vorbei. Ich blieb eine Weile unter dem dunklen Blättervorhang stehen und schaute nach dem Mond, der hin und wieder durch die Äste hindurchblitzte. Würde ich an meinem nächsten Geburtstag noch hier sein? Oder wäre ich endlich bei meiner Mama? Meine Mama war eine richtige Mama, sie hätte niemals zugelassen, dass ich geschlagen wurde. Sie würde mir helfen und mich in Schutz nehmen, so wie es liebe Mamas tun. Diese Mutti war nicht lieb, wenn sie zusah, wie dieser Vati mich prügelte. Heute Abend wollte ich wieder mit meinem Papa sprechen, er war der liebste Papa der Welt. Aber nun rannte ich erst einmal zum Stall.

Als ich den Riegel der Brettertür zur Seite schob, begannen die Ziegen laut zu meckern. Starr vor Schreck blieb ich in dem halb geöffneten Eingang stehen. Ob man die Ziegen bis ins Haus hörte? Nein, nein. Sicher nicht. »Schsch…, ihr Zicklein«, sagte ich, und meine Stimme zitterte vor Aufregung. Dann schlüpfte ich in den dunklen Stall und wartete, bis sich meine Augen an die Dunkelheit gewöhnt hatten. Das wusste ich noch aus dem Lager, dass man im Dunkeln sehr gut sehen konnte, wenn man sich erst einmal daran gewöhnt hatte. Ich streichelte ein paar Ziegen über das weiche Fell und nahm eins der Jungen in den Arm. Ewig hätte ich so da hocken können, mit der kleinen Ziege an meiner Brust. Aber ich war wegen der Milch und der Schaufel gekommen, also tappte ich zu der Kiste, auf der eine kleine Melkschüssel stand, und ging damit zu einer großen Ziege, die ich schon öfter gemolken hatte. Ich erkannte sie an ihrem langen Bart. »Gibst du mir etwas Milch, liebe Ziege?«, fragte ich und drückte die Zitze zusammen. Das Plätschern der Milch in die Schüssel kam mir so laut vor wie noch nie. »Danke«, hauchte ich und setzte die Schüssel an die Lippen. Es tat gut, wie die lauwarme Flüssigkeit die Kehle hinabfloss und den Magen füllte.

Als ich satt war, suchte ich nach der kleinen Schaufel, fand sie aber nicht. Stattdessen entdeckte ich mehrere gefaltete Säcke. Wohl Kartoffelsäcke. Die konnte ich gut gebrauchen; sie würden mich warm halten. Ich klemmte mir ein paar unter den Arm. Ach, da war ja die Schaufel mit dem kurzen Stiel, sie war bloß umgefallen, deshalb hatte ich sie nicht gesehen … Was ich wohl noch gebrauchen könnte? … Ein lautes Knacken ließ mir das Blut in den Adern gefrieren. Waren da Schritte vor der Tür? Kam der Pflegevater, um nach den Ziegen zu sehen? Wenn er mich hier entdeckte, würde er mich grün und blau schlagen. Wo konnte ich mich schnell verstecken? Die Ziegen meckerten, als würden sie mich rufen, und so huschte ich zu ihnen hinter das niedrige Gatter und duckte mich inmitten der kleinen Herde tief auf den Boden. Als die Ziegen nach einer Weile ruhiger wurden, horchte ich angestrengt. Alles war still. Keine Schritte. Kein Knacken. Trotzdem verharrte ich noch eine ganze Weile zwischen den Tieren, die mich mal anstupsten und mir mal mit ihren rauen Zungen durchs Gesicht leckten. Es war längst Nacht, als ich mir zurück auf meinem Hügel ein Bett aus den Säcken baute.

Auch am nächsten und übernächsten Tag wurde ich gesucht, und mein Name hallte immer mal wieder über die Wiesen und Gärten. Ich kümmerte mich aber nicht darum, sondern grub mit der Schaufel an meinem Erdloch weiter. Es machte mir richtig Freude. Schließlich vergrub ich hier auch keinen Mist oder tote Kinder. Ich baute mir eine Höhle, in der mich niemand finden konnte. Hier würde ich auf Mama warten. Schließlich würde Schwester Maria aus dem Kinderheim ihr sagen, wo sie mich hingebracht hatte. Es war also nur klug, hierzubleiben auf dem Gut der Familie Koehler. Und nur wenn ich ganz sicher war, dass sich niemand in der Nähe des Hügels aufhielt, holte ich mir ein paar Früchte und Kräuter.

So lebten die Familien im Haus und ich auf meinem Hügel mehrere Tage nebeneinanderher, ohne uns zu begegnen. Doch eines Abends verdunkelte sich der Himmel nicht nur, weil die Sonne untergegangen war, sondern weil dicke Regenwolken herangezogen waren, und es begann leicht zu tröpfeln. Mein Erdloch war noch nicht tief genug, um mich darin zu verkriechen, und so wurden entweder meine Beine und Füße oder aber mein Kopf und Rumpf nass. »Jetzt lass doch den Regen aufhören, lieber Gott«, betete ich. »Willst du mich denn gar nicht beschützen, wenn es schon kein anderer tut?« Ich war richtig wütend. Mein schöner Plan, das viele Graben … Und jetzt? Ich konnte unmöglich die ganze Nacht im Regen sitzen. Ich hatte zwei Kartoffelsäcke als Unterlage benutzt, in einen hatte ich Löcher gerissen, sodass ich ihn über dem Nachthemd tragen konnte, den letzten hatte ich zurückgelegt. Für einen Notfall, und der war jetzt. Ich hielt ihn mir wie ein Dach über den Kopf. Nur, wie lange konnte ich ihn so halten? Noch bevor meine Arme ermüdeten, nahm der Regen dermaßen zu, dass mir dicke Tropfen auf den Kopf platschten. Der Stoff war in wenigen Minuten völlig durchnässt. Ohne lange zu überlegen, rutschte ich auf dem nassen Sack den Hügel hinunter und lief zum Ziegenstall. Die Ziegen würden sich vielleicht sogar freuen, wenn ich die Nacht bei ihnen verbrachte.

»Komm raus, Monika, ich hab deinen Fuß gesehen.« Wie froh war ich, dass es Bernhard war, der mich entdeckt hatte, und nicht der Pflegevater. Bernhard stand mit dem Melkschemel vor dem Gatter. »Wie siehst du denn aus?«, fragte er und machte große Augen. Dann fing er an zu lachen.

»Warum lachst du denn so?«

»Weißt du, wie du aussiehst?« Er lachte noch mehr.

Ich schaute an mir hinunter. Ich trug nicht nur den Sack über dem Nachthemd, sondern war auch von Kopf bis Fuß erdbraun. Jetzt musste ich auch lachen.

»Wieso bist du denn so schmutzig? Vom Stroh kann das nicht kommen«, sagte Bernhard, nachdem er mich an die Hand genommen hatte, um nach Hause zu gehen.

»Och, ich war auf der Wiese«, sagte ich bloß.

Als wir uns dem Haus näherten, begann wieder das Zittern, und ich machte mich aus Bernhards Griff los. »Ich geh nicht zurück, immer schlägt er mich.«

»Nein, Monika, diesmal tut es ihm wirklich leid. Tante Frieda und Mutti haben sehr mit ihm geschimpft. Vati will sich bei dir entschuldigen und hat sogar ein Geschenk für dich.«

Ich wusste nicht, ob ich Bernhard glauben sollte. »Ich will kein Geschenk, ich hab doch gar nicht Geburtstag.«

»Es wird dir aber sehr gefallen. Und du musst wirklich keine Angst haben«, sprach Bernhard mir Mut zu. Ich zögerte noch, dann legte ich meine Hand wieder in seine, und wir gingen über den Hof ins Haus.

Die Pflegeeltern waren bei Tante Frieda in der Küche, als Bernhard mich hineinführte. Zuerst stürzte Tante Frieda auf mich zu und umarmte mich, dreckig wie ich war. Die Pflegemutter goss mir eine warme Milch ein, und beide Frauen sprachen ohne Pause und gleichzeitig auf mich ein. Dass sie sich alle Sorgen gemacht hätten. – Wo ich denn bloß gewesen sei? – Dass ich erst mal etwas trinken solle. – Dass ich später gebadet würde. – Ob mir etwas wehtue? – Ob ich Hunger habe? – Wo ich denn den Kartoffelsack her habe? – Nur der Pflegevater war am Tisch sitzen geblieben und musterte mich stumm. Ich wich zurück und wollte am liebsten wieder weglaufen. Er würde mich wieder schlagen, das sah ich ihm an. Doch da rief die Pflegemutter: »Arthur, nun hol es schon.«

Mit einem Kistchen kam er zurück, bat mich aufzustehen und stellte die kleine Kiste auf meinen Stuhl. Darin war ein Handtuch. Was sollte ich damit? Doch dann bewegte sich das Handtuch, und ein leises Fiepen war zu hören. Der Pflegevater schob das Frottee zur Seite, und dunkle Kulleraugen, umgeben von samtig schwarzem Fell, blickten mich an. »Monika, ich möchte dir dieses Kätzchen schenken. Ich weiß, dass ich dich zu Unrecht geschlagen habe. Es tut mir leid.«

Vorsichtig legte er das Katzenkind in meinen Arm, und ich spürte das weiche Fell und die Wärme und hatte es sofort lieb.

»Wenn du das Kätzchen haben möchtest, musst du aber auch gut für es sorgen. Dass es immer genug zu essen hat und lernt, sein Geschäftchen draußen zu machen. Willst du das tun?«

Ich hätte jetzt zu allem Ja gesagt, wenn ich nur dieses Kätzchen behalten durfte.

»Wie möchtest du es denn nennen?«, fragte die Pflegemutter. Ich überlegte angestrengt, aber mir fiel kein Name ein. Und dann dachte ich an die kleinen Kinder im Lager, die ihre Namen nicht mehr gewusst hatten. »Es soll Katze heißen.«

»Nur Katze?«

»Ja, den Namen kann man nicht vergessen.«

Ich riss zwar nicht wieder aus, aber glücklich wurde ich auch nicht. Für den Pflegevater gab es erst einmal keinen Anlass, mich mit dem Siebenzagel zu schlagen; vielleicht musste ich ihm deshalb nun samstags beim Teppichklopfen helfen. »Halt du die Ecke fest, und nicht loslassen, verstanden!«, befahl er jedes Mal. Doch wenn er den Teppich auf meiner Seite klopfte, waren die Schläge gegen den Teppich so stark, dass ich ihn nicht halten konnte. Dann rutschte er mir weg, und ich griff schnell wieder nach, aber schon bekam ich den Klopfer auf meiner Hand zu spüren. Der Blick des Pflegevaters dabei sagte mir, dass ich es verdient hätte, und ich konnte es nur geschehen lassen, die Zähne vor Schmerz und Wut zusammengebissen. Am Ende waren meine Hände feuerrot und brannten vor Schmerzen, und ich lief zum Brunnen, um sie zu kühlen. So ging es Samstag für Samstag. Auch die Arbeit auf den Feldern wurde für uns Kinder schwerer. Weil es nicht genug Tiere gab, spannte der Pflegevater mich und Bernhard und ein paar Hilfsarbeiter vor den Pflug oder die Karren mit geladener Ernte. Ich hoffte, dass bald alles im Keller war. So ging der Sommer mit viel Schweiß, viel Blut und noch mehr Tränen zu Ende.

Bernhard hatte nach den Ferien die Schule zu besuchen, und ich übernahm viele Aufgaben von ihm, sodass der Herbst ebenfalls arbeitsreich war. Ich durfte noch nicht zur Schule, weil ich mich immer noch erbrach und zwischendurch heftige Essattacken bekam.

Bei der Kartoffelernte im September musste ich fast jeden Morgen mit dem Pflegevater aufs Feld. Er stach mit einer Kartoffelharke in die Erde und hob die Kartoffeln heraus, ich sammelte sie ein und warf sie auf einen Haufen. Am Nachmittag halfen dann die Schulkinder bei der Ernte, und Bernhard erzählte mir am Abend, wie viel Spaß sie dabei gehabt hatten. Gern wäre ich mit ihnen aufs Feld gegangen statt mit dem Pflegevater.

Nachdem alle Erdäpfel aufgelesen waren, kamen sie eines Nachmittags auf eine Karre. Diesmal mussten wir alle mithelfen, und ich freute mich auf die gemeinsame Arbeit mit den anderen Kindern. Der Pflegevater schob die Karre bis zum Kellerfenster und stellte im Keller ein Brett an die kleine Öffnung. Dann kam er wieder heraus und schaufelte alle Kartoffeln darauf, sodass sie unten im Keller landeten. Jetzt waren wir Kinder gefragt. Die Knollen mussten in große Holzkisten sortiert werden.

Noch nie war ich dort unten gewesen, und als ich vom Flur in das Halbdunkel des Kellers hinabblickte, lief mir vor Angst ein Schauer über den Rücken. Ich drückte mich an die Seite und ließ die anderen Kinder vorgehen. »Monika, worauf wartest du?«, rief der Pflegevater. »Hier drückt sich keiner! Los, runter mit dir.« Daraufhin verschwand er wieder nach draußen.

Bernhard kam noch einmal zurück und streckte mir seine Hand hin. »Komm, du musst keine Angst haben.«

»Aber ich … ich will da nicht eingesperrt werden«, sagte ich leise.

»Wir werden nicht eingesperrt. Du kannst ruhig mitgehen.« Mit zitternden Knien stieg ich ein paar Stufen hinab, doch meine Angst hörte nicht auf, und ich spürte Übelkeit in mir aufsteigen. Schnell hielt ich mir die Hand vor den Mund und würgte ein paar Mal. Bernhard sah mich mitleidig an. »Vati steht draußen am Kellerfenster, er bekommt gar nicht mit, wenn du oben an der Treppe wartest. Und wenn er wieder ins Haus geht, rufen wir dich. Dann musst du schnell kommen, ja?« Ich nickte. Keins der Kinder verriet mich, und so fiel es tatsächlich nicht auf, dass ich nicht mitgeholfen hatte.

Nach der Kartoffelernte gab es ein großes Kartoffelfeuer, bei dem das welke Kartoffelkraut verbrannt wurde. Alle Erntehelfer, die Erwachsenen und die Kinder aus dem Gutshaus, waren eingeladen. Es wurden Kartoffeln ins Feuer geworfen und nach einiger Zeit mit langen Spießen wieder herausgeholt. Solch eine rußschwarze Knolle wollte ich nicht essen. Doch bevor ich mich beschweren konnte, kratzte Tante Frieda die verbrannte Schale ab und hielt mir den dampfenden gelben Erdapfel an einem Spieß hin. Es war eine der köstlichsten Kartoffeln, die ich je gegessen hatte. Die Erwachsenen saßen noch lange ums Feuer herum, und wir Kinder spielten im Dunkeln Verstecken. Bernhard wich nicht von meiner Seite, und ich fühlte mich gut beschützt und genoss ausgelassen, dass wir so lange aufbleiben durften.

»Es ist Kirmes!«, rief Bernhard eines Mittags, als er aus der Schule nach Hause kam. »Bitte, bitte, dürfen wir nach dem Mittagessen hin?«

»Na gut«, sagte die Pflegemutter, »aber geht nicht allein, fragt die anderen Kinder aus dem Haus, ob sie mitgehen.«

»O ja! Das wird lustig, Monika!«, rief Bernhard aufgedreht. »Komm, wir sagen den anderen schon mal Bescheid.«

»Nichts da«, raunzte der Pflegevater von seinem Platz. »Jetzt wird erst einmal gegessen.«

Schweigend saßen wir schließlich am Tisch, aber Bernhard stupste mich mit dem Fuß unter dem Tisch immer mal wieder an und zwinkerte mir zu. Ich wusste nicht, ob ich mich freuen sollte, denn ich wusste nicht, was eine Kirmes war.

Als wir gemeinsam mit Tante Friedas Kindern schließlich aus der Tür hinaustraten, war schon die lustige Jahrmarktsmusik zu hören. Wir liefen über die Straße und zu dem Platz hinüber, und nichts erinnerte mehr an die große freie Fläche, auf der die Kinder aus der Straße im Sommer gespielt hatten. Jetzt standen hier lauter Holzbuden, und jede Menge Leute waren unterwegs: kleine Kinder mit ihren Eltern, größere Kinder, junge Pärchen und ältere Herrschaften. »Möchtest du mit einem Karussell fahren?«, fragte Bernhard. »Mutti hat mir etwas Geld mitgegeben.«

»Was ist denn ein Karussell?«, fragte ich zurück. Bernhard zog mich hinter sich her, Franz und die Mädchen kamen kaum mit, und dann sahen wir in lauter lachende Gesichter von Kindern, die sich in fliegenden Stühlen durch die Luft drehten. »Das ist ein Kettenkarussell. Sollen wir damit fahren?« Bernhard sah bittend zu mir herunter. »Mutti hat gesagt, ich soll euch nicht allein lassen, also entweder fahren wir alle oder keiner.«

»Bitte, Monika, sag Ja!«, rief Inge.

Das Gefühl, durch die Luft zu schweben, berauschte mich. Ich streckte den Kopf in den Fahrtwind und wünschte mir, dass das Karussell gar nicht mehr anhielt. Schau, Papa, jetzt fliege ich wirklich, hätte ich am liebsten laut in den Himmel gerufen. Und für diese wenigen Minuten war ich ein glückliches Kind.

Wir liefen danach noch von Bude zu Bude, an einem Stand gab es Süßigkeiten, an einem anderen Spielzeug, Tröten und Papierblumen, an wieder einem anderen warfen junge Männer mit Bällen auf Dosen. Und je mehr Dosen umfielen, desto lauter grölte die Gruppe. Eine ganze Weile blieben wir bei dem Glücksrad stehen und schauten zu, wie es gedreht wurde. Die anderen wollten schließlich wieder zum Karussell zurück, aber ich hatte einen Stand mit wunderschön glitzerndem Schmuck entdeckt. Ketten, Ringe und Ohrringe aus Silber und Gold, viele mit glänzenden farbigen Steinen. Ich konnte gerade über die Auslage hinweg schauen und blieb fasziniert stehen.

»Na, Mädchen, gefallen dir die Ohrringe?«, fragte die Frau in der Bude.

»Ja, die sind sehr schön!«, sagte ich.

»Na, dann musst du deinen Eltern sagen, dass sie dir welche kaufen sollen. Oder hast du Geld dabei?«

»Nein«, sagte ich kleinlaut.

»Na, dann schau sie dir ruhig genau an, damit du davon erzählen kannst.«

Vorsichtig strich ich mit einem Finger über den hübschen rosa Stein.

»Monika, komm endlich!«, rief Bernhard und winkte. Er war mit den anderen schon weitergegangen. In diesem Moment bückte sich die Frau hinter der Theke … und ich griff zu. Die Ohrringe verschwanden in meiner Manteltasche, und ich rannte zu den anderen, die auch nichts bemerkt hatten und endlich zum Karussell zurück wollten. Als wir dort ankamen, gab ich vor, auf die Toilette zu müssen. »Ich geh schon mal nach Hause«, sagte ich zu Bernhard. Er zögerte, ließ mich dann aber allein vorgehen, denn er wusste, dass ich nicht lange einhalten konnte.

»Mutti, schau mal, was ich habe.« Stolz hielt ich ihr die Ohrringe hin. Die Pflegemutter beugte sich über meine ausgestreckte Hand. »Wo hast du die denn her?«

»Von der Bude auf der Kirmes.«

»Und wer hat dir die gegeben?«

»Ach, die Frau hatte doch so viele … Ich lege sie am besten in mein Fach.«

»Monika, du hast die doch hoffentlich nicht einfach genommen? Wo ist denn Bernhard? Ihr solltet doch zusammenbleiben.«

Kaum war die Pflegemutter mit mir auf dem Jahrmarktplatz, hörten wir schon lautes Geschrei und die Stimme von Bernhard. »Ich weiß wirklich nicht, wo sie ist.« Die Frau vom Schmuckstand stand vor ihm, die Hände in die runden Hüften gestemmt. Und als sie mich an der Hand von der Pflegemutter kommen sah, schrie sie auch schon: »Da ist sie ja, die kleine Diebin. Ich hab nur einen Moment weggeschaut, da hat sie teure Ohrringe mitgehen lassen.«

»Gib der Dame die Ohrringe sofort zurück und entschuldige dich!«, herrschte mich die Pflegemutter in einem Ton an, den ich von ihr noch gar nicht kannte. Meine Kehle war wie zugeschnürt, ich hielt der Frau die Ohrringe zaghaft hin und murmelte: »Tut mir leid.«

»Die hat geklaut, die hat geklaut!«, rief ein Junge aus der Nachbarschaft und zeigte auf mich.

»Hab ich gar nicht!«, brüllte ich zurück, und mein Gesicht wurde vor Wut ganz heiß. Aber er hörte nicht auf, und da stürzte ich mich auf ihn und trommelte mit meinen Fäusten auf ihn ein.

»Wirst du sofort aufhören!« Die Stimme des Pflegevaters herrschte über den Platz. Der Knall, als seine Handfläche auf mein Gesicht traf, rauschte mir noch in den Ohren, als er mich zu Hause die Treppen hinaufzerrte und in der Küche den Siebenzagel herausholte.

Wenn Bernhard uns nicht so schnell gefolgt wäre und die Pflegemutter herbeigerufen hätte, ich weiß nicht, ob ich die Schläge überlebt hätte. »Sie soll lernen, dass man nicht klaut«, hatte der Pflegevater gesagt, bevor er die Küche verließ.

Wie so oft, wenn mich der Pflegevater gezüchtigt hatte, quälten mich in der Nacht heftigste Albträume. Erst gegen Morgen ließen mich die furchtbaren Bilder los, mein Rosenhügel, der sich plötzlich in einen Misthaufen verwandelte, weiße Fischaugen, die mich anstarrten, dann waren es plötzlich angstgeweitete Kinderaugen. Waren es meine Augen? Leichenberge im Schnee und dazwischen immer wieder der Siebenzagel, der auf mich hinunterschwang. Völlig kraftlos stand ich auf und schleppte mich in die Küche, um mein Kätzchen zu streicheln, das nachts auf der Ofenbank schlief. Ich erzählte ihm von meinem Rosenhügel und dass ich dort ein Versteck hatte, das ich ihm gern einmal zeigen wolle. Und ich wollte auch unbedingt nachschauen, ob mein Hügel noch da war. Doch das kleine schwarze Knäuel hob nur kurz den Kopf und rollte sich wieder zusammen. Da lief ich im Nachthemd und barfuß allein zu meinem Versteck auf dem Hügel. Flink kletterte ich hinauf.

Ob die Walnüsse, die ich für den Winter gesammelt hatte, auch noch da waren? Mit der Hand langte ich in meine Höhle, die ich bereits so tief ausgegraben hatte, dass ich bald ganz hineinpassen würde. Vorsichtig tastete ich die Erde ab, und ja, da lagen meine Vorräte noch.

Eine ganze Weile blieb ich dort oben, schaute zum grauschwarzen Himmel hinauf und hoffte, einen Stern zu sehen. Doch es war kein einziger Lichtfleck am Himmel auszumachen.

Mit dem Übergang zum Winter war ich nur noch selten zum Spielen draußen, was mir ganz recht war, denn die Kinder hatten irgendwann begonnen, mich zu hänseln. »Monika, wo kommst du denn her? Dich hat der Esel im Galopp verloren!«, riefen sie, und dann lachten alle.

In der kalten Jahreszeit fühlte ich mich noch einsamer als sonst. Vielleicht gefielen mir deshalb die Kirchbesuche so gut, zu denen ich jetzt immer mitgenommen wurde. Eines Sonntagmorgens hatte mir der Pflegevater gesagt, sie wüssten nicht, ob ich schon getauft sei, aber sie wollten mich Weihnachten mit zur Messe nehmen. »Du wirst vorher noch katholisch getauft werden, und der Pfarrer freut sich, wenn du den Gottesdienst jetzt schon besuchst.« Da wir während der Mahlzeiten nicht reden durften, nickte ich nur. Und die Pflegeeltern unterhielten sich weiter, so als wären wir Kinder gar nicht da, selbst als es noch einmal um mich ging. »Monika ist letzte Nacht wieder schlafgewandelt. Ich habe sie in der Küche am Fenster gefunden. Ich glaube, sie ist mondsüchtig.«

»So ein Unsinn«, sagte der Pflegevater. »Aber wir sollten uns etwas überlegen. Nicht, dass sie noch aus dem Fenster steigt.«

In dieser Woche fiel der erste Schnee. Ich lief zu Tante Frieda, die allein in ihrer großen Küche war, und bemerkte schon an der Tür den herrlichen Geruch. Es war der Duft von Äpfeln, die im Ofen brieten. »Sind das die roten Äpfel von meinem Lieblingsbaum?«, fragte ich sofort.

Und Tante Frieda lachte. »Na, dich kann man ja gar nicht überraschen«, sagte sie.

»Also stimmt es? … Und dann … dann hab ich heute Geburtstag? Machst du deshalb die Äpfel?«

»Meinst du denn, dass du wirklich Geburtstag hast, wenn die roten Äpfel reif sind?«, fragte mich Tante Frieda und schaute mich für einen Moment ernst an.

»Aber ja, ich habe von meiner Oma immer rote Äpfel zum Geburtstag bekommen. Immer.«

»Na, dann wünsche ich dir alles Gute zum Geburtstag, mein liebes Kind.« Tante Friedas Stimme klang feierlich, und sie nahm mich in den Arm.

Ich bedankte mich. »Mutti glaubt mir nämlich nicht«, sagte ich noch.

»Weißt du was, jetzt haben wir beide ein Geheimnis. Nur wir beide kennen deinen wahren Geburtstag. Und jetzt werden wir einen schönen roten Apfel aus dem Ofen essen, und das werden wir niemandem erzählen.« Sie legte ihren Zeigefinger für einen Moment an ihre Lippen.

Dieser heimliche Geburtstag mit Bratapfel machte mich glücklich und traurig zugleich, denn ich musste an Mama und Oma und Opa denken und an früher und bekam Sehnsucht nach meiner Familie. Tante Frieda schien das zu spüren und strich mir über die Haare. »Die sind aber schön gewachsen, bald kann Mutti dir bestimmt Zöpfe flechten.«

»Mmmh. Mein Papa hat mich früher immer blondes Engelchen genannt. Ich hatte blonde Locken. Aber die sind gar nicht mehr da.«

»Das passiert oft, dass die Haare dunkler werden und die Kinderlocken herauswachsen. Aber du bleibst für deinen Papa sicher das blonde Engelchen, auch wenn er im Himmel ist.«

»Mmmh.« Mir stiegen Tränen in die Augen.

»Komm, Monika, ich hab noch eine Überraschung für dich. Dafür müssen wir aber hoch auf den Dachboden.«

»Was? Da dürfen wir Kinder aber nicht hin«, sagte ich erschrocken.

»Wer sagt das?«

»Bernhard. Der Vati will das nicht.« – »Na, wenn wir schon ein Geheimnis haben, dann können wir auch zwei für uns behalten, was?« Tante Frieda zog mich an der Hand hinter sich her, und wir schlichen durch den Flur in die obere Etage und stiegen dort die steile Treppe hinauf, die zum Dachboden führte. Ich traute meinen Augen nicht, so viele Schätze gab es unter dem riesigen Dach: ein großes und ein kleines Schaukelpferd aus Holz, eine Eisenbahn, einen Tretroller und jede Menge Kisten mit Spielzeug und allem möglichen Krimskrams. Staunend sah ich mich um, während Tante Frieda etwas aus einer Ecke hervorzog. Und dann stand sie mit einem wunderschönen Puppenwagen vor mir, der fast so groß war wie ein echter Kinderwagen. Sie nahm das Papier hoch, mit dem er abgedeckt war, und in dem Wagen lagen eine rosa Decke, ein Kopfkissen, kleine Tücher und ein Karton. »Mach ihn auf«, sagte Tante Frieda. Ich fand Puppenkleider, -höschen, -hemdchen und -schuhe darin. Und hinter ihrem Rücken holte Tante Frieda nun eine Puppe hervor. »Das bekommst du von mir zu deinem Geburtstag. Es muss nur unser Geheimnis bleiben. Wir sagen, ich hab dir die

Puppe und den Wagen einfach so geschenkt.« Damit legte sie mir das Spielzeug in den Arm.

Als wir mit der Puppe im Puppenwagen unten in die Küche kamen, war der Pflegevater schon da, und auch die anderen kamen nach und nach. »Oh, du hast ihr schon das Wägelchen vom Boden geholt? Das wollte ich ihr doch im März zum Geburtstag schenken«, hörte ich die Pflegemutter leise zu ihrer Schwägerin sagen.

»Ach, im Winter kann Monika doch nicht raus zum Spielen. Und jetzt hat sie das richtige Alter«, entgegnete Tante Frieda.

»Na, dann kann der Wagen ja auch hier unten bleiben, und sie spielt hier bei dir damit«, sagte die Pflegemutter verärgert.

Am Morgen meiner Taufe wurde wie jeden Samstag der Ofen im großen Badezimmer befeuert, und ich wurde gebadet; Bernhard kam wie immer nach mir in dasselbe Badewasser. Wir wurden beide herausgeputzt, ich bekam ein neues weißes Kleid mit Schürze an, die mir die Pflegemutter um meinen noch immer vorstehenden Bauch band, und Bernhard zog einen Anzug wie für einen kleinen Herrn an. »Heute flechten wir dir Zöpfe«, sagte die Pflegemutter zu mir und schien sich darüber genauso zu freuen wie ich. Als sie aus weißen Bändern jeweils eine hübsche Schleife um die Zöpfe band, stand ich mit stolzgeschwellter Brust vor dem Badezimmerspiegel, der am Rand noch von der Badeluft beschlagen war.

In der Küche saß der Pflegevater am Tisch und schnitt Bernhard, der schon angezogen war, die Fingernägel. »Setz dich her, Monika, zeig mal deine Hände«, sagte der Pflegevater zu mir.

»Meine Nägel brauchst du nicht zu schneiden, Vati«, sagte ich.

»Soso.« Er schaute sie nur kurz an. »Du frisst sie dir also lieber ab, ja?«, knurrte er.

»Ja, das mach ich immer so. Auch an den Fußnägeln knabbre ich«, erwiderte ich unbekümmert. »Das haben alle in den Baracken gemacht.«

»Aber wir sind hier keine Baracke. Merk dir das!«, brüllte der Pflegevater mit zornesrotem Gesicht. »Das wirst du von nun an lassen! Alle vier Wochen werde ich deine Fuß- und Fingernägel schneiden. Und jeden Samstag, wenn du gebadet hast, wirst du mir deine Hände zeigen, kapiert?«

»Ja, Vati.«

Tante Frieda wartete bereits unten im Flur. Sie sah sehr schön aus und trug sogar einen Hut zu ihrem feinen Mantel. Sie gab mir einen kleinen weißen Beutel, den sie für mich gehäkelt hatte, und darin lag ein feines besticktes Taschentuch mit Spitze. Sie sagte, sie komme aber nur bis zur Kirche mit und würde uns wieder abholen, weil sie noch das Essen vorbereiten müsse. Während sie mit mir sprach, kamen auch Franz und die Mädchen und die Pflegeeltern mit Bernhard, und die Aufbruchstimmung verursachte mir ein leichtes Magengrummeln, das jedoch an der frischen Luft schnell wieder verschwand.

Bis zur Kirche durfte ich mit den Kindern zusammen gehen, und wir hüpften froh gelaunt vornweg, doch vor der großen Kirchentür ergriff der Pflegevater meine Hand. Im Nu war meine Freude verflogen, und meine Beine und mein ganzer Körper wurden steif, sodass ich nur mit Mühe einen Fuß vor den anderen setzen konnte. Die Kirche war bereits gut gefüllt, und die Leute in den Bänken lächelten mich an und grüßten Vati höflich. Als wir in der ersten Reihe Platz nahmen, erklang laute Orgelmusik, und der Pfarrer in seinem langen Gewand erschien.

Ich schaute ständig, was Bernhard und die anderen Kinder machten, und tat es ihnen nach. Jetzt faltete ich meine Hände, während der Pfarrer zu sprechen begann.

Ich hätte ewig so dasitzen und der Musik und den Worten lauschen können, doch auf einmal stupste mich der Pflegevater an, und ich musste mit ihm und der Pflegemutter nach vorn zum Taufbecken gehen.

»Monika, mein Kind«, sagte der Pfarrer, »weißt du, was dein Name bedeutet?« Obwohl ich es wusste, antwortete ich nicht. »Ich werde es dir verraten, Monika heißt ›die Einzige‹. Und du wirst heute auf diesen Namen getauft.«

Er sagte noch, ich dürfe jetzt immer in die Kirche kommen und wenn ich einmal Schutz suchen würde, solle ich zu ihm und zum lieben Gott sprechen. Dann legte er seine Hand auf meinen Kopf und drückte ihn leicht nach vorn über das Becken. »Ich gieße dir jetzt etwas Taufwasser über deinen Kopf«, erklärte er. Ich bekam es vor lauter Aufregung kaum mit, da war es schon geschehen, und er tauchte seine Finger in ein Schüsselchen mit Öl und machte auf meiner Stirn ein Kreuzzeichen und sagte: »Im Namen des Vaters und des Sohnes und des Heiligen Geistes, ich lege dieses Kind in deine Hände …« Er sprach noch zu den Pflegeeltern, die meine Taufpaten wurden, und sie mussten ihm versprechen, dass sie immer auf mich aufpassen würden. So verstand ich es zumindest. Dann gaben sie sich alle die Hände, und der Pfarrer legte seine nochmals auf mein Haar, gab mir ein Buch und sagte abschließend: »Möge Gott mit dir sein, kleine Monika, du Einzige.« Jetzt strahlte ich ihn an, und er schüttelte auch mir die Hand. Die Pflegeeltern und ich gingen wieder zu unseren Plätzen, und dann hoben alle an, gemeinsam das Vaterunser zu beten, dessen Anfang auch ich schon mitsprechen konnte. Im Anschluss erklang abermals Orgelmusik, zu der alle Kirchenbesucher feierlich aus der Kirche auszogen.

Erst nachdem mir Tante Ida, ein paar Nachbarn und auch wildfremde Menschen die Hände geschüttelt und mir gratuliert hatten, gingen wir nach Hause. Plötzlich fiel mir ein, dass Tante Frieda uns nicht wie versprochen abgeholt hatte, und ich wollte schon die Pflegemutter nach ihr fragen, als wir um die Ecke in unsere Straße einbogen und ich Tante Frieda auf dem Bürgersteig vor dem Haus stehen sah. Ich winkte ihr zu, und sie hob ebenfalls eine Hand; in der anderen schien sie etwas zu halten, das ich auf die Entfernung nicht erkennen konnte. Doch dann, wenige Meter vor ihr, sah ich eine wunderschöne und üppig blühende rosafarbene Rose.

»Wo hast du die denn her? Es gibt im Garten doch gar keine Rosen mehr!«, rief ich und stürmte auf Tante Frieda zu.

»Ich gratuliere dir zu deiner Taufe, mein Kind. Diese Rose habe ich für dich in der Stadt gekauft. Riech mal, sie riecht wie aus Muttis Rosenbeet.« Und das stimmte, ich wollte meine Nase am liebsten gar nicht mehr aus der Blüte hervorholen.

»Jetzt kommt aber rein, ihr beiden!«, rief der Pflegevater, und tatsächlich standen nur noch Tante Frieda und ich auf dem Bürgersteig. Rasch gingen wir den anderen hinterher ins Haus und die Treppe hinauf, wo uns Harmoniummusik empfing. Das Instrument mit den vielen Tasten und einem Hocker davor stand im Esszimmer, und die Pflegemutter hatte schon häufiger darauf gespielt, aber nur selten durften wir ihr dabei zusehen. Jetzt standen alle Türen der Wohnung weit offen, das Harmonium schallte feierlich durchs Haus, und es roch nach Kaffee und Kuchen.

Der große Esstisch war mit dem guten Geschirr eingedeckt, in der Mitte standen Blumen, und um meinen Teller hatte Tante Frieda lauter kleine Blütenblätter gestreut. »Der Teller mit den Bonbons und den Plätzchen ist für dich«, sagte Bernhard. »Die Plätzchen hat Mutti gebacken.«

Ich war so erstaunt, dass ich nur nicken und gucken konnte. Und als Tante Frieda mir auch noch einen glänzenden roten Apfel schenkte, konnte ich die Tränen nicht mehr hinunterschlucken.

»Jetzt trinken wir schön Kaffee!«, rief die Pflegemutter, als sie zu Ende gespielt hatte, und alle nahmen ihre Plätze ein, und der Pflegevater sprach ein Tischgebet.

Die Tassen, Löffel und Gabeln klapperten, und auch ich hatte ein Stück Kuchen auf dem Teller. Doch ich aß nur wenig, denn ich wollte mich an diesem Tag auf gar keinen Fall übergeben müssen.

Und so war ich am Abend glücklich über die schönen Geschenke und stolz, dass ich ohne Zwischenfall mit den anderen Kuchen und Abendbrot gegessen hatte, und ich war sehr müde. Ich wollte allen »Gute Nacht« wünschen und nur schnell in mein Bett, aber da sagte der Pflegevater: »Heute schläfst du bei Mutti und mir im Bett. Dann schlafwandelst du nicht.«

Mir stockte der Atem. Ich sollte *was*? Ich wusste nicht, wie er sich das vorstellte, wo sollte ich schlafen?

»Hol dein Nachthemd aus deinem Zimmer, und dann bringe ich dich ins Schlafzimmer«, sagte die Pflegemutter.

Mit der kleinen Vase, in der die Rose stand, ging ich zum Kinderzimmer. Ich wollte auf keinen Fall bei den Pflegeeltern im Bett schlafen. Die Tränen strömten mir über die Wangen. Dich hat man abgepflückt und du wirst sterben, wenn du kein Wasser hast. Und ich werde sterben, wenn ich in das Bett von Mutti und Vati muss, dachte ich. Im Zimmer stellte ich die Vase ans Fenster. »Liebe Rose«, flüsterte ich, »bitte sag meinem Papa, dass ich ihn vermisse und dass ich heute nicht mit ihm sprechen kann. Aber wenn ich heute Nacht sterbe, dann komme ich zu ihm. Dann brauche ich auch keine Angst vor Vati zu haben.«

»Was machst du da?« Bernhard stand in der Tür und schaute mich verwundert an.

»Wenn ich morgen tot bin, musst du dir eine neue Schwester suchen«, sagte ich zu ihm.

Bernhard schaute mich fragend an. Dann war die Stimme der Pflegemutter zu hören, die mich rief. Widerwillig zog ich mein Nachthemd aus dem Bett hervor und ging zu ihr.

Mit geschlossenen Augen, aber hellwach, lag ich unter der riesigen Daunendecke im Elternbett und lauschte auf die Geräusche in der Wohnung. Stühle wurden gerückt, Wasser wurde aufgedreht und Rohre rauschten, Geschirr wurde abgewaschen. Ich begann unter der dicken Decke zu schwitzen und schlug sie mehrmals zurück, doch im Zimmer war es kalt, sodass ich ohne Decke sofort anfing zu frieren. Einmal schlich ich zur Tür und wollte mich hinausstehlen, aber dann hörte ich Schritte und sprang zurück ins Bett.

Als die Tür aufging, wagte ich nicht, mich zu rühren oder die Augen zu öffnen; ich tat, als würde ich tief und fest schlafen. Das leise Geflüster der Pflegeeltern verstand ich nicht, zu laut waren auch die vielen Gedanken in meinem Kopf. Was sollte ich jetzt tun? Warum half mir denn niemand? Würde er mich schlagen? Ich wollte hier nicht sein! Die Decke wurde zurückgeschlagen, und jetzt konnte ich nicht anders, als die Augen einen ganz schmalen Spalt weit zu öffnen. Im Schein der Nachttischlampe sah ich den Pflegevater in seinem Nachthemd ins Bett steigen. Er sah noch dünner aus als sonst, fast knochig. Könnte ich nur unbemerkt von ihm wegrutschen – aber ich war nicht in der Lage, mich zu bewegen, solche Angst hatte ich. Hoffentlich berührt er mich nicht!, hämmerte es in meinem Kopf. Bitte, bitte, lieber Gott, lass ihn nicht an meinen Körper kommen. Während ich stumm flehte, kam auch die Pflegemutter ins Bett, und die Lichter wurden gelöscht. Der Pflegevater wälzte sich ein paar Mal hin und her, dann setzte ein leises Schnarchen ein. Die Pflegemutter lag still neben mir, ihr leiser Atem war kaum zu hören. Auch von ihr wollte ich nicht berührt werden, sodass ich mich so schmal wie möglich machte und die Arme über meiner Brust übereinanderlegte. Angespannt horchte ich auf die Geräusche und fand noch lange keinen Schlaf.

Am nächsten Morgen erwachte ich wie immer in meinem Bett. Bernhard sah mich verwundert an, und da kam auch schon die Pflegemutter ins Zimmer gestürzt. »Monika, was machst du denn hier? Wir haben dich schon überall gesucht. Du solltest doch bei uns schlafen.« Die Pflegemutter guckte überrascht. Dann rief sie: »Arthur, es ist alles in Ordnung, sie ist in ihrem Bett!«

Nichts war für den Pflegevater in Ordnung; in den nächsten Nächten musste ich wieder zu ihnen auf die Besucherritze. Mir bekamen diese Nächte gar nicht, denn ich fühlte mich am Tag darauf jedes Mal matt, weil ich die meiste Zeit wachgelegen hatte. Ich war zu nichts zu bewegen, mochte weder etwas essen noch spielen und saß nur in der Küche beim Kätzchen.

»Wenn du willst, dass es Monika wieder besser geht, dann lass sie in ihrem Bett schlafen, Arthur. Das Kind braucht seinen ungestörten Schlaf. Und das Einnässen und Schlafwandeln wächst sich sicher aus.« Dank Tante Friedas Worten durfte ich nach einiger Zeit endlich zurück ins Kinderzimmer.

Jetzt freute ich mich sogar ein wenig auf Weihnachten. Es wurden Plätzchen und Stollen gebacken, und im ganzen Haus roch es nach dem Gebäck und weihnachtlichen Gewürzen.

»Monika, komm mal mit. Ich brauche deine Hilfe bei der Weihnachtsgans«, sagte der Pflegevater eines Morgens nach dem Frühstück. Ich ahnte nicht, was auf mich zukam, und ging neugierig mit ihm in den Gänsestall. Dort fing der Pflegevater eines der Tiere ein, ergriff ein Messer, das er bereitgelegt hatte, zeigte auf eine Schüssel und sagte: »Die hältst du, während ich die Gans schlachte. Fang damit das Blut auf. Und lass nicht so viel danebengehen.«

Ich starrte einen Moment lang auf die Gans unter dem Arm des Pflegevaters, und nach und nach dämmerte mir, was nun geschehen sollte. Ich wollte Nein rufen, das mache ich nicht, aber meine Kehle war wie zugeschnürt. Abrupt wandte ich mich um und lief über den Hof zurück ins Haus. Doch wo sollte ich mich verstecken? Da fiel mir Tante Ida ein, und ich rannte zu ihr. Schon ein paar Mal war ich allein bei der alten Dame gewesen und hatte ihr mein Leid geklagt, wenn ich wieder einmal ausgeschimpft oder mit dem

Teppichklopfer geschlagen worden war. »Tante Ida, ich will nicht, dass die Gans getötet wird!«, rief ich, als sie mir die Tür öffnete.

»Komm erst einmal rein, Kind. Du bist ja ganz außer dir. Was ist denn jetzt schon wieder?«

»Vati will die Gans töten. Und ich soll das Blut auffangen. Aber das mache ich nicht.«

»Das ist auch keine Arbeit für ein Kind. Was denkt sich der Arthur nur dabei? Warte, ich zieh mir nur schnell Mantel und Schuhe an, und dann geh ich mal mit rüber.«

Der Pflegevater traute sich in Gegenwart der alten Dame wohl nicht, mit mir zu schimpfen, jedenfalls wunderte es mich, dass er mich, wenn auch grummelnd, in Ruhe ließ. Ich hatte jedoch aus einiger Entfernung zuzuschauen, wie er der zappelnden Gans in den Kopf stach. Das Blut floss in die Schüssel, die Tante Ida darunter hielt. Mir war übel.

Anschließend rupfte der Pflegevater dem leblosen Tier die Federn aus und band die nackte Gans mit einem Strick kopfüber an einen Balken. »Die nehme ich nachher mit ins Kühlhaus«, sagte er zu Tante Ida. »Lass uns erst mal in der Küche einen Kaffee trinken.« Mich beachtete er nicht mehr. Zumindest bis Tante Ida nach Hause gegangen war. Die Tür war noch nicht ganz hinter ihr ins Schloss gefallen, da packte er mich am Kragen und zog mich hinter sich her durch den Flur und die Treppe hinunter in den Keller.

»Wenn ich etwas anordne, dann hast du zu hören. Du bleibst jetzt so lange hier, bis du das verstanden hast. Also, denk gut darüber nach.«

Er wollte mich doch wohl nicht allein in dem kalten, dunklen Keller zurücklassen? Schnell lief ich ihm hinterher und rief: »Ich tu jetzt immer alles, was du sagst. Bestimmt, aber bitte, bitte, sperr mich hier nicht ein. Bitte, bitte nicht! Du kannst mich auch schlagen.« Mit einem Knall ließ er die Kellertür vor meiner Nase ins Schloss fallen, dann hörte ich, wie von außen der Schlüssel umgedreht wurde. Ich trommelte wie wild gegen die Tür und flehte, dass er mich doch rauslassen solle, aber nichts passierte. Irgendwann sackte ich auf den Stufen zusammen und ließ die Tränen laufen. Da war das leise Miauen der Katze zu hören, die sich anscheinend im Flur vor der Kellertür niedergelassen hatte. »Wenigstens du lässt mich nicht allein«, flüsterte ich und schniefte.

Die Stufen aus Stein und die Kellerwände waren eiskalt, und oben auf der Treppe war es stockdunkel. Unten hingegen kam anscheinend noch etwas Licht durch ein Fenster herein. Also ging ich die Treppe langsam hinunter und sah mich vorsichtig um. In dem langen Gang hingen breit gespannte Spinnennetze an der Decke, es roch nach Feuchtigkeit und Dreck. Mir schlotterten Arme und Beine vor Kälte, und so tappte ich unbeholfen und zähneklappernd vorwärts, die Arme fest um mich geschlungen. Im ersten Keller lag ein hoher Berg Kohlen; ich erkannte die schwarzen Dinger sofort, weil mit ihnen die Öfen in der Wohnung beheizt wurden. Der Kohlenberg ragte bis zu einem kleinen, verstaubten Fenster hinauf, durch das eine handbreit Schnee und darüber Himmel zu sehen waren. In diesem Kellerraum hingen die Spinnweben nicht nur an der Decke, sondern auch an den Wänden, sodass man sie greifen konnte, wenn man wollte. Zögernd ging ich in den nächsten Raum, in dem ein altes Sofa und ein paar kaputte Stühle sowie Kisten mit ausrangiertem Zeug herumstanden. Das Braungrau der Kellerwände, die abgenutzten Gegenstände und der modrige Geruch ließen mir Schauer über den Rücken laufen. Nein, hier wollte ich nicht bleiben müssen. Dieses kalte und feuchte Loch kam mir fast noch schlimmer vor als die Baracke. Vor allem war ich hier ganz allein. Ich wollte schon wieder hinauf zur Kellertür und dagegen schlagen, als ich eine weitere Tür entdeckte. Neugierig drückte ich ihre Klinke hinunter und stand auch schon in einem hell gestrichenen, sauberen Kellerraum, in dem ringsum Regale angebracht waren, die mit zig Einmachgläsern, Kohlköpfen und anderen Gemüsesorten sowie Äpfeln und Birnen befüllt waren. In der Mitte des Raums standen zwei große Fässer mit dicken Holzdeckeln darauf, die ich keinen Millimeter anheben konnte, so schwer waren sie. Darauf lagen lange Holzlöffel, wie ich sie noch nie gesehen hatte. Ob in den Fässern eingelegte Gurken waren? Ich kam mir plötzlich vor wie im Schlaraffenland, und mein Magen knurrte auch schon vor Hunger. Ich nahm mir einen roten Apfel und steckte ihn in die Schürzentasche, in eine Birne biss ich sofort hinein. Und erst jetzt sah ich die Tür aus schmalen Holzlatten zwischen zwei Regalen, die in einen hinteren Raum führte. Ich lugte durch die Stäbe und sah die Kisten mit der Kartoffelernte. Der erdige Duft der Kartoffeln stieg mir in die Nase … Aber Schlaraffenland hin oder her, es war auch hier so kalt, dass ich Angst hatte, mich bald nicht mehr bewegen zu können, so steif gefroren waren meine Glieder. Und das Gefühl, eingesperrt zu sein, verursachte mir Übelkeit, sobald ich daran dachte. Ich erbrach die Birne in einer Ecke im Gang.

»Bitte lass mich raus«, jammerte ich leise. Doch dann horchte ich. War da nicht ein Knistern gewesen? Ein Rascheln? Ich hätte mich am liebsten versteckt und die Augen zugemacht. Doch erst einmal zog ich schnell die Tür zu dem

Kellerraum mit den Lebensmitteln zu, damit sich die Ratte dort nicht bereicherte. Hoffentlich war es nur *eine* Ratte und nicht ein ganzes Rudel.

»Aaaaaaahhh!«

Ein langer dünner Schwanz. Etwas war in den Kohlenkeller geflitzt. Doch eine Ratte war das nicht gewesen. Ratten und Rattenschwänze kannte ich nur zu gut. Mir fiel ein, dass ein Mädchen im Lager erzählt hatte, dass es auf Bauernhöfen oft Mäuse gab. Ob das hier auch eine Maus gewesen war? Ich nahm all meinen Mut zusammen, ging zum Kohlenkeller und sah gerade noch, wie ein kleines graues Tier oben auf dem schwarzen Haufen zum Fenster sprang und durch ein Loch unter dem Fensterrahmen verschwand. Ich blieb eine Weile wie angewurzelt stehen, und dann musste ich kichern. Die kleine Maus hatte mir doch gerade tatsächlich gezeigt, wie ich aus dem Kellergefängnis entkommen konnte. Denn durch das Fenster müsste ich passen, wenn ich nur den Schnee davor wegräumen konnte.

Im nächsten Moment kletterte ich den Kohlenberg hinauf, rutschte jedoch immer wieder ein Stück hinab, und es dauerte, bis ich endlich ganz oben auf der Spitze des Haufens saß. Mühsam schob ich den verrosteten Fensterriegel zur Seite und zog das Fenster nach innen auf. Schnee fiel auf meinen Schoß und auf die Kohlen. Vorsichtig lugte ich hinaus, um zu sehen, ob die Luft rein war, dann schaufelte ich mit bloßen Händen den Schnee fort und zwängte mich schließlich in die Freiheit.

Doch wohin jetzt? In mein Versteck? Dort hatte ich Wintervorräte, und niemand würde mich finden. Aber nein, in dem dünnen Kleid war es viel zu kalt. Ich würde mir den Tod holen. Ich musste ins Kinderzimmer und an meinen

Schrank, um mehrere Kleider übereinanderzuziehen, also schlich ich ins Haus.

»Monika, wie siehst du denn aus?« Enttäuscht wandte ich mich zur Pflegemutter um, die hinter mir im Flur stand. »Du bist ja kohlrabenschwarz. Warst du im Kohlenkeller?«

Nachdem ich ihr erzählt hatte, dass mich der Pflegevater im Keller eingesperrt hatte, schimpfte sie vor sich hin, dass es mit diesem Mann noch ein schlimmes Ende nehmen würde, wenn er seine Kinder schlage und sogar einsperre. Mit Bernhard hätte er das früher auch immer gemacht ... Und dann holte sie eine Wanne in die warme Küche und bereitete mir dort ein heißes Bad, ging selbst noch einmal in den Keller, um das Fenster zu schließen, und kam dann ebenfalls mit dreckigen Händen und dreckiger Schürze wieder zurück und wusch sich am Waschtisch. »Gleich mach ich dir erst einmal ein Brot mit Rübenkraut und eine warme Milch. Und dem Vati sagen wir, dass ich dich rausgelassen habe.« Ich nickte erleichtert.

Die wenigen Tage bis Weihnachten blieb ich von Prügel und Schimpfattacken verschont. Es war eine selten friedliche Zeit. Mit Bernhard und Tante Friedas Kindern zusammen bastelte ich Papiersterne, und die Pflegemutter und Tante Frieda erzählten uns vom Christkind und dass es bald einen Weihnachtsbaum gäbe, den Vati immer selber schlage und sogar schmücke. »Und wenn am Baum ein paar Äste fehlen, dann holt er einen Schrauber und setzt einfach ein paar Zweige ein!«, rief Bernhard, und die Frauen lachten.

Abends in meinem Bett versuchte ich mich daran zu erinnern, wie Weihnachten bei uns zu Hause gewesen war ... und wurde traurig. Ich wollte so gern Bilder von Plätzchentellern, dem Weihnachtsmann und dem Christkind und von einem geschmückten Weihnachtsbaum vor mir sehen, von Mama, wie sie alles vorbereitete, von Oma und Opa, die zu Besuch kamen – aber mein Kopf blieb jedes Mal leer.

So blieb es auch an Heiligabend, als das Glöckchen läutete und Bernhard und ich endlich aus unserem Zimmer ins Esszimmer durften, wo ich mit großen Augen den wunderschönen Tannenbaum bestaunte, an dem Kerzen brannten und glänzende, kleine rote Äpfel, Nüsse, süße Zuckerkringel und Holzfigürchen hingen. Ein kleiner Engel mit Schlitten, ein Baby in einem Halbmond und Schaukelpferde. Und lauter silberne Lamettafäden. Mutti begann *O Tannenbaum* auf dem Harmonium zu spielen, und Vati und Bernhard sangen dazu. Ich schaute ganz versunken auf die Krippe unter dem Baum und die Geschenke vom Christkind. Welches wohl für mich war?

Doch auf die Bescherung musste ich noch warten; erst einmal nahmen wir am festlich gedeckten Tisch Platz, und oje, mein Blick fiel auf die Silberplatte mit dem großen gebratenen Tier zwischen den Schüsseln mit Kartoffeln, Rotkohl und Apfelmus.

Mutti nahm meinen Teller und legte mir von allem ein wenig auf. »Was ist das für Fleisch?«, fragte ich leise.

»Das ist die Gans, die du nicht mit mir schlachten wolltest«, sagte der Pflegevater ungerührt.

»Ich hab gar keinen Hunger«, sagte ich so leise, dass es kaum zu hören war.

Mutti neben mir beugte sich zu mir herüber. »Du musst wenigstens probieren, andere wären froh, wenn sie heute Gänsebraten auf dem Tisch hätten.«

Ich stocherte auf dem Teller herum und aß dann erst die

Kartoffel, dann den Rotkohl und das Apfelmus. Das Fleisch schaute ich noch eine Weile an. Dann sagte ich laut: »Gut, ich werde das Gänsefleisch essen. Die Ratten hätte ich auch gegessen, wenn wir eine gefangen hätten. Und die hätten wir nicht mal braten können.«

Alle schauten mich entsetzt an. »Sei still und iss.« Der Pflegevater hielt seinen Blick dabei auf seinen Teller gerichtet.

Bereits beim ersten Bissen Fleisch musste ich würgen und durfte den Rest auf dem Teller liegen lassen.

Nach dem Abwasch, bei dem Bernhard und ich Mutti halfen, bekamen Bernhard und ich endlich die in hübsches Papier eingewickelten Geschenke. Jeder drei. Aber dann wurden wieder erst Weihnachtslieder gesungen. Ich konnte es kaum erwarten, meine Päckchen auspacken zu dürfen, und hätte das Papier am liebsten gleich aufgerissen. Nach dem Lied *Stille Nacht* sagte Mutti, jetzt dürften wir auspacken, aber vorsichtig, damit sie das Papier noch einmal verwenden könne. Behutsam zupfte ich an dem ersten Geschenk vor mir, das das größte auf dem Tisch war. Und ich kam aus dem Staunen nicht mehr heraus, als ich einen wunderschönen dunkelblauen Mantel mit weichem Fell vor mir liegen hatte. »Genauso einen Mantel hatte meine Mama!«, rief ich und als aus den anderen beiden Paketen auch noch ein Muff aus Fell und Winterstiefel zum Vorschein kamen, konnte meine Freude nicht größer sein. »Gehen wir morgen spazieren? Gehen wir spazieren?«, fragte ich immer wieder.

»Morgen gehen wir mit Tante Frieda und den Kindern zur Weihnachtsmesse, da darfst du die neuen Sachen anziehen.« Ich umarmte die Pflegemutter stürmisch, wie ich es noch nie getan hatte. Und sie lachte mich so herzlich an wie noch nie. Dem Pflegevater gab ich die Hand und machte einen Knicks. Er lächelte und nickte. Dann las er uns noch eine Weihnachtsgeschichte vor und wenn uns jemand durch das Fenster gesehen hätte, er hätte uns wohl für eine richtige Familie gehalten.

Im neuen Jahr war bei Tisch häufig die Rede von meiner Kommunion und wann ich denn endlich zur Schule gehen könnte. Manchmal hörte ich den Pflegeeltern zu, aber meist fand ich die Gespräche langweilig, und am Ende geschah sowieso das, was der Pflegevater bestimmte. So war es auch dieses Mal. »Monika geht erst nach dem Sommer in die Schule. Bis dahin kann sie dir und Frieda im Haushalt helfen und mir bei der Arbeit auf dem Hof. Dabei lernt sie schon genug!« Und jetzt sah er mir einen Moment lang in die Augen. »Und samstags wird sie nach dem Schuheputzen noch die große Treppe wischen und bohnern. Dafür geben wir ihr dann ein Taschengeld.« Ich hielt dem Blick stand. Was wohl ein Taschengeld war? »Damit kann sie machen, was sie will. Sie soll ruhig schon mal lernen, mit Geld umzugehen.« Er nickte mir zu.

Das Treppeputzen am Vormittag kostete mich viel Zeit und Mühe, denn nach dem gründlichen Wischen musste ich jede einzelne Stufe mit Bohnerwachs einreiben und anschließend mit einem weichen Tuch polieren. Und wehe, eine Stufe glänzte nicht bis in die hinterste Ritze. Dann musste ich noch einmal auf meine geschundenen Knie und die Treppe abermals von oben bis unten bohnern. Am Samstagmittag bekam ich dann fünfzig Pfennig.

»Kann ich mir davon im Laden Bonbons kaufen?«, fragte ich.

»Ja, aber du kannst es auch in deinen Schrank legen und

sparen, um dir später etwas zu kaufen, das teurer ist als die Bonbons.«

Ich wusste nicht, was der Pflegevater meinte. »Gut. Dann lege ich es weg und kaufe mir Montag Bonbons«, sagte ich und lief zum Schrank. Bernhard, der auch ein Taschengeld bekommen hatte, kicherte.

Die Samstage gehörten trotz des Taschengeldes nicht zu den Tagen, an denen ich morgens freudig aus dem Bett sprang. Denn wie angedroht, musste ich nach dem Baden am Abend dem Pflegevater jedes Mal meine Fingernägel zeigen. Und obwohl mir die Pflegemutter die Nägel einmal im Monat schnitt, konnte ich das Knabbern nicht lassen. Ich tat es, ohne darüber nachzudenken. Diesmal wusste ich schon, dass es wieder Schläge mit dem Rohrstock geben würde, und ich zitterte bereits. Denn danach brannten die Finger wie Feuer, und der Schmerz ließ lange nicht nach. Auch heute waren die Finger angeschwollen, an ein paar Stellen war die Haut aufgeplatzt, und es blutete. Ich lief mal wieder weinend zu Tante Frieda, die mir an jeder Hand einen Verband anlegte.

Im Dezember, noch vor Weihnachten, war ich das letzte Mal in meinem Versteck auf dem Hügel gewesen, und auch den Pavillon hatte ich ewig nicht besucht. Jetzt saß ich jeden Morgen am Fenster und schaute hinaus, ob es in der Nacht geschneit hatte. Doch seit ein paar Tagen schien immer mal wieder die Sonne, und der meterhohe Schnee schmolz. Bald leuchteten die ersten Frühlingsboten in den Gärten. Weiß, gelb, dunkel- und helllila schauten die Krokusköpfe aus dem Grün vor dem Haus hervor.

»Jetzt dauert es nicht mehr lange, und du hast Geburtstag«, sagte die Pflegemutter.

Ich schaute sie verwundert an. »Aber gibt es denn rote Äpfel am Baum?«

»Rote Äpfel? Wie kommst du darauf? Jetzt gibt es doch keine roten Äpfel.«

»Dann habe ich auch nicht Geburtstag.«

»Aber der Arzt, der dich im letzten Jahr untersucht hat, der meint, dass du im März geboren bist.«

»Dann muss er sich geirrt haben. Ich habe Geburtstag, wenn es rote Äpfel gibt.« Ich blieb dabei, und die Pflegemutter sagte erst einmal nichts mehr.

An einem der nächsten Abende, nach dem Abendbrot, blieben die Pflegeeltern mit mir noch am Küchentisch sitzen, während Bernhard sich schon bettfertig machte. »Mutti hat mir erzählt, dass du sicher bist, dass du nicht im März Geburtstag hast«, sagte der Pflegevater. Ich konnte nicht feststellen, ob er darüber verärgert war, und sagte erst einmal nichts.

»Nun haben wir uns über deinen Geburtstag Gedanken gemacht. Wir wissen nicht, wann du geboren bist, und es lässt sich auch nicht auf den Tag genau feststellen. Was hältst du davon, wenn wir deinen Geburtstag an einem ganz besonderen Tag feiern? Im Mai gibt es einen Feiertag zu Ehren der heiligen Monika. Sie ist deine Namenspatronin. Das wäre doch ein schöner Tag, um deinen Geburtstag zu feiern.«

Ich verstand nur die Hälfte. »Aber wenn es da keine roten Äpfel gibt …«, wandte ich zaghaft ein.

»Die gibt es dann nicht. Aber so feiern wir auch deinen Namenstag.«

Der Blick des Pflegevaters sagte mir, dass er keine Widerrede mehr hören wollte.

Und so feierten wir am 4. Mai 1949 meinen neunten Geburtstag. Und obwohl die roten Äpfel fehlten, wurde es ein heiterer Tag. Im Garten blühten schon die ersten Rosen, und ich entdeckte ein großes Beet mit einer Pflanze, deren rosafarbene Blüten wie Herzen aussahen. Vorsichtig pflückte ich eine Blüte ab. Die wollte ich in mein Buch zum Blütentrocknen legen, das Tante Frieda mir am Morgen geschenkt hatte, damit ich meine Lieblingsblumen auch im Winter anschauen konnte.

»Welchen Namen hat diese Blume?«, fragte ich Tante Frieda und zeigte ihr die kleine Blüte.

»Das ist ein Tränendes Herz, mein Kind.«

Tränendes Herz ... ja, aus der rosa Blume kam ein weißer Tropfen hervor.

Ein Herz schwer von Tränen, das kannte ich nur zu gut. Ich musste häufig weinen. Aber die Tränen fühlten sich nicht immer gleich an. Ich heulte meist vor Schmerz, so jeden Samstag, wenn mich der Pflegevater wieder einmal mit dem Teppichklopfer und dem Rohrstock schlug; in der Baracke hatte ich oft aus Angst weinen müssen, weil ich fürchtete, dass einer der Soldaten kommen und mich mitnehmen würde; hier in Zuchau weinte ich oft nachts, wenn ich mit meinem Papa im Himmel sprach, dann beruhigten mich die Tränen und das Reden; wenn ich mal wieder das Bett eingenässt hatte, liefen die Tränen aus Scham; und nur sehr selten weinte ich aus Freude, wie an meinem geheimen Geburtstag, als Tante Frieda mir den Bratapfel zubereitet hatte.

Im zweiten Sommer in Zuchau verbrachte ich so viel Zeit wie möglich draußen. Jetzt kannte ich das ganze Grundstück der Koehlers und wenn ich nicht im Haushalt oder auf dem Hof oder Feld helfen musste, konnte ich mich frei bewegen.

Dass ich eines Tages wie die anderen Kinder zur Schule gehen sollte, hatte ich fast vergessen. Ich übte schon seit einiger Zeit mit Bernhard das Lesen, Schreiben und Rechnen, und es störte mich nicht, dass wir nur langsam vorwärtskamen. Aber als der Pflegevater eines Tages sagte, ich hätte in der Kirche so fleißig die Texte gelernt, dass der Pfarrer dächte, ich würde auch in der Schule zurechtkommen, war ich mir nicht sicher, ob ich mich freuen sollte. »Wir warten nicht bis nach den Ferien, sondern du gehst ab morgen in die Schule«, sagte er noch. Und die Pflegemutter holte einen Tornister hervor, in dem Bücher, eine Schiefertafel, ein Schieferkasten mit einem Griffel und eine Schwammdose waren. Später im Bett konnte ich vor Aufregung kaum einschlafen und wachte am nächsten Morgen müde auf.

Als ich jedoch den neuen dunkelblauen Rock, die weiße Bluse und die weißen Kniestrümpfe über dem Stuhl an meinem Bett sah, war ich hellwach. Ein Paar neue blaue Schuhe standen auch da. »Das ist deine Schulkleidung. Heute bringe ich dich zur Schule. Ab morgen wirst du dann mit Bernhard allein gehen.« Die Pflegemutter flocht mir die inzwischen langen Haare zu Zöpfen und band sie am Ende mit hellblauen Schleifen.

Auf dem Schulhof, den ich bisher noch nie betreten hatte, sondern auf dem ich die Kinder nur ein paar Mal durch den Zaun beobachtet hatte, trugen alle die blaue Schulkleidung. Bernhard lief auf dem Schulhof zu seinen Freunden, und mich brachte Mutti in das Gebäude, wo uns ein Herr begrüßte, der beim Gehen ein Bein nachzog. So etwas hatte ich noch nicht gesehen. »Ich bin Herr Teuber, dein Klassenlehrer«, stellte er sich vor. »Na, du wunderst dich wohl über mein Bein? Ich habe einen Teil davon im Krieg verloren«, erklärte er. »Und nun komm mit. Ich zeige dir, wo deine Klasse ist.« Mutti strich mir über den Kopf und verabschiedete sich.

Ich bekam einen Platz in der ersten Reihe. Als alle Kinder auf ihren Stühlen saßen, bat mich Herr Teuber, aufzustehen und mich umzudrehen, sodass mich alle sehen konnten. »Und nun sag den Kindern, wie du heißt.«

»Monika Clausen«, sagte ich.

»Clasen. Monika Clasen heißt du.«

»Nein, ich heiße Monika Clausen von Quitzro.«

»Auf deiner Anmeldung steht Monika Clasen, und so muss ich dich nennen. Und nun setz dich wieder.«

Ich sagte nichts mehr. Und von nun an hieß ich nicht mehr Clausen und schon gar nicht von Quitzro, sondern Clasen, was mich jedes Mal sehr wütend machte. Viele Kinder hatten auf dem Weg nach Russland vergessen, wie sie hießen, manche waren so klein gewesen, dass sie nicht mal ihre Vornamen wussten. Aber ich hatte immer und überall meinen vollständigen Namen und sogar meine Adresse in Königsberg nennen können. Und jetzt sollte ich auf einmal einen anderen Namen bekommen? Ich verstand es nicht, und ich wollte bei meinem richtigen Namen genannt werden. Er war das Einzige, was mir von zu Hause geblieben war, das Einzige, was mich noch immer mit meiner Mama verband, wo auch immer sie sein mochte.

Die Lust auf die Schule war mir schon am ersten Tag vergangen. Doch als ich aus dem großen Schultor schritt und mich nach Bernhard umsah, sah ich plötzlich die ganze Familie Koehler und auch Tante Frieda mit ihren Kindern hinter dem Schulzaun stehen. Bernhard hielt eine große Spitztüte, die mit einer großen Schleife zugebunden war, in seinem Arm. »Das ist deine Schultüte, die bekommt jeder Schulanfänger«, sagte er. »Da sind lauter leckere Sachen drin.«

Den Tornister auf dem Rücken und die Schultüte im Arm, ging ich mit den anderen nach Hause. Franz wollte mir beim Tragen der Tüte helfen, aber ich lehnte dankend ab. Er wich mir trotzdem nicht mehr von der Seite. »Du weißt doch, dass du allen Kindern etwas aus der Tüte abgeben musst?«, sagte er. Und als ich fragend zu Mutti aufschaute, die uns zugehört hatte, nickte sie. »Ja, jedes Kind bekommt aus deiner Tüte ein Teil. Und das dürfen sie sich selbst aussuchen.«

Das gefiel mir gar nicht. Nur widerwillig schüttete ich in Tante Friedas Küche den Inhalt meiner Schultüte auf den Tisch. Franz beugte sich als Erster darüber, aber auch Bernhard und die beiden Mädchen kletterten neugierig auf die Stühle. Es lagen drei Äpfel, große Nüsse, bunte Bonbons und Plätzchen in unserer Mitte. Auch eins meiner Lieblingsplätzchen war dabei. Es war rund und hatte auf einer Seite ein Loch, das mit roter Marmelade gefüllt war. Nur einmal gab es dieses Plätzchen, und ich überlegte schon fieberhaft, wie ich es vor den anderen verstecken könnte, als Franz' Hand vorschnellte und sich das Gebäck schnappte. Er steckte es sich sofort in den Mund. Die Wut, die in mir aufwallte, ließ mich alles andere vergessen, und ich stürzte mich mit lautem Gebrüll auf Franz und riss ihm an den Haaren.

Die anderen waren im ersten Moment erschrocken zurückgewichen, aber dann packte mich der Pflegevater, der von der Ofenbank aus zugesehen hatte, und ich erstarrte sofort. »Bitte nicht schlagen«, jammerte ich.

»Was ist bloß immer los mit dir?«, fragte er erbost.

»Ich wusste nicht, dass Monika diese Plätzchen so gern

mag, sonst hätte ich für jedes Kind eins hineingetan«, sagte die Pflegemutter beschwichtigend. »Wartet, ich hab doch noch mehr gebacken, ich hole für jeden eins.«

Nach dem Essen bekam dann jedes Kind solch ein Plätzchen mit Marmelade, nur Franz nicht, denn er hatte seins ja schon aufgegessen. Ich steckte meins in die Schultüte und band sie mit der Schleife fest zu.

Am nächsten Tag verließ ich mit meinem Tornister stolz das Haus. Aber als wir uns der Schule näherten, wäre ich lieber wieder umgekehrt und hätte Tante Frieda in der Küche geholfen.

Ich hätte mich im Unterricht am liebsten weggeduckt, als Herr Teuber über mich zu sprechen anfing. Er erzählte den anderen Kindern, dass ich von meiner Familie getrennt worden und lange Zeit allein in Russland gewesen sei. Die Kinder sahen mich neugierig an. Sicher hätte ich dort auch ein wenig von der russischen Sprache mitbekommen, sagte er und trat ganz nah an mich heran, sodass ich den Geruch von Tabak, der in seinen Kleidern hing, riechen konnte. Und jetzt blickte er mich von oben herunter an. »Ich bin nämlich auch euer Russischlehrer, Monika, und vielleicht kannst du den anderen etwas auf Russisch sagen oder ein russisches Lied vorsingen?«

Mir stockte der Atem. Es war völlig still im Klassenraum. Und dann sagte Herr Teuber etwas auf Russisch. Und der Klang dieser Worte holte mich zurück in das Lager, zurück in die Baracke, zurück zu den Soldaten, die uns gefangen hielten und mit den Mädchen machten, was sie wollten. Ich begann zu würgen und zu husten und bekam kaum noch Luft. Ich sah, dass Herr Teuber auf mich einredete, aber ich hörte seine Stimme nicht mehr. Ich war weit fort, war der Vergangenheit wieder nah, und mit ihr kamen die Angst, der Hunger und die Übelkeit. Ich erbrach mich auf das Kleid.

Wie ich es schaffte, von meinem Tisch aufzustehen, an Herrn Teuber vorbei zur Tür zu laufen, die Klinke hinunterzudrücken und durch das Schulgebäude auf den Schulhof zu laufen, weiß ich nicht mehr. Ich weiß auch nicht, ob sie mich aufhalten, mir vielleicht sogar helfen wollten, mir nachgingen. Ich kam erst wieder zu mir, als ich allein über den Platz lief, auf dem zwei alte Frauen auf einer Bank saßen. Ich rannte durch das große Tor auf den Hof und über die Wiese zu meinem Hügel und kroch in das Erdloch. Gekrümmt blieb ich dort liegen, bis es Abend wurde.

Sicher suchte man nach mir und rief meinen Namen, aber ich nahm nichts wahr und fühlte mich wie benommen. Erst als die Nacht helle Sterne an den Himmel zeichnete, krabbelte ich aus meiner Höhle hervor und setzte mich auf. Ich musste mit Papa sprechen, dem Einzigen, dem ich alles sagen konnte, dem Einzigen, dem ich vertraute. Doch als ich ihm von dem Lehrer und den russischen Worten erzählte und dass der Lehrer so ähnlich wie die Soldaten roch, überwältigte mich die Übelkeit erneut, und abermals musste ich spucken und würgen. Später lag ich mit dem Daumen im Mund auf dem Rücken und schaukelte mich in den Schlaf.

»Monika, komm doch nach Hause, du brauchst keine Angst zu haben, niemand wird dir etwas tun.« Es war Bernhards Stimme, die im Morgengrauen zum Hügel hinüberschallte. Ich hob den Kopf und sah das Licht einer Laterne, die über die Wiese getragen wurde.

Ich fasste all meinen Mut zusammen und kletterte von dem Hügel hinunter und ging Bernhard entgegen.

»Wo hast du dich bloß wieder versteckt?«, fragte er. Dabei wusste er, dass ich es ihm nicht verraten würde.

»Ich habe Angst. Ich will nicht geschlagen werden.«

»Das wirst du auch nicht. Herr Teuber war schon bei Vati und hat ihm alles erzählt.«

»Aber dann wird er mich jetzt schlagen. Ich habe mich auf das Schulkleid übergeben müssen.«

»Aber deshalb wird er dich nicht schlagen. Wirklich nicht. Komm mit. Du musst dich auch waschen. Du stinkst ...« Als er das sagte, lachte Bernhard und stupste mich in die Seite.

Ich bekam diesmal tatsächlich keine Prügel, sondern wurde gebadet, bekam eine warme Milch und dann setzten sich die Pflegeeltern mit mir an den Küchentisch und fragten, was passiert sei. Und nachdem ich es ihnen erzählt hatte, sagte ich, dass ich Angst hätte, ich müsste wieder nach Russland. Und dass ich nie wieder in die Schule gehen wollte. Die Pflegeeltern sahen sich an. »Du kannst erst einmal zu Hause bleiben, vielleicht hätten wir dich doch lieber erst nach den Sommerferien dorthin schicken sollen. Auf die paar Wochen kommt es ja nicht an.«

Ich dachte, damit wäre das Thema Schule erst einmal erledigt. Doch am nächsten Tag besuchte mich ein Mädchen aus meiner Klasse, die mir schon wegen ihrer geringen Größe aufgefallen war, denn sie war die Einzige in der Klasse gewesen, die mich nicht überragt hatte. Mechthild zeigte mir, was sie am Morgen durchgenommen hatten, und wollte nun jeden Mittag vorbeikommen, so hatten es meine Pflegeeltern mit ihrer Mutter vereinbart. Und bald schon freute ich mich auf ihre Besuche, und wir freundeten uns an. Sie erzählte mir, dass sie in einem Chor singe, und fragte, ob ich nicht mal mitkommen wolle. Und so ergab es sich, dass ich bald schon in einer der Chorreihen und schließlich sogar vorn vor dem Chor stand und die Solostimme sang.

Mechthild fragte immer öfter, wann ich denn endlich wieder in die Schule käme, sie wolle gern neben mir sitzen, und auch die Pflegeeltern redeten mir gut zu, dass ich es noch einmal mit der Schule versuchen solle, für mein späteres Leben wäre das wichtig. Also ging ich nach den Sommerferien erneut zur Schule, blieb aber selten den ganzen Tag dort, weil mich oft eine plötzliche Übelkeit erwischte und ich schon beim geringsten Magengrummeln aus Angst, mich übergeben zu müssen, nach Hause lief. Und die Lehrer, Herr Teuber sowieso, ließen mich auch jedes Mal ziehen. Wahrscheinlich gab es eine Ausnahmeregelung für mich, doch darüber dachte ich als Kind nicht nach.

Das Leben bei den Pflegeeltern änderte sich durch meinen Schulbesuch nur geringfügig. Ich musste zwar weniger im Haushalt helfen, aber die Samstagsarbeiten und die Arbeit auf dem Hof, das Helfen bei der Ernte, die Albträume, das Schlafwandeln und das gelegentliche Einnässen, das alles blieb, wie auch die Züchtigungen durch den Pflegevater. Hatte ich die Nägel abgekaut, gab es Rohrstockschläge; kam ich nicht pünktlich nach Hause, setzte es Ohrfeigen; war ich heimlich an Mutters Rosenöl gewesen und es war rausgekommen, gab es Schläge mit dem Siebenzagel. Einmal hatte ich unter Tränen Mechthild die blutverkrusteten Striemen auf dem Rücken gezeigt. Sie brachte mich zu ihrer Mutter, die sofort die Polizei verständigen wollte. Aber ich flehte sie an, das nicht zu tun, weil es mir dann noch schlechter ergehen würde. Und als sie in meine angstvollen Augen blickte, versprach sie, es nicht zu tun.

Immer öfter ging ich zum Beten mit Mechthild in die Kirche, und auch die Gottesdienste besuchten wir regelmäßig, auch weil unsere Kommunion bevorstand. Und eines Tages, nach einem Kirchenbesuch, beschlossen wir beide, Nonnen in einem Kinderheim zu werden. Wir wollten später anderen Kindern helfen, die ihre Eltern verloren hatten und in Kinderheimen aufwachsen mussten. Mechthilds Vater war ebenfalls im Krieg gefallen. Die Pflegeeltern und Mechthilds Mutter hatten nichts gegen unsere Kinderpläne, und der Pfarrer lobte unseren Fleiß, weil wir auch nach dem Kommunionsfest so oft wie möglich das Gotteshaus besuchten.

Meine Haare wurden länger und länger; bald fielen sie bis auf den Boden, wenn ich auf einem Stuhl saß und die Pflegemutter mich kämmte. Und mit den Jahren schien auch mein Körper Kraft fürs Wachsen gesammelt zu haben. Mit vierzehn war ich einen ganzen Kopf größer als Mechthild, und aus dem Kind mit dem vorstehenden Blähbauch war ein hübsches junges Mädchen geworden.

Eines Tages passierte etwas, was für mich inzwischen Normalität war, aber gleichzeitig alles Bisherige überstieg. Ich wurde wieder einmal vom Pflegevater gezüchtigt. Doch als ich dieses Mal nach etlichen Schlägen wie ein hilfloses Tier zusammengerollt am Boden lag, hörte er nicht wie sonst auf, mich zu quälen, sondern schlug immer noch auf mich ein. Es war an diesem Tag eine Gewalt aus ihm herausgebrochen, die mich beinahe das Leben gekostet hätte. Ich weinte, wimmerte und flehte ihn an, aufzuhören, als er mir seinen Fuß in den Bauch und gegen den Kopf rammte, und er hätte wohl noch weitergetreten, wenn nicht plötzlich das Blut auf den Boden gespritzt wäre. Diese ungebrochene Wut und der

Hass, der sich immer mehr gegen mich, das Kind aus dem Gulag, gerichtet hatte, konnten nicht mehr überboten werden. Das rasende Schnaufen des Pflegevaters, die hilflosen Rufe der Pflegemutter hörte ich längst nicht mehr.

Ich war schwer verletzt. Gemeinsam hoben sie mich hoch und trugen mich ins Bett. Die Pflegemutter versorgte weinend meine Wunden, zog mich vorsichtig aus und streifte mir das Nachthemd über und gab mir ein Schmerzmittel, weil mein jämmerliches Wimmern nicht aufhören wollte. Bernhard, der durch den Krach wach geworden war, saß wie versteinert in seinem Bett und konnte seine Tränen dieses Mal nicht verbergen. Ich war nicht wach, ich war nicht bewusstlos, ich schlief nicht. Ich war wie ausgelöscht.

Mitten in der Nacht fand ich die Kraft aufzustehen. Diesmal wuchsen mir keine imaginären Flügel; nur mein Wille, dieses Haus für immer zu verlassen, half mir, mich auf den Beinen zu halten. Ich wusste, ich würde es nicht überleben, wenn mich der Pflegevater auch nur einmal noch derart quälen würde. Meine tief verletzte Seele könnte nicht mehr auch nur einen Schlag aushalten.

Ich spürte etwas Warmes neben meiner Wange und fühlte mit der Hand an meinem Kopf. Blut? Was war passiert? Meine Augen wollten sich nicht öffnen, und ich wartete, ich wusste nur nicht, worauf. Dann hörte ich ein leises Miauen neben mir. Katze, komm, leg dich zu mir. Katze, du bist mein einziger Freund hier. Ich bewegte meine Lippen, aber es kam nur Atem heraus. »Mutti, Mutti!«, hörte ich plötzlich eine Jungenstimme. »Monika, ich bin es, Franz. Hörst du mich? Mutti kommt, wir helfen dir.«

Tante Frieda und Franz brachten mich auf das Sofa in

Tante Friedas Stube, und langsam kam die Erinnerung wieder. »Vati … er … hat … ich …«

»Ganz ruhig, Monika. Du kannst mir später alles erzählen, jetzt bleib liegen, beweg dich so wenig wie möglich und schlaf.«

»Aber … er … er wird mich totschlagen.«

»Er wird dich nie wieder schlagen. Nie mehr. Dafür werde ich sorgen. Jetzt ist endgültig Schluss. Du brauchst keine Angst mehr zu haben, mein Kind.«

Mehrere Tage lag ich im Fieber, und Tante Frieda pflegte mich gesund. Auch die Pflegemutter saß oft an meinem Bett. Auch sie versprach mir, dass der Pflegevater nie wieder die Hand gegen mich erheben werde. »Er geht jeden Tag in die Kirche beten und bittet Gott um Verzeihung. Er hat verstanden, was er dir angetan hat. Er wollte aus dir doch nur einen guten Menschen machen.«

Trotz des Versprechens brauchte ich mehrere Wochen, bis ich ihm wieder begegnen konnte. Die Angst und das Zittern, wenn er im Raum war, hörten jedoch nie ganz auf.

Als ich mit fünfzehn zusammen mit Mechthild für ein paar Tage das Kinderheim besuchte, in dem ich selbst nach der russischen Gefangenschaft meine ersten Wochen verbracht hatte, traf ich Kinder, inzwischen Jugendliche, die noch immer dort waren, weil man weder ihre Eltern noch Pflegeeltern für sie gefunden hatte. Aber hatten sie es damit schlechter getroffen? Ich war mir nicht sicher. Doch ich sprach auch nicht über meine zweite Leidenszeit, ich wollte Schwester Maria nicht enttäuschen. Sie freute sich sehr, als sie hörte, dass wir wie sie Nonnen werden und armen Kindern helfen wollten. So war es nach wie vor Mechthilds und mein Plan.

Doch nach diesen Tagen im Kinderheim erwarteten mich in Zuchau unglaubliche Neuigkeiten, die mein Leben in eine andere Bahn lenkten. Die Pflegeeltern hatten einen Brief vom Hamburger Suchdienst bekommen, in dem stand, dass ein gewisser Werner Lange ein Kind namens Monika Clausen suche. Ich schluckte. Konnte nichts sagen, begann vor Aufregung zu zittern, und dann musste ich weinen. Immer weiter weinen. »Es ist nicht sicher, dass dieser Mann dein Onkel ist«, sagte der Pflegevater jetzt. Und es stimmte, dass in den letzten Jahren immer mal wieder Anfragen von Leuten gekommen waren, die ihre Tochter gesucht hatten, und einmal hatte mich ein Ehepaar schon mitnehmen wollen, aber ich beteuerte immer wieder, dass sie nicht meine Eltern seien, und irgendwann sahen sie es ein. Aber nie hatte jemand nach Monika Clausen gesucht. Monika Clausen, das war ich. Der Pflegevater fuhr fort: »Wenn er wirklich dein Onkel ist, dann musst du überlegen, ob du mit ihm gehst. Weißt du, er lebt im Westen. Du wirst wahrscheinlich nicht so einfach zurückkommen können.«

Ich wollte unbedingt mehr wissen: Wer genau dieser Werner Lange war, warum meine Mutter mich denn nicht suchte … Ich war mir immer sicher gewesen, dass sie noch lebte. Oder war das nur Wunschdenken gewesen?

Endlich kam ein weiterer Brief aus Nürnberg. Ich hatte den Namen dieser Stadt nie zuvor gehört.

Verehrter Herr Koehler,
meine Familie und ich sind Ihnen sehr dankbar, dass Sie Monika bei sich wie eine Tochter aufgenommen haben. Wir haben vor einiger Zeit mit der Suche nach ihr begonnen und sind nun völlig von den Gefühlen überwältigt, da wir unsere

Nichte tatsächlich gefunden haben. Ich möchte Ihnen noch ein wenig zu meiner Familie schreiben, damit Sie und Monika sich ein Bild von uns machen können. Ich bin der Bruder von Monikas Mutter. Meine Frau Maria und ich haben zwei Söhne, Achim und Wolfgang, und eine Tochter, sie heißt Marlis. Sehr gern würde ich nach Zuchau kommen und meine Nichte besuchen. Wenn Monika einverstanden ist, möchte ich sie mit nach Nürnberg nehmen. Aber zuvor gibt es sicher sehr viel zu bereden. In der Hoffnung auf ein baldiges Kennenlernen,

Ihr Werner Lange

Der Brief des angeblichen Onkels verursachte große Aufregung im Haus. Einerseits freuten sich alle mit mir, andererseits waren sie wie ich unsicher. Und Tante Frieda und Bernhard wollten mich auch nicht gern ziehen lassen.

Ich selbst blieb scheinbar ruhig, doch tief in meinem Herzen brach ein Sturm los. Warum suchte mich mein Onkel und nicht meine Mutter? Lebte sie nicht mehr? Wie würde die Begegnung mit dem Onkel ablaufen? Und sollte ich mit ihm gehen oder meine Pläne weiterverfolgen, hier in der Nähe Nonne zu werden?

In der Nacht vor seinem Besuch bekam ich heftige Bauchschmerzen, die nicht allein durch die Nervosität zu erklären waren.

»Wenn eine Frau ihre Blutung hat, darf sie nicht in der Suppe mit Petersilie rühren, sonst wird die Suppe schlecht«, sagte die Pflegemutter am nächsten Tag.

»Ekelt sich die Suppe denn vor mir?«, fragte ich.

»Nein.« Die Pflegemutter verzog den Mund wie zu einem Schmunzeln.

Ich hatte in der Nacht zum ersten Mal meine Monatsblutung bekommen und als ich das Blut gesehen hatte, war ich sicher gewesen, ich müsse nun sterben. Die Pflegemutter hatte mir dann am Morgen erklärt, dass ich nun regelmäßig bluten würde. Mehr nicht.

»Du bist ganz blass, Kind«, sagte sie jetzt und rührte weiter im Suppentopf. »Am besten legst du dich noch ein bisschen hin, ich bringe dir gleich eine Wärmflasche für den Bauch und wecke dich rechtzeitig. Herr Lange kommt ja erst gegen Abend.«

Ich war froh, mich zurückziehen zu können, und schlief trotz der vielen Gedanken sogar ein.

Der Mann, der an meinem Bett stand, als ich die Augen aufschlug, trug einen feinen braunen Anzug, ein weißes Hemd und eine zum Anzug passende Krawatte. Er hatte wie ich ein volles Gesicht und blonde Haare wie meine Mama. Wir sahen uns einen Moment lang stumm an, dann lächelte er und sagte: »Du bist Monika, du bist das Kind meiner Schwester.«

1955 bis 1958

Jugend in Oberstdorf und Winterberg

Warum hast du mich nicht gesucht, Mama? Diese Frage hämmerte in meinem Kopf, als ich mit Onkel Werner im Zug von Nürnberg nach Oberstdorf saß. Er hatte mir eine Zeitschrift mit Bildern gekauft, aber ich starrte bloß darauf, ohne etwas wahrzunehmen.

Nach der Abfahrt in Zuchau – nur der Abschied von Mechthild und Katze ging mir noch nach – hatte Onkel Werner mir von meiner Mutter erzählt, die inzwischen wieder verheiratet war und zwei weitere Kinder bekommen hatte. Thomas sei neun und die kleine Marion zwei Jahre alt. Ich verstand nicht gleich, was das bedeutete; in meinem Kopf herrschte ein völliges Durcheinander. Zum einen war ich vor Freude und Glück ganz selig, dass ich endlich meine Mama wiedersehen würde. Aber dann wirbelte diese eine Frage meine Gedanken immer wieder durcheinander. »Ich weiß nicht, Kind, warum Barbara dich nicht gesucht hat«, sagte Onkel Werner auf mein vorsichtiges Fragen hin. Meine Mama Charlotte ließ sich jetzt bei ihrem zweiten Vornamen rufen. Sie war mir fremd in den Erzählungen meines Onkels. »Sprich mit ihr, sie wird es dir bestimmt erklären können. Weißt du, diese Kriegsjahre und die erste Zeit danach waren für uns alle schwer.«

Die Jahre, die Onkel Werner meinte, waren meine Gulag-

Jahre gewesen. Konnte man diese Jahre als *schwere* Jahre bezeichnen? Für mich waren sie die Hölle gewesen. Und auch die Jahre bei den Pflegeeltern hatten tiefe Verletzungen in mir hinterlassen. Ich kann wohl sagen, ich habe Unmenschliches erlebt. Die Jahre, von denen Onkel Werner sprach, waren für mich mindestens bleischwer, drückend und noch im Nachhinein eine unglaubliche Last, mit der ich aber nun durch mein Leben gehen musste.

Ganz allmählich verstand ich, dass ich nicht nur meine Mutter wiedersehen würde, bei ihr leben würde, sondern dass ich in eine neue Familie kam. Eine Familie mit Kindern und einem Vater. Zwei Geschwister – mit der Bezeichnung Halbgeschwister konnte ich nichts anfangen. Und ein Stiefvater, »dein neuer Papa«, wie Onkel Werner gesagt hatte. Wie würden sie mich aufnehmen? Und wie würde ich mich fühlen? In diesem Moment fühlte ich mich noch wie ein Eindringling.

Vielleicht wäre es Mama lieber, ich wäre nie zurückgekommen? Warum sonst hatte sie unbedingt diesen Beweis haben wollen? Den Beweis, dass ich wirklich ihre Tochter bin. Ich hatte heimlich ein Telefonat zwischen ihr und Onkel Werner mit angehört, in dem er sagte: »Nein, ich sag doch, sie sind braungrün.« Und nach einem kurzen Schweigen: »Ach, Barbara, Augenfarben können sich bei Kindern verändern. Ich bin mir sicher, sie ist deine Tochter. Es ist *unsere* Monika.« Es war erneut einen Moment lang still, dann: »Nein, das kann ich dem Kind nicht antun!«

Was konnte er mir nicht antun? Ich meinte zu wissen, was es war, rannte völlig aufgelöst in das Gästezimmerchen und warf mich weinend in die Kissen auf dem Bett. Ich hatte angenommen, Mama wollte mich nun doch nicht sehen.

Aber dann stellte sich heraus, dass sie erst sicher sein wollte, dass ich ihre Tochter war, bevor sie mich traf. Und der Beweis sollte ein Leberfleck sein. Ein Leberfleck im Schambereich.

Und ja, diesen Fleck gab es. Aber warum reichte mein Wort nicht aus? Warum verlangte man von mir, dass ich mich vor Tante Maria auszog? Ich mochte nicht, dass sie mich ohne Unterhose betrachtete. Ich konnte das einfach nicht. Im Lager hatte ich mich nie vor den anderen ausgezogen, und im Kinderheim und bei den Pflegeeltern nur widerwillig. Wenn der Pflegevater mich nach dem Einnässen in eine Wanne stecken wollte, war es für mich das Schlimmste, dass er mir mein Nachthemd gewaltsam auszog und mich mit harten Griffen berührte.

Da ich die ersten Tage in Nürnberg auch noch meine Blutung hatte – was ich der Tante erzählen musste, weil ich Binden benötigte –, wurde über den Leberfleck erst einmal nicht weiter gesprochen.

»Deine Mama gibt keine Ruhe, Monika«, klagte Tante Maria ein paar Tage später. Wir saßen alle am gedeckten Tisch und hatten das Abendbrot beendet. »Versteh doch, sie will dich nicht wegschicken müssen, wenn du nicht ihre Tochter bist.« Ich sah Tante Maria nur an und sagte nichts. »Ein Leberfleck ist doch nichts, wofür du dich schämen musst, und es wird niemand dabei sein, wenn ich nachschaue. Nur du und ich.« Meine Cousins Wolfgang und Achim guckten neugierig. Meine Cousine Marlis fragte: »Was ist ein Leberfleck?« Doch die Tante und der Onkel gingen nicht darauf ein. Stattdessen sagte die Tante, ich solle schon mal in mein Zimmer gehen und das Nachthemd anziehen, sie käme gleich. Bereits auf dem Weg die Treppe hinauf in mein Zimmer begann ich zu weinen; ich musste wohl gehorchen.

Mit einer Gänsehaut am ganzen Körper wartete ich im Bett auf Tante Maria. »Hoffentlich fasst sie mich nicht an, hoffentlich fasst sie mich nicht an«, flehte ich leise. Da ging auch schon die Tür auf, und mit strengem Blick kam die rundliche Frau auf mich zu. Dann ging es schnell. Ich lag diese ein, zwei Minuten wie versteinert da und kämpfte gegen die Übelkeit an. Tante Maria hatte sich zu mir gesetzt, die Decke aufgeschlagen, das Nachthemd hoch und meine Unterhose ein Stück nach unten geschoben. »Da ist er ja. Ich wusste es. Jetzt kannst du zu deiner Mama.« Begeistert schaute mich Tante Maria an; sie schien nicht zu begreifen, was sie mir antat. Nachdem sie aus dem Zimmer geeilt war, wahrscheinlich, um meinen Onkel zu informieren, und vielleicht auch Mama, zog ich mir die Bettdecke bis zum Hals.

In dieser Nacht wurde ich plötzlich aus dem Schlaf gerissen und dachte zuerst, ich würde schlecht träumen, doch dann spürte ich, dass jemand unter meine Decke kroch. Noch bevor ich schreien konnte, legte sich eine Hand auf meinen Mund, und ich hörte eine Stimme flüstern, ich solle leise sein, sonst würde man uns durch das Ofenrohr hören. Ich bekam kaum Luft und spürte Panik in mir aufsteigen, aber da lockerte sich der Griff. »Wenn du nicht fortgehst, schreie ich«, zischte ich. Es musste einer der Cousins gewesen sein, ich hatte nicht ausmachen können, welcher, sie waren beide hochgewachsene, dünne Jungen.

Bis zum frühen Morgen lag ich fest in meine Decke gewickelt wach. Weder am Morgen noch später sprach ich mit jemandem über den Vorfall. Wenn ich im Gulag eines gelernt hatte, dann dies: Über Dinge, die nicht sein sollten, spricht man auch nicht.

»Iss etwas von dem Obst, das Maria uns mitgegeben hat«, sagte der Onkel.

»Vielleicht später«, erwiderte ich und lächelte. Mein Magen vertrug jetzt keine Nahrung. Ich lehnte den Kopf ans Fenster und schloss die Augen, aber nur, um mich nicht unterhalten zu müssen. Die Aufregung, gleich meine Mama und die neue Familie zu sehen, ließ trotz Schlafmangels keine Müdigkeit in mir aufkommen. Mein Kopf an der kühlen Scheibe schaukelte mit der Fahrbewegung hin und her.

Jetzt kam mir noch einmal in den Sinn, was Tante Maria mir heute Morgen beim Packen über Mama und ihren neuen Mann erzählt hatte und welchen seltsamen Auftrag sie mir mit auf den Weg gegeben hatte.

»Es wird eine schwere Zeit auf dich zukommen, Monika. Deine Mama und dein neuer Papa gehen abends viel aus und liegen morgens lange in den Betten. Dabei haben sie vor Kurzem erst ein Modegeschäft in Oberstdorf eröffnet. Das Mädchen, das im Haushalt hilft, geht morgens in den Laden und vertröstet die Kunden auf später. Sie hat es mir am Telefon erzählt. Monika, du musst deine Eltern morgens wachrütteln. Hörst du!« Tante Maria strich mein gefaltetes Sonntagskleid energisch glatt, obwohl es gar nicht verknittert war. Dabei redete sie sich in Rage und hörte auch nicht auf, als mein Koffer längst gepackt war. »Lass sie erst in Ruhe, wenn sie aufgestanden sind. Wenn du das nicht tust, werden sie ihr Geschäft noch verlieren. Wie das Hotel … Und dann kann deine Mama nicht mal mehr ihren Schmuck verkaufen.«

»Welchen Schmuck?«

»Ach … ihren Schmuck, was weiß ich …«

Wie in einem Traum sah ich Oma Clausen mit dem Samtbeutel in der Hand vor mir. »Hat sie den Schmuck von Oma Clausen verkauft? Den hat Oma doch für mich gebracht.«

Jetzt sah mich Tante Maria entgeistert an. »Du weißt von dem Schmuck? Von Clausens Schmuck? Aber du warst doch noch so klein … Ohne den Schmuck hätten sie das Nebelhorn-Hotel und das Modegeschäft niemals eröffnen können. Weißt du, der Toni, dein Papa, war ein ganz armer Bursche, als ihn deine Mutter geheiratet hat. Sohn von einem Kuhbauern, einem Mann ohne Sitte und Anstand. Er hat dem Jungen mit vier Jahren das Rauchen beigebracht. Und der Toni war auch dabei, wenn er sich Frauen auf die Alm geholt hat … Was ist das denn für ein Vater? Ach, was red ich überhaupt darüber … Jedenfalls war der Toni Klempner, als er deine Mama kennenlernte.« Erst jetzt bemerkte Tante Maria meine Tränen. »O nein, warum weinst du denn? Ach, ich hätte dir das nicht erzählen sollen … Monika, deine Mama freut sich auf dich. Und der Toni ist heute ein ganz bekannter Mann. Er ist ein erfolgreicher Skifahrer. Und wenn du die beiden morgens nur ordentlich wachrüttelst, wird schon alles gut.« Sie hatte mir ein Taschentuch mit Stickerei darauf gereicht, und ich tupfte mein Gesicht trocken. Das mulmige Gefühl aber blieb.

Onkel Werner dachte, ich schliefe, und stupste mich an. »In ein paar Minuten sind wir in Oberstdorf.« Nun konnte ich meine Aufregung und Freude kaum noch aushalten. Wie gut, dass ich das Taschentuch von Tante Maria hatte mitnehmen dürfen. Ob Mama da sein würde? War sie auch so aufgeregt? Freute sie sich? Ein bisschen wenigstens?

Der Zug wurde langsamer und als wir in den Bahnhof einfuhren, stand ich am Fenster und betrachtete im Vorbeirollen die wenigen Wartenden auf dem Bahnsteig … Und dann stellte ich mir vor, wie es sein würde, und sah schon im nächsten Augenblick Mamas blondes Haar und ihr wunderschönes Gesicht. Da war sie, meine Mama, im schwachen Licht unter einer der Laternen, und sie wartete auf mich …

»Monika, jetzt haben wir keine Zeit zum Träumen«, sagte Onkel Werner und lachte. Der Zug stand bereits, und die ersten Reisenden waren ausgestiegen. »Beeil dich!« Onkel Werner schob mich zum Ausgang vor sich her. Neblige Abendluft schlug uns an der Tür entgegen. »Vorsicht, die Stufen sind hoch«, sagte er hinter mir. Und gerade als ich den letzten Tritt hinunterstieg, tauchte wie aus dem Nichts plötzlich eine dunkle Gestalt auf, drückte mich an sich und küsste mich. Volle, raue Männerlippen auf meinem kalten Mädchenmund. Der Mann lachte, ich rang nach Luft. »Willkommen in Oberstdorf, Monika«, sagte der Fremde. »Grüß Gott, Werner, wie war die Fahrt?«

»Grüß dich, Toni. Danke, danke … Monika, das ist der Toni, dein neuer Papa.«

Ich traute mich kaum, ihn anzuschauen, sah nur die schwarze Locke, die ihm in die Stirn fiel und im Schein der Bahnhofslichter glänzte. Das Gesicht im Schatten war nicht zu erkennen. Noch bevor sich mein Atem beruhigt hatte, griff er nach meiner Hand. »Du zitterst ja!« Er legte den Arm um mich und hielt mich den ganzen Weg an seiner Seite, während er uns durch die spärlich beleuchteten Straßen von Oberstdorf führte. Ich tippelte wie aufgezogen neben ihm her.

»Dort wohnen wir, dort ist jetzt auch dein Zuhause«, sagte Toni, und zeigte auf ein hell erleuchtetes weißes Haus mit Holzbalkonen. Ich reckte den Hals, aber an keinem der Fenster war Mama auszumachen. Ging es ihr nicht gut? War sie deshalb nicht mit zum Bahnhof gekommen? Ich war in Gedanken nur noch mit ihr beschäftigt und folgte Toni und meinem Onkel, ohne mich in dem Haus umzuschauen.

»Schwesterchen, ich hab dir jemand mitgebracht.« Die Worte von Onkel Werner holten mich schlagartig zurück ins Jetzt. Und als Toni und Onkel Werner zur Seite traten, sah ich sie. Auf einem großen Bett, nur eine kleine Nachttischlampe brannte, saß sie und drehte sich zu mir um. Überwältigt von Gefühlen, meinte ich, meine Beine würden einknicken. Mir war schwindelig vor Glück. Sie war es. Ich war wieder bei meiner Mama.

Sie stand auf und kam mit ruhigen Schritten auf mich zu. Ihr blondes Haar lag in Wellen, sie war wunderschön, viel schöner als die Russin. Und vor allem, ich erkannte sie wieder, nicht nur das Haar, ihr Gesicht, sondern auch ihre Art sich zu bewegen, und ich war erfüllt von einem Gefühl der Wärme, wie ich es nie zuvor erlebt hatte und nie wieder danach erleben würde. Sie nahm mich in den Arm, und wir weinten. Wir wollten uns nicht mehr loslassen, vielleicht auch aus Angst, die andere würde allein den Halt verlieren. Es war, als bliebe die Zeit in diesem Augenblick stehen. Könnten wir doch nur in dieser Umarmung all die verpassten Jahre nachholen ... Als wäre nie etwas anderes gewesen, nie etwas Schlimmes geschehen ... Unter Tränen sog ich Mamas Duft ein und vergrub mein Gesicht im Stoff ihres Kleides. Jetzt gab es nur uns beide. Und bei diesem ersten Wiedersehen war es gleichgültig, warum sie mich nicht gesucht hatte. Ich war einfach nur beseelt davon, dass ich sie wiedergefunden hatte. All die Jahre hatte ich mich so sehr danach gesehnt, von ihr im Arm gehalten und beschützt zu werden, geliebt zu werden.

Onkel Werner und Toni sagten, sie ließen uns mal allein, und ich dachte, wir wären die Einzigen in dem Schlafraum, doch auf einmal war ein leises Jauchzen hinter Mamas Rücken zu hören. Jetzt blickte sie mich lächelnd an, und ich schaute in ihre strahlend blauen Augen; sie hielt mit einer Hand mein Gesicht, mit der anderen wischte sie mir die Tränen ab, so wie sie es früher immer gemacht hatte. Dann zog sie mich zu einem Kinderbettchen hinüber, in dem ein kleines Mädchen stand. Ganz bezaubernd sah es aus mit den schwarzen Haaren und den großen dunklen Augen. Im Halbdunkeln hinter dem Bett stand ein Junge. »Monika, das ist dein Bruder Thomas«, sagte Mama mit brüchiger Stimme. »Und die Kleine ist deine Schwester Marion ... Kinder, das ist Monika, eure große Schwester.« Sanft schob sie mich nah zu den beiden heran. »Sie haben sich schon den ganzen Tag auf dich gefreut.« Ich streichelte meinen Geschwistern zur Begrüßung über die Haare. Marion versuchte, einen meiner langen Zöpfe zu erwischen, und fragte in noch ungelenker Kindersprache, ob sie mich kämmen dürfe. Aber Mama antwortete für mich, jetzt sei Schlafenszeit, morgen vielleicht.

Während sie die Nachttischlampe mit einem Tuch abdeckte, sodass für Marion ein orangefarbener Lichtschimmer als Einschlafhilfe blieb, sagte ich der Kleinen Gute Nacht. Aber sogleich zog mich Thomas am Ärmel: Er wollte mir mein Zimmer zeigen. »Geht nur«, sagte Mama, als sie merkte, dass es mir schwerfiel, das Zimmer ohne sie zu verlassen. »Geht nur, ich rufe euch gleich zum Essen.«

Mein Koffer stand bereits in dem Zimmer, in das Thomas mich führte und das neben seinem lag. Er plapperte die ganze Zeit, ich tat aber meist nur, als würde ich ihm zuhören, denn mein Kopf platzte beinahe, so viel Neues hatte ich zu sortieren. Mein Zimmer gefiel mir sehr gut, vor allem das hübsche Himmelbett. Schon bei Onkel Werner und Tante Maria hatte ich über die modernen Möbel gestaunt. Dort war es zwar beengter gewesen als in Zuchau, aber es war alles so neu und gepflegt! Im Haus von Toni und Mama gab es nun Platz *und* eine moderne Einrichtung, so etwa ein großes Badezimmer mit richtiger Toilette, das man abschließen konnte. Sich ungestört waschen und zum Klo gehen zu können, empfand ich als ein großes Stück Freiheit, das gegen nichts aufzuwiegen war. Voller Freude legte ich unter den Blicken von Thomas meine Kleider in den mit Blumenmuster bemalten Kleiderschrank, dessen Fächer alle leer waren, weil ich ihn mit niemandem teilen musste.

»Thomas, Monika, kommt zum Essen!«, rief Mama, und Thomas brachte mich ins Wohnzimmer, wo auch ein Esstisch stand, der für alle gedeckt war. »Monika, das ist Annemarie«, sagte Onkel Werner. Annemarie, ein Mädchen, das vielleicht zwei oder drei Jahre älter war als ich, stand auf und reichte mir lächelnd die Hand. »Ich hoffe, ihr beiden werdet euch gut verstehen«, sagte Mama. »Annemarie soll sich bei uns genauso zu Hause fühlen wie unsere eigenen Kinder, ihre Eltern sind beide verstorben«, erklärte sie. Annemarie lächelte tapfer weiter, senkte dabei aber den Kopf und setzte sich wieder an den Tisch.

Verstohlen sah ich zu meinem Stiefvater hinüber. Er lachte unbekümmert mit Onkel Werner, während er sich einen Rest Wein in sein Glas goss. Mama zeigte mir meinen Platz. »Gib Monika auch ein Glas Wein, Toni«, sagte sie. »Ich möchte heute mir ihr anstoßen.« Sie lachte und zwinkerte mir zu. Ich wollte etwas einwenden, schwieg aber.

»Annemarie, sei so lieb, und geh in den Keller und hol uns eine neue Flasche Wein rauf, aber von dem guten. Wir haben etwas zu feiern, wir haben nämlich ein großes Kind bekommen.« Toni prostete mir zu.

Nachdem Annemarie den Wein gebracht hatte und Toni mir davon einschenken wollte, überwand ich mich und sagte leise, um ihn nicht zu verärgern: »Ich trinke keinen Wein. Bei den Nonnen darf ich sicher auch keinen Wein trinken.«

»Aber wir sind hier doch nicht bei den Nonnen!« Toni lachte laut auf.

»Du darfst trinken, was du möchtest«, sagte Mama. Und Onkel Werner erklärte: »Ihr müsst wissen, Monika kommt aus einem streng katholischen Haus und sie will Nonne werden. Sie möchte einmal Kindern helfen, die ohne Eltern aufwachsen.« Einen kurzen Moment lang herrschte betretenes Schweigen. »Aber da sie nun ihre Mama wiedergefunden hat, wollte sie erst einmal nach Hause zu ihr. Nicht wahr, Monika? Und möchtest du Wasser oder Tee? Das hast du bei uns doch auch beides getrunken.«

»Wasser, danke«, antwortete ich.

Nun begannen alle zu essen, nur ich zögerte. Hier gab es wieder andere Dinge zu essen als in Nürnberg, und es waren so viele verschiedene Sachen auf dem Tisch, dass ich gar nicht wusste, wovon ich nehmen sollte. Dann entschied ich, dass mir Brot und Butter bei der Aufregung reichten, die mir sicher auch wieder auf den Magen schlagen würde.

Die Erwachsenen unterhielten sich während des Essens und lachten viel; Mama streichelte mir hin und wieder über mein Haar, und ihrem Bruder Werner legte sie zwischendurch ihre Hand auf die seine.

Ich erfuhr, was ich auch schon von Tante Maria erzählt

bekommen hatte, nämlich dass Annemarie morgens das Modegeschäft von Mama und Toni öffnete und später dann, wenn die beiden im Laden waren, hier den Haushalt machte. Mir wurde dieses ganze Gerede und Lachen bald zu viel, doch ich wagte es nicht, zu fragen, ob ich mich zurückziehen dürfe. Ich war sehr erleichtert, als Thomas ins Bett wollte und fragte, ob ich auch müde sei.

»Ja, du bist sicher völlig geschafft von den vielen neuen Eindrücken«, sagte Onkel Werner, und ich nickte.

»Aber ihr geht nicht, ohne uns ein Gute-Nacht-Busserl zu geben!«, rief Toni.

Ich zuckte zusammen. *Was* wollte er?

»Lass sie gehen«, sagte Onkel Werner. »Es ist doch alles noch so neu für Monika.« Mama stand auf und nahm mich in den Arm, und ich atmete noch einmal tief ihren Geruch ein.

Warum hast du mich nicht gesucht, Mama? Diese Frage stellte ich meiner Mutter weder am nächsten, noch am übernächsten Tag noch überhaupt in meinem Leben. Wir sprachen über vieles, Mama fragte nach den Pflegeeltern, nach dem Hof der Koehlers und ihrem Landbesitz, nach meiner Schulbildung, nach dem Kinderheim, nach meinem Berufswunsch, Nonne zu werden, worüber sie aber eher schmunzelte. Ich beantwortete brav all ihre Fragen und vertraute ihr meine Probleme mit dem Essen an und dass diese von dem Hunger herrührten, den ich in Russland hatte leiden müssen. Am Tag nach meiner Ankunft redeten wir viele Stunden miteinander; immer wieder wollte sie noch etwas wissen. Und eines Abends fragte sie mich nach ihren Eltern.

Da musste ich schlucken. Ich wusste nicht, was ich ihr erzählen sollte, was ich aussprechen konnte, was sie wirklich wissen wollte. Ich fing damit an, dass Opa gedacht hatte, es käme noch eine Lieferung Heu. Und dann saßen wir beide auf ihrem Bett im Elternschlafzimmer und weinten, während ich von den Russen sprach, ihren Gewehren, den Schüssen und wie plötzlich alle tot dalagen, Elsa und die Großeltern. Und zum ersten Mal erwähnte ich Peter, unser Peterchen. Mamas Peterchen. Und ich versicherte ihr, dass ich auf ihn aufgepasst hätte, aber dass er auf der langen Fahrt nach Russland krank geworden sei und man ihn mir dann weggenommen habe. Ein Tränenstrom brach bei diesen Worten aus mir heraus, ein Tränenstrom, der wohl alles mit betrauerte, was noch geschehen war, über das ich aber nie, nie, nie mit jemandem sprechen wollte. Ich wollte es vergessen, ich wollte nicht mehr zurück in den Gulag, nicht im Leben und nicht in der Erinnerung. Der Gulag war vorbei. Ich schwieg auch über die Züchtigungen durch den Pflegevater; auch diese waren nun Vergangenheit, freiwillig würde ich dorthin nicht zurückgehen.

Mama weinte mit mir, als ich von Peter erzählte, aber weinte sie auch um Peter? Sie sprach nie wieder von ihm. Ich war sehr mit mir selbst beschäftigt; vielleicht bemerkte ich deshalb nicht, dass die Fragen meiner Mutter nur die Ränder betrafen. Wir redeten um die eigentlichen Fragen herum, um die Geschehnisse, die sich tief in meine Seele gebohrt hatten. Und ich meinte zu spüren, dass sie selbst keine Fragen hören wollte, die mit unserer Trennung zu tun hatten. *Wo bist du damals mit Onkel Fritz hin? Wo hast du während des Krieges gelebt? An welchen Orten danach? Hast du oft an mich gedacht? Hast du mich vermisst? Hast du Angst um mich gehabt? Hast du mich vergessen? Warum hast du mich nicht gesucht?* Lauter ungestellte Fragen.

In Oberstdorf erlebte ich zum ersten Mal seit langer Zeit wieder so etwas wie ein glückliches Familienleben. Es wurde viel gelacht, die Kinder durften sich bei Tisch unterhalten und wurden nie geschlagen. Auch hier übernahm ich bald schon Aufgaben im Haushalt, die ich gern erledigte. So kannte ich es ja auch. Dennoch gab es schwierige Situationen. Das erste Wochenende in Oberstdorf etwa begann vielversprechend. Ich wurde von der Sonne, die durchs Fenster schien, geweckt, und im ganzen Haus roch es nach Hefegebäck. Diesen Geruch kannte ich vom Buchtelnbacken der Pflegemutter. Ich sprang aus meinem weichen Himmelbett, streifte die Berglandschaft, die man durchs Fenster sah, nur mit einem kurzen Blick und öffnete leise die Tür zum Flur. »Riechst du den Zopf, den Mama gebacken hat? Komm schnell, damit wir noch etwas abkriegen.«

Noch bevor ich fragen konnte, was für einen Zopf Thomas denn meinte, zog er mich hinter sich her in die Wohnküche, wo Mama, Toni und Marion bereits am Frühstückstisch saßen.

»Guten Morgen, Monika, setz dich zu mir!«, rief Mama. »Hast du gut geschlafen? Schau mal, was ich für dich gebacken habe. Mit Butter und Marmelade ist der Hefezopf ein Gedicht …«

Meine Blicke suchten den Tisch ab, der wie bei allen Mahlzeiten so voll war mit Leckereien, dass ich das geflochtene Gebäck auf der Glasplatte nicht sofort entdecken konnte. Hier im Allgäu schien es alles in Hülle und Fülle zu geben. Zucker zum Beispiel, den hatten wir in Zuchau nur selten bekommen, hier in Oberstdorf stand er in einem Kristallschälchen mitten auf dem Tisch. Jeder konnte sich davon nehmen, auch die Kinder brauchten nicht darum zu bitten.

Mama hielt mir eine Scheibe von dem Hefegebäck hin und fragte: »Du magst doch Zopf, oder?« Ich nickte, obwohl ich bei dem Wort »Zopf« auch zusammengezuckt war, denn in Zuchau hätte ich niemals ungewaschen und ungekämmt am Frühstückstisch Platz nehmen dürfen. Ich saß jetzt wie versteinert auf meinem Stuhl und hielt meine Zöpfe und die Strähnen, die von der Nacht noch heraushingen, fest.

»Monika, was ist denn? Magst du den Zopf nicht?« Ich wollte das Wort am liebsten nicht mehr hören. Ich war völlig verwirrt und wäre am liebsten wieder aufgestanden und erst einmal ins Bad gegangen. Aber ich traute mich nicht. Ich traute mich auch nicht, darüber zu sprechen, was mich bewegte. Ich war völlig durcheinander. Mama hatte mir inzwischen die Scheibe mit Butter und Marmelade bestrichen und sie mir auf meinen Teller gelegt. Aber ich schaffte es nicht, mit dem Essen zu beginnen. Solange in meinem Kopf ein solches Chaos herrschte, würde ich keinen Bissen hinunterbekommen. »Ich habe die Haare noch gar nicht geflochten«, sagte ich, weil mich alle anschauten und darauf warteten, dass ich entweder zu essen begann oder mitteilte, was mich davon abhielt. »Will auch so lange Haare haben«, sagte Marion, die in einem Kinderstühlchen neben mir saß.

»So lange Haare machen nur Umstände«, äußerte sich meine Mutter plötzlich und klang ungewohnt streng. »Wir werden deine Haare in der nächsten Woche abschneiden lassen; ich kann sie dir nicht jeden Morgen flechten, und allein kommst du damit nicht zurecht.«

Hatte sie das wirklich gesagt? Meine Haare sollten abgeschnitten werden? Seit Russland war das mehr als ein sensibles Thema für mich. Und in Zuchau hatte ich, nachdem ich mir einmal eine kleine Strähne selbst abgeschnitten hatte, weil ich einen Pony haben wollte, den Siebenzagel zu spüren bekommen. »Der Pflegevater hat aber verboten, meine Haare abzuschneiden«, sagte ich.

Mama und Toni lachten. »Jetzt bist du bei uns. Und solche Verbote kennen wir nicht.« Toni räusperte sich amüsiert.

Ich saß mit hängendem Kopf über meinem Teller und versuchte, die Tränen hinunterzuschlucken. Da hielt mir Marion ein Stückchen von ihrem Zopfgebäck hin, aber ich sagte bloß »Danke« und dass ich nicht hungrig sei.

Wenn wenigstens Onkel Werner noch da gewesen wäre, vielleicht hätte er zu mir gehalten.

In ihrem Schlafzimmer hatte Mama an einem der nächsten Tage lauter Kleidungsstücke für mich bereitgelegt. »Komm, probier mal an«, sagte sie. Ich blieb wie angewurzelt im Raum stehen, und Mama, die meinte, ich würde mich vor den Geschwistern schämen, schickte Thomas mit Marion zu Toni ins Wohnzimmer. Dann zog sie mich zu sich heran und zeigte noch einmal auf das Bett, auf dem ein weißes Hemdchen, ein weißes Höschen mit Spitze, Söckchen und ein hellblaues Kleid mit Blumenmuster und einem weißen Bluseneinsatz sowie eine Schürze lagen. Solche Art Kleidung hatte ich noch nie gesehen. Vor allem das kleine Höschen … Es würde mir sicher gar nicht passen, hoffte ich. »Ich hab doch noch gar keinen Namenstag«, sagte ich verlegen und um etwas Zeit zu schinden.

»Ach, wir feiern doch lieber deinen richtigen Geburtstag, im November, am 29. November.«

Für einen Moment vergaß ich die Wäsche auf dem Bett und fiel Mama um den Hals. »Bekomme ich dann auch rote

Äpfel?«, fragte ich und lachte. »Aber selbstverständlich«, antwortete sie und löste meine Arme von ihrem Hals. »Aber jetzt hopp, hopp, raus aus den alten Sachen.« Und dann stand ich in meiner von Tante Frieda gehäkelten Wollunterhose da, und Mamas Mund verzog sich zu einem breiten Grinsen. »Na, diese Liebestöter sind nun wirklich nichts mehr für ein so hübsches Mädchen wie dich.«

Was meinte sie denn mit »Liebestöter«? Ich trug doch ganz normale Unterhosen. Ich fühlte mich unwohl. Einmal, weil ich mich auch vor ihr nicht ausziehen mochte, aber auch, weil sie mir das Gefühl gab, alles Bisherige sei falsch. Ich sei falsch.

Sie reichte mir das Spitzenhöschen. »Da erkälte ich mich doch!«, versuchte ich es abzuwehren, aber Mama lachte nur. Mit einem Kloß im Hals streifte ich die Häkelhose vom Körper und die neue Wäsche über. Zuletzt hielt sie mir das Kleid hin. »Dies ist ein besonders schönes und teures Dirndl, Monika. So etwas trägt man hier in Bayern. Diesen handbedruckten Stoff gibt es nicht noch einmal, man wird dich darin bewundern.«

Ich fühlte mich nicht wohl in den neuen Sachen, ich kam mir selbst fremd vor. Doch zu meiner Überraschung drehte mich Mama um, und ich sah mich vor ihr, ihre Hände auf meinen Schultern, im großen Spiegel an der Wand. Ich musterte mich eine Weile und atmete erleichtert auf. Was ich sah, gefiel mir. »Nun musst du nur noch die Schuhe anprobieren. Hier, Monika. Aber die sind nur für draußen, hier im Haus ziehen wir Hausschuhe an.« Ich konnte es kaum glauben, was für feine weiße Schuhe ich anziehen sollte. Sie hatten einen flachen hellbraunen Absatz. Hoffentlich würde ich sie nicht schmutzig machen.

Als wir in die Küche kamen, wo Toni mit den Kindern wartete, riefen alle durcheinander, wie schön ich aussähe. Toni rutschte auf seinem Stuhl ein wenig zur Seite und gab mir ein Zeichen, dass ich zu ihm kommen solle. »Lass dich mal ansehen!«, rief er. Mit zögerlichen Schritten ging ich zu ihm. Und ich war noch nicht ganz in seiner Nähe, da zog er mich auf seinen Schoß. Lachend rief er: »Und? Wie steht mir meine große Tochter?« Auch die anderen lachten, und Toni scherzte weiter. Doch Mama schien zu bemerken, dass ich mich nicht wohlfühlte. »Ach, Toni, lass Monika runter, ihr kennt euch doch noch gar nicht richtig.«

Er folgte Mamas Bitte sofort, und ich atmete erleichtert auf. Seltsam, dass ich die Nähe zu meinem neuen Papa zwar noch unangenehm fand, aber gar nicht gezittert hatte. Dieses Zittern, das ich bei den Soldaten und dem Pflegevater und überhaupt bei Männern hatte. Ein Zittern, das mit allem rechnete. Wie gern würde ich endlich einmal wieder einen lieben Papa haben, wie mein Papa im Himmel einer gewesen war.

»So, Toni«, sagte Mama. »Ich gehe mit Monika heute Vormittag noch zum Friseur. Marion nehmen wir mit. Wir treffen uns dann um halb zwei zum Mittagessen beim Fellhornwirt.« Und als wir aus der Tür gingen, rief sie noch: »Und kommt nicht zu spät, sonst schließt die Küche.«

Ich wusste nicht, was der Besuch bei einem Friseur für mich bedeutete, ich wusste ja gar nicht, was ein Friseur war, und ging froh gelaunt mit Mama, die Marion an der Hand hielt, durch den Ort. Sie trug ebenfalls ein Dirndl und sah umwerfend aus. Ihre ganze Person strahlte, und sie erregte geradezu Aufsehen, während wir durch die Straßen gingen. Und auch die kleine Marion mit ihrem lockigen Haar zog bereits Aufmerksamkeit auf sich. Sie trug ein hellblaues gestricktes Röckchen mit aufgestickten Edelweißblüten, dazu ein Spitzenblüschen und eine Weste passend zum Rock darüber. Kein Wunder, dass auch ich neu eingekleidet worden war: Neben den beiden hätte ich sonst wie eine Dienstmagd ausgesehen. Und ein bisschen hatte ich mich auch so gefühlt. Zumindest kam es mir stimmiger vor, wenn ich im Haushalt half, als wenn ich neben Mama durch Oberstdorf flanierte. Alle Leute, die uns begegneten, grüßten die Frau mit der kleinen und der großen Tochter. Mit einigen wechselte sie ein paar Worte und stellte mich sogar vor. Ich wurde jedes Mal rot und knickste höflich.

Vor einem Geschäft, in dessen Schaufenster mehrere Bilder von Frauenköpfen hingen, blieb Mama schließlich stehen. »Schau nur, wie schön diese Frauen die Haare haben«, sagte sie. Zöpfe waren nicht dabei, und mir schwante, was nun folgte.

Kurz darauf saß ich in einen Umhang gehüllt vor einem Spiegel und sah darin mich, Mama und eine Friseurin, die meine Zöpfe in ihren Händen hielt. Marion saß neben mir, ebenfalls auf einem höhenverstellbaren Stuhl, aber ohne Umhang. Die Friseurin öffnete meine Zöpfe, und die beiden Frauen staunten, als meine Haare bis zum Fußboden reichten; so hatte auch Mama sie noch nicht gesehen.

»Und die sollen wirklich ab?«, fragte die Frau überrascht.

»Ja, Monika soll eine flottere Frisur bekommen, eine, für die sie morgens nicht so viel Zeit braucht.« Was ich wollte, schien niemanden zu interessieren. Trotzdem wandte ich ein, ich könne gern früher aufstehen und meine Haare allein flechten. Aber Mama reagierte nicht darauf. Ich hörte noch, wie sie ungerührt sagte: »Bis da hin, ja, so ist es gut.« Und dann gab es auch schon einen Ruck, und die Friseuse reichte meiner Mutter ein langes Bündel dunkelblonder Haare. Meine Haare.

Ich strich mir ungläubig über meinen Hinterkopf und war so schockiert, dass ich nicht mal eine Träne vergoss. Ich dachte an den Pflegevater und daran, was er sagen würde, an Schwester Maria und die anderen Nonnen, die alle lange Haare hatten und sie zu einem Knoten gebunden unter ihren Hauben trugen. »Wenn mich die Nonnen jetzt nicht mehr nehmen, bist du schuld«, platzte es aus mir heraus.

Mama versuchte nicht, mich zu trösten, sondern entgegnete kühl: »Wenn dich die Nonnen nur wegen deiner Haare haben wollen, dann sollten sie dir gestohlen bleiben. Und überhaupt, da gehst du erst einmal sowieso nicht mehr hin, jetzt bist du bei uns. Also Schluss mit deinen Nonnen.« Damit wandte sie sich zurück an die Friseuse: »Machen Sie ihr eine Dauerwelle, damit sie wenigstens Locken hat. Dann vergisst sie ihren Zopf sicher bald.«

Dauerwelle sagte mir wieder nichts, aber in diesem Moment hörte sich für mich alles böse an, was aus Mamas Mund kam.

»Ich werde diesen Zopf nach Zuchau schicken, dann können deine Pflegeeltern ihn aufheben und an dich denken.« Damit verließ sie, Marion auf dem Arm, den Laden: Sie habe noch etwas zu erledigen.

Nach einer endlosen Tortur mit Gestank, Ziepen und einer brennenden Kopfhaut kam sie endlich zurück und war wie ausgewechselt. »Kind, wie schön du aussiehst!«, rief sie. »Warte nur, du wirst dich ganz schnell daran gewöhnen und froh sein, dass du so eine pflegeleichte Frisur hast. Nun siehst du wie ein richtig großes Mädchen aus.« Sie bezahlte, und wir gingen ein paar Straßen weiter und kehrten in einem Lokal ein, dessen großzügiger Raum wirklich einladend aussah. Hinten an einem großen Tisch warteten Toni und Thomas und winkten uns schon zu. Beide saßen in kurzen Lederhosen mit Trägern da, wie ich es auch auf der Straße bei einigen Männern gesehen hatte. Mama schritt selbstbewusst durch die Mitte des Raums an einem Mann vorbei, der an einem Tischchen vor einem seltsamen Instrument saß. Die Musik, die er machte, gefiel mir. »Das ist eine Zither«, erklärte Toni mir, als wir uns gesetzt hatten. »Hier in Bayern wird in Gaststätten oft Musik gemacht.« Diese gezupften Melodien ließen alle anderen Gedanken verschwinden, sodass ich darüber auch meinen Kummer wegen der verlorenen Zöpfe vergaß. Außerdem war es mein erster Restaurantbesuch überhaupt, und ich staunte über alle möglichen Dinge und Begebenheiten. Nervös wurde ich, als der Kellner die Speisekarte brachte, und Toni mich bat, vorzulesen, was es heute für Gerichte zur Auswahl gab. Wusste er denn nicht, dass ich kaum lesen konnte?

Da mischte Mama sich helfend ein und sagte: »Schau du für dich in die Karte, Toni, die Kinder bekommen alle das Gleiche. Dann gibt es auch keinen Ärger.«

»O ja, Knödel!«, rief Marion, und ich war erleichtert, zum einen, weil ich die Speisekarte an Toni zurückgeben konnte, zum anderen, weil ich Knödel kannte.

Die Limonade, die der Kellner kurz darauf für uns Kinder brachte, war mir eigentlich zu süß, aber ich hätte sie niemals stehen gelassen oder einem anderen Kind gegeben. Toni trank Bier und Mama Sekt. Dieses sprudelnde Getränk schmeckte ihr anscheinend bestens, denn sie bestellte gleich eine ganze Flasche, die in einem Behälter mit Eis auf einem Servierwägelchen neben unserem Tisch stand.

Mama und Toni unterhielten sich angeregt, und es kamen auch immer mal wieder andere Gäste an unseren Tisch. Wir Kinder spielten mit Bierfuizln, wie Toni die Untersetzer für sein Bier nannte. Es war bald später Nachmittag, und ich dachte, wir gingen nun nach Hause, als Toni aufstand, sich kurz mit dem Musiker besprach und dann zu einem Lied zu tanzen begann. Wenn man das tanzen nennen wollte, was er da machte, denn er hopste mehr auf und ab, klatschte dabei jauchzend in die Hände, schlug sich auf die Schenkel, Knie und Schuhsohlen und stampfte mit den Füßen auf. Mama, die Kinder und die meisten anderen Gäste lachten und klatschten den Takt mit. Als Toni wieder an unseren Tisch kam, hingen ihm die Locken lustig in der Stirn. »Komm her, Monika«, sagte er, und ich wäre am liebsten unter dem Tisch verschwunden. Doch schon zog er mich in die Mitte des Raums und drehte mich zur Musik im Kreis, lachte und drehte mich immer wieder, bis mir schwindelig war, dann hob er mich hoch, und nun tanzte er mit mir auf dem Arm immer schneller im Kreis. Meine Füße hingen in der Luft, seine Arme waren um meine Taille geschlungen, meine lagen fest um seinen Hals. Mir wurde schwindelig, und ich hielt meinen Blick auf den tanzenden, lachenden Mann gerichtet. »Papa, nicht so wild!«, rief ich immer wieder, doch jetzt begann auch ich zu lachen. Ich hatte ihn zum ersten Mal Papa genannt. Und ich hatte zum ersten Mal seit langer Zeit aus voller Kehle gelacht und Spaß gehabt. Als die Musik endete, setzte er mich vorsichtig auf meine Füße, verneigte sich vor mir und sagte: »Vielen Dank für den Tanz, schönes Kind.« Ich wankte benommen zu unserem Tisch.

Es dämmerte bereits, als wir uns mit der schlafenden Marion und dem müden Thomas auf den Heimweg machten.

»He, Monika, Langschläferin, du musst aufstehen, ich bin spät dran und muss gleich in den Laden.« Ich hätte tatsächlich verschlafen, wenn mich Annemarie nicht geweckt hätte. Ich rieb mir kurz die Augen, sprang aus dem Bett und ging ins Badezimmer. Als ich mein Spiegelbild erblickte, zuckte ich zusammen. Mit dem lockigen kinnlangen Haar erkannte ich mich im ersten Moment nicht wieder.

Annemarie und ich machten das Frühstück, Thomas und Marion waren ebenfalls wach, und ich überlegte fieberhaft, ob ich nun Mama und Toni wecken gehen sollte. Aber da hörte ich schon ihre Stimmen und atmete erleichtert auf. Tante Maria hatte mit den Geschichten über die beiden wohl übertrieben.

Beim Frühstück wartete ich mal wieder auf einen Moment, wenn die anderen sich unterhielten, und betete stumm, die Hände unter dem Tisch gefaltet. Mama schaute mich hin und wieder an … Ob sie auch nach Ähnlichkeiten suchte wie ich, wenn ich sie ansah? Manchmal wollte ich ihr gern ähnlich sein, aber dann dachte ich daran, wie es sein würde, ein Nonnengewand zu tragen und mich um bedürftige Kinder zu kümmern. Auch für Marion und Thomas sorgte ich; es machte mir Freude, sie zu waschen, ihnen beim Anziehen zu helfen und mit den beiden zu spielen. Doch an diesem Morgen sah Marion blass aus und hustete ein paar Mal. »Na, du wirst dich doch nicht erkältet haben, meine Kleine«, sagte Mama und strich Marion über den Kopf. Solche liebevollen Berührungen gab es selten, nicht nur für mich, auch die beiden Kleinen wurden in dieser Hinsicht nicht verwöhnt. Ich wünschte mir oft, von Mama in den Arm genommen zu werden, abends im Bett stellte ich mir vor, wie sie noch mal in mein Zimmer kam und mich fest drückte und mir einen Gute-Nacht-Kuss gab. Aber sie kam nicht.

In den nächsten Tagen hustete Marion immer häufiger und heftiger; einmal bekam sie fast keine Luft mehr. Mama und ich waren mit ihr zum Arzt gegangen, und es wurde Keuchhusten diagnostiziert. »Am besten, Sie gehen mit dem Kind rauf aufs Nebelhorn. Etwas Besseres als die Höhenluft gibt es nicht«, sagte der Arzt. Und noch am selben Tag stiegen Toni mit Marion auf dem Arm und ich hinauf auf den Berg, wo Toni mir einen wunderschönen See, Unterstände und lauschige Bänke zeigte. Noch war ich das Bergsteigen nicht gewohnt, und es strengte mich an, aber nachdem ich über eine Woche lang mit einem Rucksack auf dem Rücken und Marion auf den Schultern hinauf- und wieder hinuntergewandert war, hatte ich Übung. Oben in den Bergen fühlte ich mich wohl und leicht, in der Einsamkeit, der Stille und der Bergluft und nicht zuletzt in der Natur mit all den Tieren. Manche hatte ich nie zuvor gesehen, etwa die scheuen Gämsen. Und Marion ging es mit jedem Meter höher und mit jedem Tag besser. Wenn wir müde waren, legten wir uns auf eine Wiese, und Marion schlief, während ich den Himmel betrachtete, die weißen Wolken, die manchmal vorüberzogen, und die großen Vögel, die am Himmel ihre Flügel weit spannten. Und dann träumte ich davon, einmal mitzufliegen und in den Himmel zu schauen, wo Papa, die Großeltern und Peter waren.

Als es Marion wieder besser ging, sagte Mama, ich würde im Haushalt gebraucht. Und jetzt bewahrheitete sich doch noch, was Tante Maria geunkt hatte. Wenn Annemarie längst im Laden war und ich den Kindern Frühstück gemacht hatte, lagen Mama und Toni noch im Bett und schliefen ihren Rausch aus, denn sie gingen fast jeden Abend aus und kamen meist erst spät in der Nacht nach Hause. Oftmals mit Gepolter, immer öfter hatten sie auch Streit, dann hörte man sie im Schlafzimmer laut zanken. »Wenn du sie nicht weckst, verlieren sie ihr Geschäft«, hatte Tante Maria gesagt.

Vorsichtig öffnete ich an diesem Morgen die Tür zum Elternschlafzimmer und sagte leise: »Mama, Papa, ihr müsst aufstehen.«

Papa brummte etwas Unverständliches und drehte sich auf die andere Seite. Ich war leise zum Bettende gegangen und überlegte, wen von beiden ich wachrütteln sollte, als Toni plötzlich mit einem lauten »Buh« hochsprang und die Decke von sich warf. Ich wäre vor Schreck beinahe tot umgefallen, und auch Mama war hochgeschossen, als fürchte sie um ihr Leben. Jetzt lachte Toni laut und nachdem Mama sich ereifert hatte, was das alles denn solle, sie hätte ja einen Herzschlag bekommen können, fing auch sie an zu lachen. Ich konnte nun auch nicht mehr anders, und wir lachten alle drei.

Ich entschuldigte mich und wagte nicht zu sagen, dass ich den Auftrag von Tante Maria hatte. Jedenfalls war es das erste und für die nächste Zeit auch letzte Mal, dass ich solch einen Weckversuch startete.

Immer häufiger schlich sich nun morgens Thomas in mein Bett, zum Kuscheln, auch er bekam nicht wirklich viele Streicheleinheiten von Mama. Aber eines Morgens bat er mich, dass ich ihm aus einem Buch vorlese. Ich schämte mich sehr, dass ich als große Schwester nicht gut lesen konnte, sodass ich es ihm mit einer Ausrede verweigerte. Nach einer Weile ging die Tür auf, und zu meinem Erstaunen kam Mama ins Zimmer. Um diese Uhrzeit schlief sie sonst noch. »Na, ihr beiden? Was macht ihr denn für Gesichter«, sagte sie und setzte sich auf die Bettkante an meiner Seite.

»Ach, nichts«, sagte Thomas. Ich schwieg.

»Aber ich sehe doch, dass du etwas hast, Thomas.«

»Monika will mir nichts vorlesen«, hauchte Thomas.

Mama blickte mich zornig an. »Ich glaube, du hast deinen Bruder nicht lieb.«

Und dann rief sie: »Los, sag dass du deinen Bruder lieb hast!«

»Ich weiß es noch nicht«, sagte ich trotzig. Die Ohrfeige, die sie mir gab, knallte laut. Thomas sprang auf und rief, dass sie mir nicht böse sein solle. Ich würde ihm sicher morgen vorlesen. Ich hielt mir die Wange. Mama war längst vom Bett aufgesprungen und zur Tür gegangen, als ich mich sagen hörte: »Du darfst mich nicht schlagen. Niemand darf mich mehr schlagen.«

Mama knallte die Tür von außen ins Schloss, Thomas lief hinter ihr her, endlich war ich allein. Allein mit meiner Wut, allein mit meiner Enttäuschung und Traurigkeit.

Über diesen Vorfall am Morgen verlor keine von uns jemals ein Wort. Es gab keine Erklärungen, kein »Es tut mir leid«.

Von nun an sprach ich abends, wenn die Sterne am Himmel zu sehen waren, wieder häufig mit meinem Papa im Himmel. Und es waren oft Sterne am Himmel, denn es gab viele klare Sommernächte in diesem Jahr. Erst mit dem Herbst zog sich der Himmel tagsüber wie auch nachts häufiger zu, und ich suchte den graublauen Nachthimmel vergeblich ab.

»Wir haben uns überlegt, dass du das Befeuern des Ofens als Aufgabe übernehmen könntest. Jetzt wird es langsam kälter. Du musst regelmäßig nach dem Feuer schauen, es darf in der Nacht nicht ausgehen«, sagte Mama eines Tages. »Annemarie zeigt dir alles.«

Der Keller, in den mich Annemarie führte, war bei Weitem nicht so unheimlich wie der Keller in Zuchau. Es gab hier getünchte Räume, in einem kleineren Raum standen Tonis Skier, in einem größeren lagerten Möbel, sodass es fast schon wohnlich aussah. Auch Annemarie hatte hier Möbel aus ihrem Elternhaus untergestellt.

Von nun an ging ich jeden Abend in diesen Keller und legte Holz nach. Und wenn die Flammen hochflackerten, schlug ich schnell die Ofentür zu, denn immer noch überkam mich bei züngelnden Flammen oder offenem Feuer Panik, und die Bilder vom brennenden Hof meiner Großeltern drängten sich in mein Gedächtnis.

Immer öfter hatte ich das Gefühl, dass ich für meine Mutter nicht mehr war als eine Hilfe im Haushalt, auch wenn ich mir die Arbeit mit Annemarie teilte. Liebe wurde mir jedenfalls nicht zuteil, dabei sehnte ich mich doch so sehr danach: nach einer Umarmung, einem zärtlichen Blick, nach Lob und Anerkennung oder einem lieben Wort. Jetzt hing ich häufig traurigen Gedanken nach. So auch an diesem Tag, als ich nach dem Spülen und Aufräumen in der Küche das Bad putzte, das nach Mamas Parfüm duftete.

»Monika, kommst du mal ins Wohnzimmer!« Mama hatte mit Toni und den Kleinen einen Einkaufsbummel gemacht, den Laden hatten sie heute gar nicht erst geöffnet. Er laufe nicht besonders und sie wollten sich nach etwas anderem umschauen, hatte sie am Morgen verkündet.

Lustlos ging ich ins Wohnzimmer, wo zu meinem Erstaunen alle erwartungsvoll um den Tisch saßen. Es standen zwei Einkaufstüten auf dem Boden. »Na, du guckst aber mürrisch. Das wird sich sicher gleich ändern«, sagte Mama und reichte mir die Tüten. Ich nahm sie und öffnete die erste unsicher. Es war ein Paar roter Schuhe mit hohem Absatz darin. Ich hätte lieber nicht hineingeguckt. Was sollte ich damit?

»Ja, Monika, freust du dich denn gar nicht?«, rief nun Toni. »Wir wollen dich und Annemarie heute Abend mit zum Tanzen nehmen, Annemarie probiert ihre neuen Sachen schon in ihrem Zimmer an.«

»Anziehen, anziehen!«, rief Marion aus ihrem Kinderstuhl.

Aus der zweiten Tasche zog ich ein feines schwarzes Ausgehkleid und seidene Unterwäsche hervor. Trotzdem kam keine Freude in mir auf. »Auf den Schuhen kann ich bestimmt nicht gehen, da falle ich mit um«, sagte ich verzweifelt.

»Geh erst einmal in dein Zimmer, und probier alles an.« Mama nickte mir aufmunternd zu.

Als ich die Zimmertür hinter mir geschlossen hatte, warf ich mich aufs Bett. Was sollte ich mit diesen Sachen? Das waren doch keine Mädchenkleider! Was würden der Pflegevater und die Nonnen dazu sagen? Das erste Mal seit Langem kaute ich an meinen Nägeln. Aber diesmal aus Nervosität.

»Monika, kommst du zurecht?«, rief Mama.

»Ja, ich komme gleich!« Ich hatte keine Wahl, stieg aus meinem Kleid und meiner Wäsche und zog die neuen Sachen über. So weit wie möglich schloss ich den langen Reißverschluss auf dem Rücken, ein Stück blieb offen. Meine Hände tasteten über mein Dekolleté. Das Kleid war entweder zu groß oder fehlerhaft. Die Brust war höchstens halb bedeckt.

Es klopfte leise, und Annemarie kam herein. Sie trug ebenfalls ein schwarzes Kleid, und auch ihr Ausschnitt war mehr als großzügig bemessen. Sie lächelte unbeholfen und stakste auf schwarzen Stöckelschuhen in mein Zimmer. Oje, die Schuhe … Widerwillig schlüpfte ich erst in den rechten, dann in den linken roten Pumps. Der rechte saß enger als der linke. Ich setzte einen Fuß vor den anderen, erstaunlich, wie gut ich in diesen Damenschuhen stehen und gehen konnte. Das hatte ich nicht erwartet. »Du siehst wunderschön aus«, sagte Annemarie.

»Du aber auch«, gab ich zurück. Und dann stellten wir uns vor den großen Spiegel in der Kleiderschranktür. Wir sahen wie junge Damen aus und nicht mehr wie zwei Mädchen, die im Haushalt halfen. Kichernd gingen wir ein paar Schritte auf und ab. Nur, warum mussten meine Schuhe ausgerechnet dieses leuchtende Rot haben? Ich hätte auch lieber schwarze Schuhe getragen. Das Rot wirkte unanständig auf mich.

Gemeinsam gingen wir zu den anderen, und wahre Jubelstürme brachen los. »Du siehst aus wie deine Mama, als ich sie kennengelernt habe. Du bist genauso schön!«, rief Toni mir zu.

»Na, ein bisschen jünger ist sie, als ich es damals war«, sagte Mama. »Aber unsere Ähnlichkeit können wir wirklich nicht verleugnen.« Sie lachte. »Na, dann machen wir uns auch mal fertig, Toni. Und ihr beiden dürft heute ein bisschen länger aufbleiben, die Resi kommt und passt auf euch auf.« Das Letzte hatte sie zu Thomas und Marion gesagt.

Schon auf dem Marktplatz war die Musik zu hören. Annemarie und ich stöckelten hinter Mama und Toni her in das

Lokal, wo wir nach dem Ablegen unserer Mäntel von mehreren Leuten herzlich begrüßt wurden. »Barbara, deine Tochter ist dir ja wie aus dem Gesicht geschnitten! Warum hast du sie uns nur so lange vorenthalten?«, fragte der Besitzer der Tanzbar. Georg Schmied, so der Name des Mannes, den uns Toni vorstellte, nahm meine Mutter lachend in den Arm. »Jetzt hat der Toni vier schöne Frauen um sich, das ist ungerecht, ich habe nur eine zu Hause.« Alle lachten, und auch ich musste schmunzeln, die kleine Marion hatte er wohl mitgezählt.

»Ich hab euch euren Stammplatz reserviert«, sagte Georg Schmied und fügte hinzu: »Barbara, die Kapelle wartet schon.«

Mama verdrehte die Augen, aber dann schritt sie lachend zu dem freien Tisch hinüber, und ich beobachtete, wie ihr einer der Musiker – sie trugen alle feine schwarze Anzüge und weiße Hemden mit Krawatten – etwas ins Ohr sagte. Danach gab er ihr das Mikrofon, und die Kapelle begann ein neues Lied zu spielen.

Früher hatte mir Mama Kinderlieder vorgesungen, und ich hatte es geliebt, aber jetzt sang sie wie eine echte Sängerin, und das ganze Lokal schaute gebannt zu ihr hinüber. Toni hatte sich in ihre Nähe gestellt und himmelte sie geradezu an und während sie sang, ging sie die wenigen Schritte zu ihm, legte ihre Hand auf seinen Arm und blickte ihn verführerisch an.

Wir kamen von Süden und Norden,
mit Herzen so fremd und so stumm.
So bin ich die Deine geworden,
und ich kann dir nicht sagen warum.

Denn als ich mich an dich verloren,
hab ich eines andern gedacht.
So ward die Lüge geboren,
schon in der ersten Nacht.

Nur nicht aus Liebe weinen,
es gibt auf Erden nicht nur den einen.
Es gibt so viele auf dieser Welt,
ich liebe jeden, der mir gefällt!

Und darum will ich heut dir gehören,
du sollst mir Treue und Liebe schwören,
wenn ich auch fühle, es muss ja Lüge sein,
ich lüge auch und bin dein.

Der Beifall und die anerkennenden Rufe wollten nicht verebben. Doch Mama schüttelte lachend den Kopf, eine Zugabe würde sie anscheinend nicht geben. Ein Kellner brachte eine Flasche Sekt im Eiskübel, und Mama ließ sich einschenken und prostete dem Publikum dankend zu. Die Kellner wuselten um uns herum und servierten Häppchen, die hübsch dekoriert auf Tellern lagen. Toni reichte Annemarie und mir ein Glas mit feinem Stiel, wie es auch Mama in der Hand hielt. Feine Luftblasen stiegen in dem Getränk auf, wie bei Mamas Sekt. *Ob auch wir …* Ich konnte den Gedanken nicht zu Ende denken, denn schon stießen wir miteinander an, und alle setzten die Gläser an die Lippen. Ich zögerte noch, nahm dann einen Schluck, und sofort spürte ich ein Kribbeln auf der Zunge und am Gaumen, wie ich es von keinem anderen Getränk her kannte. Als Toni meinen entsetzten Blick bemerkte, stieß er mir lachend in die Seite und rief gegen die

Musik an: »Heute wird gefeiert, wir trinken, essen und tanzen bis in die Nacht hinein.« Und im nächsten Augenblick nahm er mir das Glas aus der Hand, stand auf und verneigte sich vor mir. »Darf ich bitten?«

Ich wusste nicht, was er von mir wollte. Aber da hatte er mich schon auf die Tanzfläche gezogen, und ich erinnerte mich an den Nachmittag beim Fellhornwirt, doch diesmal brauchte ich nur in seinem Arm zu liegen, und wir schwebten über die Tanzfläche. So kam es mir zumindest vor. »Du lernst schnell, Monika. Das gefällt mir«, raunte er mir ins Ohr, und ich schämte mich und fühlte mich zugleich geschmeichelt. Wir tanzten immer weiter, und auf einmal sah ich Annemarie mit einem jungen Mann auf der Tanzfläche. Und da war auch Mama im Arm von Herrn Schmied. »Ich muss mich mal setzen«, sagte ich nach dem vierten oder fünften Tanz, ich wollte Mama nicht verärgern, bestimmt würde sie auch gern mit Toni tanzen. Ihn schien das nicht zu interessieren, denn er bettelte, dass wir noch nicht aufhören sollten, und drückte mich noch fester an sich. Das schöne Gefühl, geborgen in seinem Arm zu liegen, verwandelte sich abrupt in ein angstvolles Zittern. Ich drängte, dass wir wieder zu unserem Tisch zurückgingen. Und zum Glück kam mir Mama zu Hilfe, die uns zur Bar hinüberwinkte. Erleichtert stellte ich mich an ihre Seite und vermied es, Toni anzuschauen. Erst jetzt fühlte ich, wie sehr meine Füße schmerzten. Spätestens auf dem Nachhauseweg musste ich diese verfluchten Schuhe ausziehen.

Ich lag eine Weile im Bett und versuchte, trotz der bunten Bilder in meinem schweren Kopf endlich einzuschlafen, als mir der Ofen einfiel. Ich hatte das abendliche Anschüren vor lauter Aufregung über den Abend völlig vergessen. Mein Herz schlug heftiger; was, wenn es am Morgen in der Wohnung kalt war? Würde ich Schläge bekommen? Barfuß, mit Blasen an den Füßen und im Nachthemd schlich ich durch die dunkle Wohnung und in den Keller hinunter, wo ich in allen Räumen das Licht einschaltete. So wurde es zwar nicht taghell, aber immerhin nicht so düster wie in den Baracken oder im Keller in Zuchau.

Müde tappte ich auf dem kalten Steinboden zum Ofen und tatsächlich, das Feuer war bereits erloschen. Im Lager hatte ich oft den Ofen neu angezündet, sodass ich mit wenigen Handgriffen und mithilfe von etwas Zeitungspapier, kleinen Holzspalten und Streichhölzern, die ich neben dem Ofen auf einer Ablage fand, ein neues Feuer entfachte. Als die ersten Flammen hochzüngelten, drückte ich die Klappe geräuschvoll zu. Wie ein Echo hörte ich von oben aus der Wohnung eine Tür zufallen. Ich rührte mich nicht und lauschte, doch alles blieb still. Nun räumte ich die Holzreste und Streichhölzer beiseite und wartete noch einen Moment, um sicherzugehen, dass das Feuer nicht wieder ausging. Obwohl ich keine Angst vor Mäusen oder Ratten zu haben brauchte, fühlte ich mich unwohl. Ich rieb mir abwechselnd den rechten, dann den linken Fuß an der Wade des jeweils anderen Beins, als ich meinte, Schritte gehört zu haben.

»Hallo?«, rief ich leise. »Annemarie? Bist du das?« Ich sah in den anderen Kellerraum, in dem die Möbel lagerten, und wunderte mich, weil dort anders als sonst eine Matratze mit einer Decke darüber auf dem Boden lag. Und noch bevor ich mich umdrehen konnte, weil ich wieder Schritte hörte, umfasste mich jemand mit hartem Griff von hinten. Ich roch den Alkohol, sah die schwarzen Locken neben meinem Gesicht, spürte die rauen Lippen. »Nicht, Papa, hör auf!« Verzweifelt versuchte ich, ihn wegzustoßen, aber ich war kraftlos, meine jämmerlichen Versuche wird er nicht einmal bemerkt haben. Vor Angst wie versteinert sah ich zu, wie er mich hochhob und auf die Matratze legte. Ich wimmerte, spürte, dass etwas ganz Fürchterliches passieren würde, konnte aber nichts dagegen tun. Warum nicht? Warum wehrte ich mich nicht? Warum schrie ich nicht laut oder schlug um mich? Doch in dem Moment, als er mir das Nachthemd zerriss und sich laut stöhnend über mich beugte, begannen meine Arme und Beine plötzlich wie von selbst zu strampeln und zu treten. Es war wieder Leben in mir, der Wille, mir selbst zu helfen. Jetzt wollte ich losbrüllen, auch um Hilfe rufen, aber er erstickte meine Stimme mit seiner Hand und zischte: »Lass das! Es wird dich sowieso niemand hören. Und wir wollen doch nicht, dass Mama das hier mitbekommt!« – *Mama! Mama, hilf mir doch!* Die stummen, hilflosen Rufe verhallten in meinem Kopf, während ich weinend unter ihm lag und er meine Beine auseinanderdrückte und brutal in mich hineinstieß.

Ich hielt eine Hand vor die blutenden Scheide, die andere vor meine Mädchenbrüste. »Das nächste Mal wird es dir besser gefallen«, sagte er, während er sich mit schwerem Atem seine Schlafanzughose wieder anzog. *War das wirklich Papa, mein neuer Papa?* »Und mach die Decke und die Matratze sauber, bevor du ins Bett gehst. Denk daran, du musst früh raus.« Dann fasste er mich am Kinn, so fest, dass ich nicht wagte, den Kopf wegzuziehen. »Wenn du jemandem davon erzählst, werde ich sagen, dass du lügst. Und wenn du deiner Mutter gegenüber auch nur eine Andeutung machst, werde ich dich bestrafen. Wir werden dich fortschicken. Und glaub ja nicht, dass du in ein Kloster gehen kannst. Die Nonnen werden dich jetzt nicht mehr nehmen.« Damit ließ er mich auf der zerwühlten und blutfeuchten Decke zurück.

Während ich noch weinend dalag, spürte ich zugleich nichts und einen rauschenden Schmerz. Ich konnte nicht begreifen, was passiert war, sah plötzlich noch einmal die großen Mädchenaugen aus dem Soldatenlager, den Soldaten mit der heruntergelassenen Hose, dann Toni über mir, stöhnend, spürte noch einmal die harten, gewalttätigen Stöße. Was hatte ich nur getan? Was hatte ich falsch gemacht? Niemals durfte Mama davon erfahren; überhaupt durfte niemand herausfinden, was geschehen war. Voller Panik rappelte ich mich auf, sank aber noch ein paar Mal kraftlos zurück. Am liebsten hätte ich mich sofort gewaschen, alles abgewaschen, das Blut, die klebrigen Stellen, den Geruch von Toni … Doch zuerst musste ich die Decke und die Matratze säubern. Aber wie? Wie sollte ich die Spuren dieser ekelhaften Sache beseitigen?

Mit den Händen an der Wand abgestützt, schleppte ich mich in den Waschkeller, wo Handtücher und frische Wäsche lagen. Ich klemmte mir ein Gästetuch zwischen die Beine und zog eine Unterhose von der Leine an, dann noch einen frisch gewaschenen Schlafanzug. Dass er noch klamm war, bemerkte ich nicht einmal.

Danach füllte ich einen Eimer mit Wasser aus dem Hahn in der Wand und nahm einen alten Lappen aus der Ecke, in der das Putzzeug stand. Während ich die Flecken aus den alten, abgewetzten Stoffen herausschrubbte, musste ich würgen. Immer wieder brach ich unter Tränen zusammen. Das braunrote Wasser verschwand im Ablauf, aber das Gefühl von Schmutz brannte sich in meine Haut ein.

Ich wollte schon das Kellerlicht löschen, als mir das zerrissene Nachthemd einfiel. Es lag in einer Ecke wie ein Stück Lumpen; ich erschrak bei dem Anblick, griff es und warf es in den Ofen. Danach stieg ich die Treppen hinauf in die Wohnung. Wie benommen schlich ich zu meinem Zimmer. *Nur keinen wecken, nur keinen wecken*, war der einzige Gedanke.

Am Morgen danach fand mich Annemarie. »Was machst du denn auf dem Boden? Hast du nach unserem Tanzabend gestern nicht mehr ins Bett gefunden?« Sie lachte unbekümmert. »Leider kannst du nicht ausschlafen, ich muss heute noch mal in den Laden, es kommt eine Lieferung, die nicht abbestellt werden konnte. Machst du das Frühstück?«

»Ja, geh ruhig«, hörte ich mich sagen und spürte im gleichen Moment eine Übelkeit in mir aufsteigen, die kein Warten zuließ. Ich rannte an Annemarie vorbei ins Bad, schaffte es gerade noch, die Tür zu verschließen, und übergab mich in die Toilette.

Als ich den Schlafanzug auszog und das Gästetuch zwischen den Beinen entfernte, sah ich meine braunverklebten Schenkel, und erneut drehte sich mir der Magen um. Ich spuckte grüne Galle, mehr war nicht mehr da. Mein Blick fiel auf das schmutzige Handtuch auf dem Boden, und in diesem Augenblick überkam mich zum ersten Mal Wut: eine unbändige Wut und ein nie gekannter Hass. Ich trampelte wie ein wildgewordenes Tier auf dem Stück Frottee herum, es war mir in diesem Moment völlig gleichgültig, ob jemand das Stampfen und Fluchen hören konnte.

Ich weiß nicht mehr, wie lange es dauerte, bis ich mich wieder beruhigt hatte und in die Dusche gestiegen war. Lange Zeit ließ ich das viel zu heiße, dampfende Wasser über meinen Körper strömen, den ich mit einer Bürste und Seife bearbeitete; vor allem die Scham schrubbte ich wie eine Besessene und vergaß darüber völlig die Zeit. Aber Annemarie war schon wieder zurück und als ich in ein großes Badetuch gewickelt in mein Zimmer lief, rief sie mir aus der Küche zu, ich solle mich ruhig noch etwas hinlegen, sie würde sich heute ums Frühstück kümmern.

In den nächsten Tagen fand das Leben für mich wie unter einer Glasglocke statt. Ich konnte die anderen sehen, aber eine unsichtbare Wand, die ich nicht durchbrechen konnte, trennte uns. In einsamen Momenten wünschte ich mir, dass mich jemand in den Arm nahm, mir über den Kopf strich. Doch dann konnte ich nicht die kleinste Berührung ertragen; selbst die kleine Marion versuchte ich von mir fernzuhalten. Und ich hätte lieber sterben wollen, als jemals jemandem von der schrecklichen Nacht zu erzählen.

Toni versuchte ich aus dem Weg zu gehen, doch das gelang im Zusammenleben kaum; schon ein Blick von ihm ließ mich erzittern. Ein paar Mal berührte er mich flüchtig, und ich musste zur Toilette laufen und mich übergeben. Auch der alte Waschzwang war wieder da, ich kratzte mir die Haut blutig, um sie sauber zu bekommen, sauber von dem Dreck, der nicht erst seit dieser Nacht an mir klebte. Ich blieb das Gulag-Kind, das vom Schmutz und von Verwahrlosung gezeichnete Gulag-Kind, auch wenn man mir feine Wäsche und Kleider anzog. Ich konnte die Vergangenheit nicht abstreifen wie alte Kleider, und das Schicksal brachte es mit sich, dass mir immer neue Wunden zugefügt wurden, mit denen die alten aufbrachen.

Die Familie spürte, dass mit mir etwas nicht stimmte, aber

niemand vermutete etwas Böses dahinter. Immer wenn ich bangte, dass der Vorfall ans Licht kommen würde, etwa weil ich mich nicht mehr in den Keller hinabtraute, suchte ich eine Ausrede. »Die Pflegeeltern haben mich immer in den Keller gesperrt, deshalb will ich da nicht mehr hinunter.« Und auch Toni sorgte dafür, dass unser schreckliches Geheimnis gewahrt blieb. So übernahm er plötzlich freiwillig das Befeuern des Ofens. Er trank auch für einige Zeit weniger und ging sogar mit Thomas und Marion fürsorglicher um als sonst. Sie hatten viel Spaß mit ihm, und ich beneidete sie um ihre Unbeschwertheit.

Für mich hingegen war es eine Zeit voller Verzweiflung. Ich wollte und konnte nicht zurück zu den Pflegeeltern; der Pflegevater würde mich totschlagen, wenn er hörte, was ich zugelassen hatte. Schwester Maria würde ich nie mehr ins Gesicht schauen können, geschweige denn, sie nach einem Platz bei den Nonnen fragen. Und wohin sollte ich sonst? Tante Maria und Onkel Werner hatte ich nur noch selten gesprochen, und sie würden wissen wollen, was vorgefallen war.

Ich hatte keinen Menschen außer meiner Mama. Und ich wollte gern bei ihr bleiben und hoffte immer noch, irgendwann endlich wieder ihre Liebe zu spüren. Die Angst vor Toni machte es jedoch unmöglich, unbeschwert in der Familie zu leben.

Und dann, eines späten Nachmittags, als die anderen zum Einkaufen unterwegs waren, fiel er abermals über mich her. Er musste schon am Tag getrunken haben, das sah ich in seinen Augen, noch bevor mir der schnapsschwere Atem ins Gesicht schlug.

Von da an stellte er mir nach, sobald Mama und die anderen uns den Rücken zudrehten. Er nutzte jede Gelegenheit, mich zu berühren, riss mich in seine Arme und küsste mich, wenn niemand hinschaute. Mein Zittern, meine Starre, wenn ich seine Hände an meinem Körper spürte, überging er. Er lachte und ließ mich stehen, wenn er genug hatte.

Ich legte mir, so gut es ging, einen Panzer um Herz und Seele und ertrug seine zahlreichen Übergriffe; es wurde fast zur Gewohnheit, so abgestumpft waren meine Gefühle inzwischen. Was konnte ich auch tun?

Immer öfter hörte ich abends Streit aus dem Elternschlafzimmer. »Fass mich nicht an!«, hörte ich Mama einmal rufen, und dann war dumpf ein schreckliches Gepolter zu hören. Ich war mit den Händen auf den Ohren schnell in mein Zimmer gelaufen und hatte die Tür verriegelt. Mama sprach eines Tages sogar von Scheidung, und danach herrschte plötzlich eine ganze Weile Ruhe. Die Streitereien der Eltern hörten auf, Toni trank weniger – und vor allem ich blieb verschont.

Seit der Verschleppung ins russische Lager hatte ich meinen Geburtstag nicht mehr gefeiert, zumindest nicht am Tag meiner Geburt. Heute war es so weit, es war der 29. November 1955. An diesem Tag wurde ich fünfzehn Jahre alt.

Als ich morgens zum Frühstückmachen in die Küche wollte, saßen alle schon im Wohnzimmer um den gedeckten Tisch und warteten auf mich. Selbst Toni war schon angezogen. Doch ich sah keins der Gesichter, die mich anlachten, mein Blick ruhte minutenlang auf der Schüssel mit den blankgeputzten roten Äpfeln, die an meinem Platz stand. Mein Herz machte einen Sprung: Kein anderes Geschenk hätte mir mehr Freude bereiten können.

»Herzlichen Glückwunsch zum Geburtstag, Monika«,

sagte Marion und hielt mir ein Blümchen hin, und Thomas legte seine dünnen Jungenarme um meinen Hals, nachdem ich mich zu ihm hinuntergebeugt hatte. Danach kam Mama auf mich zu, nahm mich in ihren Arm und begann zu weinen, als sie mir gratulierte. Sofort liefen auch mir die Tränen, und gleichzeitig genoss ich die Nähe und Wärme. Doch als würde ein Schalter umgelegt, schüttelte sie mich fast schon ab und sagte: »Papa will dir bestimmt auch noch gratulieren.« Und bevor ich mich entziehen konnte, hatte er auch schon meine Hand ergriffen, zog mich zu sich heran und küsste mich auf den Mund. Ich hörte für diesen Moment auf zu atmen. »Ich hoffe, dass wir uns immer verstehen und lieben werden, denn wir sind ja nun eine Familie.« Damit ließ er mich los.

Ich hatte nicht gewusst, wie er seine Worte meinte, doch während der Weihnachts- und Winterzeit – jetzt war Toni auch häufiger zum Skifahren unterwegs – kam es höchstens ein paar Mal zu einem Kuss oder einer heimlichen Berührung. Dies wollte ich trotz des Ekels und der Angst ertragen, wenn er mir nur nicht Schlimmeres antat.

Im neuen Jahr hatte Mama mich überraschend zur Berufsschule angemeldet. Doch bereits nach wenigen Wochen ging ich nur noch selten hin, weil der Haushalt für Annemarie nicht allein zu schaffen war. Mir war es auch recht, denn ich hatte so vieles nie gelernt, dass ich nach eigenem Empfinden im Vergleich mit den anderen Kindern und Jugendlichen in meinem Alter nur schlecht abschneiden konnte. Und ich schaffte es auch nicht, all den Lernstoff nachzuholen, sodass die Lücken in meinem Wissen allein schon beim Schreiben, Lesen und Rechnen offensichtlich blieben. Bei der Hausarbeit hingegen waren Annemarie und ich ein Spitzenteam.

Wir waren gut organisiert, arbeiteten schnell und gründlich und kochten jedem auf Wunsch seine Leibspeise.

An einem warmen Tag im Mai packte Mama einen Wanderrucksack, und ich freute mich auf einen Familienausflug. Doch umso größer war die Enttäuschung, als nur Toni mit mir und den Kindern zum Freibergsee aufbrach. Dort breiteten wir eine große Decke aus und machten Picknick. Ich war vorsichtig, blieb in der Nähe von Marion, denn unter ihren Augen würde er es wohl nicht wagen, mich anzufassen. Marion und ich lagen auf dem Rücken und blinzelten gegen die Sonne an, als Thomas plötzlich rief: »Komm, Marion, Steine werfen.« Marion sprang vor Freude johlend auf und rannte, kaum dass ich mich versah, hinter Thomas her. Ich wollte ebenfalls zum Wasser, aber da hielt Toni mich am Handgelenk zurück. »Du bleibst bei mir, Thomas passt schon auf sie auf.« Er stützte sich auf, beugte sich nah zu mir herüber und flüsterte in mein Ohr: »Weißt du eigentlich, dass ich dich liebe?«

Ich sah mich nach den Kindern um und tat, als hätte ich es nicht gehört. In meinem Kopf fuhren die Gedanken Achterbahn, meine Hände zitterten, in meinem Hals war ein Gefühl, als hätte man mir die Kehle zugeschnürt. Marion und Thomas waren in ihr Spiel versunken. Er zog mein Gesicht zu seinem hinüber. »Ich tu dir nichts. Ich möchte dich nur küssen.« Seine Lippen legten sich diesmal zart auf meine, es war eine andere Art Kuss als die fordernden Küsse, die er sich sonst herausnahm. Und während er mit seinen Lippen meine streichelte, berührte er zärtlich meine Brüste und begann mich liebevoll zu streicheln.

»Gefällt es dir wenigstens ein bisschen?«, fragte er leise.

Ich war völlig verwirrt. Er war mein Papa, er durfte mir keine Gewalt antun, aber er durfte mich auch nicht so anfassen. Das war nicht richtig. Doch diese zarten Berührungen, seine leise, liebevolle Stimme, hatten mir nicht wehgetan. Im Gegenteil, ich fühlte mich einen Moment lang wirklich geliebt.

»Gehst du mit uns baden, Papa?«, rief Thomas. Die Kinder schienen nichts bemerkt zu haben, und Toni sprang auch schon auf, streifte seine Hosen ab und lief zum See. Mit Thomas auf dem Arm rannte er in das klare, kalte Wasser, das bei jedem Schritt aufspritzte.

Es war nur eine Frage der Gelegenheit, bis Toni mich erneut bedrängte. Wir waren allein im Haus. Mama war nach einem abendlichen Streit mit ihm gleich am frühen Morgen mit den Kindern zu einer Freundin gefahren, Annemarie war zu Besuch bei einer entfernten Tante in Sonthofen. Ich ahnte, dass ich ihm heute nicht entwischen würde, aber ich wusste auch nicht, wie ich es verhindern könnte. Also erledigte ich erst einmal wie üblich meine Hausarbeit. Nachdem ich Küche und Bad fertig hatte, ging ich ins Elternschlafzimmer, wo noch die Betten zu machen waren. Das Geräusch eines Schlüssels im Schloss ließ mich herumfahren. Toni stand vor mir und stieß mich lachend aufs Bett. »Siehst du, nun kannst du dich nicht mehr wehren. Wir sind ganz allein. Und flüchten kannst du auch nicht. Er zeigte mir den Schlüssel und warf ihn über die Schulter nach hinten.

Als er sich auf mich warf, schloss ich fast ohnmächtig vor Angst die Augen. »Jetzt werde ich dir zeigen, was Liebe ist«, raunte er mir ins Ohr. »Solch eine Liebe, wie ich sie dir schenke, wirst du nie wieder in deinem Leben erleben. Deine

Mutter ist eiskalt zu mir. Sie liebt nur sich selbst, aber wir, wir werden uns lieben, meine Schöne.«

Wie tot lag ich unter ihm. Er kniete sich über mich, sodass ich zwischen seinen Beinen lag, und jetzt war plötzlich wieder der zärtliche Schimmer in seinen Augen wie am See. Behutsam öffnete er mein Kleid, einen Knopf nach dem anderen. Dabei sprach er nicht mehr, nur seinen Atem hörte ich. Seine Hände fuhren zart über meinen Bauch und vorsichtig hob er meinen Po an und zog mein Höschen über meine zitternden Beine. »Du bist so schön«, sagte er, und ich schloss die Augen, blieb starr liegen und ließ alles geschehen. Ich rührte mich auch nicht, als ich seine Küsse auf meinem Bauch fühlte, und er langsam meine Schenkel öffnete. Doch je mehr sich seine Hände meiner Scham näherten, empfand ich ein Gefühl, das ich bis dahin nicht kannte. Dann spürte ich plötzlich seine heißen Lippen, mit denen er meine Innenschenkel liebkoste, und jetzt rauschte mir plötzlich der Kopf, aber nicht vor Schmerz, sondern vor Lust, und ich gab mich ihm hin.

Was habe ich getan? Ich lag neben Papa, er hielt meine Hand auf seiner behaarten Brust und schlief. Ich schämte mich wie noch nie. *Was, wenn Mama nach Hause kam? Was, wenn Annemarie früher zurückkehrte?*

Später in meinem Zimmer beruhigte ich mich. Doch ich wusste nicht, was ich mit dem Erlebten anfangen sollte.

Von diesem Tag an nahm Toni mich, wann immer es möglich war. Aber nie mehr empfand ich wie bei diesem einen Mal. Ich war dennoch nicht in der Lage, mich ihm zu entziehen, und er hätte es auch nicht zugelassen.

Eines Abends, als ich mit Mama allein im Wohnzimmer saß, begann sie ungewohnt vertraulich mit mir zu sprechen.

»Papa hat sich verändert. Er trinkt nicht mehr so viel Alkohol, und wir streiten kaum noch. Ich glaube, sogar seine Frauengeschichten haben aufgehört.« Wurde ich jetzt rot? Merkte Mama, was ich gerade dachte? Mir war schlecht. Sollte ich ihr jetzt alles erzählen: Wie Papa mich im Keller vergewaltigt hatte, dass er mir wehgetan hatte, immer wieder, und dass er mich inzwischen benutzte, wann immer er wollte?

Ich schwieg.

»Weißt du, Monika, es war damals eine schwere Zeit für mich. Ich war als Flüchtling aus Preußen nach Bayern gekommen, und er … er war ein Held, einer der besten Skifahrer überhaupt. Und er sieht ja noch immer sehr gut aus … Ich wurde nach dem ersten Mal schwanger.« Warum erzählte sie mir das bloß alles? Ich wollte das gar nicht hören! Warum sprachen wir nicht über uns? Über meinen echten Papa? Über unsere Trennung? »Aber er hatte keinen Pfennig in der Tasche. Arm wie eine Kirchenmaus war Papa. Und so musste ich den Schmuck von deiner Oma Clausen verkaufen, dein Erbe. Wie hätten wir uns sonst mit einem Kind ein Leben aufbauen können?«

Ich schwieg noch immer. Was sollte ich auch sagen?

»Aber mach dir keine Sorgen, für dich ist trotzdem gesorgt.« Jetzt blickte ich sie neugierig an. »Ach, das ist eine andere Geschichte … Ein sehr reicher Mann, Karl Reuter, war Stammgast in unserem Hotel. Wir freundeten uns an, und ich erzählte ihm eines Abends von dir und dass ich für das Hotel deinen Schmuck veräußern musste. Er war sehr berührt von allem. Und dann hat er mir am nächsten Tag einen Brillantring geschenkt. Für deine Tochter, hat er gesagt. Sie wird dich finden.« Mama weinte, und ich weinte mit ihr. Wir weinten wohl, weil wir uns gefunden hatten. Aber es fühlte sich nicht fröhlich an. Vielleicht weinten wir auch, weil wir inzwischen spürten, dass wir unsere verlorenen Jahre nicht zurückbekommen würden. Und auch in den folgenden Monaten gab es nur selten solche nahen Momente zwischen uns. Meine Traurigkeit aber speiste sich hauptsächlich aus dem ständigen Missbrauch, der Scham und den Schuldgefühlen.

»Du und Papa, ihr werdet nach Winterberg ziehen.« Mama tupfte sich mit ihrer Serviette den Mund ab, Toni zwinkerte mir zu. Ich wusste nicht, wo dieser Ort lag, aber das war mir auch vollkommen gleichgültig. Ich wollte nirgendwohin allein mit Papa. »Wir haben ein Angebot: eine Gaststätte, genauer gesagt, eine Skihütte. Sie wollen unbedingt, dass *Toni Brandt* den Tourismus ankurbelt.« Mama lachte. »Und ich … ich komme mit den Kleinen sobald wie möglich nach.« Jetzt streichelte Toni über ihre Hand, und Mama legte ihre andere Hand auf seine. Solch eine liebevolle Geste hatte es zwischen den beiden schon ewig nicht mehr gegeben. Was war bloß los? Erst sollte ich allein mit ihm wegziehen, und dann … »Mama wird ein Kind bekommen.« Toni hatte es förmlich ausgerufen, und jetzt strahlte er in die Runde. Selbst Mama lächelte. Ich verstand das alles nicht mehr. Mir drehte sich der Magen um. »Entschuldigt«, konnte ich gerade noch hervorstoßen.

Schon bald danach wurde gepackt. Mama hatte mir noch einmal unter vier Augen erklärt, wie wichtig es sei, dass ich die Familie unterstütze und Toni helfe. Und dann versprach sie, so schnell wie möglich nachzukommen. Tapfer hielt ich beim Abschied meine Tränen zurück, aber mir war elend zumute.

Sektkorken knallten, als wir in Winterberg ankamen. Toni stellte mich dem Gaststättenbesitzer, der ihn als Pächter ins Rothaargebirge geholt hatte, als seine Große vor. Der ältere Mann führte uns in eine seiner Pensionen, wo wir umsonst wohnen durften, bis unser Wohnhaus nahe der Skihütte fertig war. Dann würde auch Mama kommen, redete ich mir immer wieder gut zu.

Für die Leute in Winterberg war ich die Tochter des großen Skifahrers. Für Papa war ich Arbeitstier, Putzfrau und Geliebte in einem. Für Mama war ich die wichtigste Stütze und weit, weit weg. Ich selbst hatte mich schon in Russland verloren, und hier in Winterberg würde ich sicher nicht zu mir selbst finden. Wie auch, wenn ich in aller Herrgottsfrühe aufstand, eine Gaststätte erst aufbaute, dann ans Laufen brachte und schließlich für die Gäste kochte, sie bediente, alles sauber hielt und dann am Abend, wenn dem betrunkenen Mann danach zumute war, mich missbrauchen ließ und auch noch dankbar war, wenn er hin und wieder ein Lob aussprach, ein liebes Wort sagte. Wohl weil er wusste, dass er mich dadurch immer fester an sich band.

Der Gulag hatte ein wildes Tier aus mir gemacht, jetzt war ich ein unterwürfiger Hund, dressiert, um für die anderen zu tanzen und zu springen, wann immer sie wollten.

Dabei sehnte mich nach nichts anderem als nach ehrlicher Liebe und Geborgenheit – und nach Freiheit und Selbstbestimmung. Doch mein heimliches Sehnen blieb unerfüllt.

Die Gaststätte in Winterberg wurde bereits in der ersten Saison so gut besucht, dass Toni und Mama alle ihre Schulden in Oberstdorf abbezahlen konnten. Und der Bau des Wohnhauses war mittlerweile ebenfalls fortgeschritten, sodass Mama nach der Geburt des Kindes sicher bald mit Marion, Thomas und dem Baby herziehen würde. Ungeduldig wartete ich auf den Tag, an dem mein jüngstes Geschwisterchen das Licht der Welt erblicken sollte.

Und dann ging plötzlich alles ganz schnell. Mama fragte mich, welcher Name mir denn für mein Schwesterchen gefallen würde. Ich brauchte nicht lange zu überlegen und rief »Gabriele!« durchs Telefon. »Gabriele ist ein wunderhübscher Name«, sagte Mama.

Und dann nannten sie das Baby tatsächlich nach meinem Vorschlag, was mich unendlich stolz und froh machte. Ich fühlte mich dadurch als wichtiger Teil der Familie und genoss die Wertschätzung. Vielleicht würde mit diesem niedlichen Geschöpf, das jetzt zu uns gehörte, alles wieder gut werden.

Nichts wurde gut. Mit Mamas Ankunft – nur Annemarie war in Oberstdorf geblieben – wurden mir immer mehr Aufgaben übertragen. Oft kümmerte ich mich nach einer langen Nacht in der Gaststätte früh am Morgen um das Baby, weil Mama und Toni noch Schlaf brauchten, immer häufiger auch ihren Rausch ausschliefen. »Die Gäste wollen nun mal mit uns anstoßen«, verteidigten sie sich. Wenn meine Geschwister nicht so lieb gewesen wären und ich sie nicht so lieb gehabt hätte, ich weiß nicht, ob ich das alles geschafft hätte. Aber auch Mama und Toni arbeiteten beide viel und sahen müde aus.

Wenn Mama sich mit Toni gestritten hatte, fuhr sie mit dem Auto, das er ihr geschenkt hatte, nach Winterberg ins Städtchen und kleidete sich neu ein. Wie schon in Oberstdorf schaute man sich auch hier bewundernd nach ihr um. Mir waren ihre Kleider egal, ich liebte sie auch ungeschminkt in ihrem Bademantel, wenn sie lustlos dreinblickte. Dann versuchte ich, sie aufzuheitern. Aber sie nahm mich meist gar nicht wahr.

Wenn ich gehofft hatte, dass Toni durch den Familienzuwachs und die viele Arbeit nicht mehr dazu kommen würde, mich in eine dunkle Ecke zu ziehen, hatte ich mich getäuscht. Meine Niedergeschlagenheit, die ich in Arbeit ertränkt hatte, traf mich erneut mit voller Wucht. Ich hatte schon lange keinen Appetit mehr und aß nur mit Widerwillen und sehr wenig. Ich wurde richtig mager und hatte fast keinen Busen mehr. Tagsüber verspottete Toni mich deswegen vor den anderen, nachts nahm er sich, was er brauchte.

Den jungen Männern, die unser Lokal besuchten, gefiel ich trotz der fehlenden Rundungen; sie scherzten mit mir, luden mich zu Spazierfahrten ein und wollten sich mit mir verabreden. Doch Toni tat alles, um dies zu verhindern. Einmal jedoch stellte er mich einem Herrn vor, der sicher gut zehn Jahre älter war als ich. »Geh mit ihm aus, er ist eine gute Partie«, sagte er und lachte.

Später am Abend, als ich vom Essen mit diesem Herrn zurückkam, sah ich schon, wie sich Tonis Augen verdunkelten. Ich tat alles, um nicht mit ihm allein zu sein, doch Mama klagte über Kopfschmerzen und wollte sich hinlegen. In dieser Nacht drehte Toni die Musikbox voll auf, warf mich brutal über den Tresen und schlug mich, bis mir das Blut aus der Nase spritzte. »Was hat der Kerl mit dir gemacht? Hast du ihn an dich rangelassen?«, schrie er. Danach lag er weinend auf mir, küsste mir das Blut aus dem Gesicht und jammerte, ich solle ihm verzeihen.

Die häufige Übelkeit machte mir zunächst keine Sorgen. Übelkeit gehörte seit Russland zu meinem Leben wie für andere das Lachen. Doch ich nahm zu, obwohl ich nach wie vor wenig aß. Durch die viele Arbeit hatte ich eine unregelmäßige Menstruation, aber jetzt rechnete ich nach, und meine letzte Periode lag schon mehrere Monate zurück. Doch wem sollte ich mich anvertrauen? Ich konnte nur mit Toni darüber sprechen.

»Ich lass mir etwas einfallen«, sagte er. »Keine Sorge, ich lass mir etwas einfallen.« Ich war weder beruhigt noch besorgt wegen dieser Worte, weil ich auch gar nicht wusste, was es bedeutete, wenn die Monatsblutung ausfiel. Ich arbeitete weiter und tat, als wäre nichts Besonderes.

Ein paar Tage später, als ich wieder allein mit Toni den Laden schloss, holte er einen kleinen roten Ball hervor, an dem eine silberne Röhre befestigt war. »Was ist das denn? Sollen die Gäste da demnächst draus trinken?«, scherzte ich. Doch Toni lachte nicht über meine Bemerkung. »Ich werde diesen Ballon mit warmem Wasser und etwas Kernseife füllen«, erklärte er. Es war kein Spaß. Aber was war es dann? »Weil doch deine Periode ausgeblieben ist …«

»Was hat das denn mit meiner Periode zu tun?« Mir wurde mulmig zumute. Er steckte das Bällchen mit dem Wasser und der Seife in seine Hosentasche, zog die Vorhänge zu und sagte, ich solle mich auf den Tisch legen.

»Ich bin wirklich müde«, wollte ich ihn abwehren.

»Rauf auf den Tisch!« Sein Ton ließ keine Widerrede zu. Über mir schaukelte die Lampe und blendete mich. »Sei nur ganz ruhig, dann geht es auch ganz schnell.« Er zog mir mein Höschen aus, und ich schloss wie gewohnt fest meine Augen. Als ich das kalte Röhrchen an meiner Scheide spürte, wollte ich aufspringen, aber er drückte mich zurück auf den Tisch. Ein stechender Schmerz ließ mich aufzucken. Toni lag halb über mir, dann endlich zog er das Röhrchen zurück. »Nun wirst du deine Periode bald wieder bekommen«, sagte er und streichelte mir übers Gesicht.

Nach wenigen Wochen, ich hatte diese seltsame Nacht und den Ballon mit Wasser und Kernseife fast schon vergessen, zog es heftig in meinem Bauch, und ich blieb nach dem Weckerklingeln noch liegen. Doch dann stand auf einmal Mama mit Gabriele an meinem Bett und reichte mir die Kleine und ein Milchfläschchen. Sie brachte mir noch eine Schmerztablette, dann legte sie sich wieder hin.

Gabriele lag nun in meinem Arm, und das Fläschchen war schon fast leer, als plötzlich ein Schmerz durch meinen Unterleib jagte, als wolle er mich zerreißen. »Mama! Mama!«, rief ich, aber im Haus blieb alles still. Ich brachte Gabriele in ihr Laufställchen, dann kam abermals eine Schmerzwelle über mich, und ich brach auf dem Boden zusammen. Die Beine fest vor den Bauch gepresst, schaukelte ich eine Weile stöhnend hin und her und sah immer wieder zu der Kleinen, die bald im Ställchen eingeschlafen war.

Jammernd kroch ich ins Badezimmer, auf der Suche nach einem Schmerzmittel, und nahm, ohne darüber nachzudenken, gleich drei von den Tabletten. Schweißgebadet und von Schüttelfrost geschüttelt, lag ich auf meinem Bett.

»Monika, was ist? Soll ich den Arzt rufen?«, fragte Mama.

»Ich weiß nicht, was los ist.«

»Hast du deine Periode?«

»Nein, nein, die hab ich nicht.«

»Na, dann bleib mal liegen, wir schaffen das heute schon ohne dich.« Damit hatte sie das Zimmer wieder verlassen.

Die Krämpfe hörten nicht auf und als am Mittag Toni zu mir ans Bett kam, sah er mich besorgt an. »Du musst Geduld haben. Die Blutung kommt bestimmt bald«, sagte er. Es sollte tröstend klingen. Ich klammerte mich an seinen Arm, jammerte und weinte und klagte, ich würde das nicht länger aushalten. Da nahm er meinen Kopf in beide Hände, küsste mein fiebriges Gesicht und ging zurück ins Lokal.

Ich übergab mich mehrere Male und schaffte es schließlich nicht mehr zurück ins Bett, sodass ich mich auf die Toilette setzte und den Kopf auf meine Beine legte. Auf einmal spürte ich, dass sich etwas regte, aber es fühlte sich anders an als einfacher Harn- oder Darmdrang. Ob nun endlich das Wasser mit der Seife herauskam? Noch bevor ich diesen Gedanken zu Ende gedacht hatte, setzte ein langgezogener Schmerz ein, wie ich ihn noch nie erlebt hatte. Ich presste die Fäuste auf meinen Bauch und schrie. Es war mir völlig gleichgültig, ob mich jemand hörte. Dann endlich spritzte Wasser in die Toilette. Es platschte laut. Mein Atem ging schnell, und der Bauch fühlte sich wie eine große Wunde an, doch ich fühlte mich auch erleichtert. Mit zitternden Knien erhob ich mich ein Stück und guckte durch meine Beine in die Toilette. Eine blutige Schnur hing aus meiner Scheide heraus. Panisch zog ich daran, aber es brauchte einen kraftvollen Ruck, bis sie riss. O Gott, was war das? Was war da in mir drin gewesen? Ich hatte die Schnur fallen lassen und schaute nun voller Panik in die Toilette.

Darin lag ein winziges Baby.

Mit dem Kopf im Wasser.

Blau und rot.

Ich schlotterte, jaulte vor Entsetzen und wollte das Kind doch nicht einfach so im Wasser liegen lassen. Ich hob das nasse, nackte Wesen auf und sein vogelähnlicher Körper und das zerknautschte Gesichtchen passten in eine Hand.

Das Kind war tot.

Ich war hin- und hergerissen zwischen Ohnmacht und Wahnsinn.

Ich muss es verstecken, ich muss es verstecken, das darf niemand sehen, niemand … Ich empfand keine Schmerzen mehr, ich kümmerte mich nicht um meine blutende Scheide, ich wollte diesen leblosen kleinen Klumpen mit den geschlossenen Äuglein nur schnell fortschaffen.

Ich legte es in einen Schuhkarton und vergrub ihn ganz hinten im Kleiderschrank. *Fort. Es ist fort. Es ist nie gewesen.*

Im blutigen Nachthemd, barfuß, ging ich hinüber zum Kücheneingang der Gaststätte. Die Blutstropfen leuchteten im Schnee. Mama entfuhr ein Schrei, als sähe sie ein Gespenst. Irgendjemand schob mir einen Stuhl hin. Dann verlor ich das Bewusstsein.

Nachdem ich wieder zu mir gekommen war, hatte ich wie im Fieberwahn von einem Baby gesprochen, sodass das tote Kind schnell gefunden worden war. Ein Arzt hatte mich notdürftig versorgt, ich lag dumpf da und sprach kein Wort mehr, obwohl mich Mama mit Fragen bedrängte.

Auf einmal kam sie allein mit einer Pistole ins Zimmer zurück und hielt sie mir an den Kopf. »Wenn du jetzt nicht endlich sagst, von wem das Kind war …« Und auf einmal musste ich aus lauter Verzweiflung lachen. Ich konnte doch nicht antworten: Von Papa. Mamas blaue Augen blitzten mich an.

»Ich weiß es nicht, es waren so viele Männer.« Damit wurde es wieder dunkel um mich.

»Da hast du aber Glück gehabt. Du warst fast schon tot«, sagte eine junge Krankenschwester.

»Ich war schon ein paar Mal fast tot.« Ich erschrak über meine eigenen Worte.

Zwei, drei Wochen hatte ich, ohne auch nur einmal Besuch erhalten zu haben, in dem Krankenzimmer gelegen und sollte am nächsten Tag entlassen werden, als mir die Krankenschwester einen Brief brachte. »Ich weiß leider nicht, wer ihn abgegeben hat«, sagte sie.

Nachdem ich wieder allein war, öffnete ich den Umschlag, auf dem nur mein Name stand. Es war Geld für ein Taxi darin. Kein liebes Wort stand dabei, keine Unterschrift. Aber es war Mamas Schrift.

Als ich zu Hause ankam, wurde ich zwar von meinen Geschwistern und unserem Personal freundlich begrüßt, aber Mama schaute mich nur an und sagte nichts. Toni kam erst später dazu. »Na, dann kannst du ja jetzt wieder helfen«, sagte er bloß.

Ein riesiger Berg Bügelwäsche und ein noch größerer Haufen Schmutzwäsche waren anscheinend Empfang genug. Und obwohl es mir widerstrebte, in den alten Trott einzusteigen und mich wie eine Dienstmagd benutzen zu lassen, stand ich wenig später am Bügelbrett. Ich hatte jedoch nicht mal eine Decke fertig gebügelt, als Mama mich erneut bedrängte. »Ich will jetzt sofort wissen, wer uns das angetan hat!«, sagte sie. »Derjenige muss bestraft werden.«

Wieder log ich.

»Warum weißt du das nicht?«, ließ Mama sich nicht abschütteln.

»Weil … weil ich mit mehreren Männern etwas getan habe.«

»Sag mir die Namen. Alle.«

Ich presste die Lippen aufeinander. Sie nahm mir das Bügeleisen aus der Hand und hielt es drohend hoch. »Wenn du jetzt nicht redest, verbrenne ich dir dein hübsches Gesicht. Dann wird dich kein Mann mehr anfassen.«

Zitternd sagte ich: »Ich kenne sie nicht. Ich muss wohl betrunken gewesen sein. Immer, wenn alle gefeiert haben. Ich … ich glaube, ich muss das immer tun, ich bin bestimmt krank, dass ich das immer mache.«

»Bist du etwa eine Nymphomanin?«

»Ja, bestimmt«, antwortete ich, obwohl ich gar nicht wusste, was das sein sollte.

Es vergingen ein paar Wochen, als Toni begann, mir wieder nachzustellen. »Vergiss nicht, du gehörst mir«, sagte er. Und: »Nie habe ich eine Frau geliebt wie dich.«

Diesmal wusste ich, es würde immer wieder von Neuem losgehen, es würde nicht enden. Ich würde in diesem Familien-Gulag gefangen bleiben, wenn ich jetzt nicht ausbrach.

Ich lag in meinem Zimmer, hatte eine Kerze angezündet und sah noch einmal dieses kleine, unschuldige Gesicht vor mir, dieses Kind, das um sein Leben gebracht worden war. Ich hatte mein Leben noch. Es schien mir nicht viel wert zu sein, aber ich hatte es noch.

Die Demütigungen, die Erniedrigungen, der Missbrauch und nicht zuletzt auch die Lieblosigkeit wollte ich endlich hinter mir lassen.

Noch in derselben Nacht packte ich heimlich einen kleinen Koffer, schlich in der Dunkelheit aus dem Haus und ging zu Fuß über die von frischem Schnee bedeckte Straße zum Winterberger Bahnhof. Im Schein der Laternen lag sie weiß und wie unberührt vor mir. Ohne mich noch einmal umzuschauen, setzte ich einen Fuß vor den anderen. Ein weiter Weg würde vor mir liegen, das ahnte ich. Aber auch ein Neuanfang.

Das Schweigen brechen

Die Flucht war der erste Schritt in ein neues Leben, und seitdem musste ich noch viele Schritte tun. Es war weiß Gott nicht leicht, und ich nahm manchen Umweg. Doch mit meinem Mann Klaus fand ich die Geborgenheit und Zuversicht, die ich brauchte.

Dieses Jahr verbringen wir den Winter nicht in Marbella; Klaus soll auf Anraten des Arztes sein Herz schonen, und das Fliegen könnte im Moment eine zu große Belastung sein. Und so sitze ich an diesem Januarmorgen in aller Frühe allein bei einer Tasse Kaffee am Tisch und schaue durch die große Fensterfront in unseren Garten hinaus. Wie ein weißes Blatt Papier hat sich der Schnee über den Rasen gelegt. Mehrere Zentimeter muss es in der Nacht geschneit haben … Ich schiebe den Stoß bedruckter Seiten zusammen, die vor mir liegen, stehe auf und hole einen Vogelfutterring aus der Küche. Den Bademantel fest um meinen Körper gewickelt, öffne ich die Terrassentür, streife Hausschuhe und Wollsocken ab und stapfe barfuß zum Vogelhäuschen.

Im Laufe meines Lebens habe ich unzählige Zettel und Blätter beschrieben. Heimlich. Bis heute habe ich mit niemandem über all das Unmenschliche gesprochen, das mir in meiner Kindheit und Jugend widerfahren ist. Auch nicht mit den

Menschen, die ich liebe, mit meinem Mann nicht und nicht mit meinen Töchtern. So wie meine Mutter nie mit mir über ihr Leben und unsere Trennung gesprochen hat, so war auch ich die meisten Jahre meines Lebens stumm.

Die grauenvollen Geschehnisse der Vergangenheit aber haben sich durch Träume und Erinnerungen immer wieder ihren Weg in mein Fühlen und Denken gebahnt und mein Leben in weiten Teilen mitbestimmt. Hunger, Tod, Gewalt und Missbrauch ließen mich niemals zur Ruhe kommen. Wie oft hatte ich sogar Angst, darüber lebensmüde oder verrückt zu werden! Vor vielen Jahren griff ich erstmals zu Notizblock und Stift und begann aufzuschreiben, was meinen Kopf besetzte. Fast zwanghaft suchte ich Gelegenheiten, mich im Schreiben zu sortieren, das Hirn wieder freizubekommen.

Die Angst aber, jemand könnte die Flut an Zetteln entdecken, war so groß, dass ich immer wieder alles verbrannte. Wie sehr wünschte ich, auch meine Erinnerungen und damit diese ganzen grässlichen Erlebnisse dem Feuer übergeben zu können! Sie auszulöschen, für immer, das war wohl meine stille Hoffnung. Doch war das Geschriebene zu Asche verfallen, konnte ich nicht anders, als von vorn zu beginnen. So, wie es mir in den Sinn kam, so, wie ich fähig war und Gelegenheit hatte, es zu notieren. Das Aufschreiben war wie ein Gespräch mit mir selbst: Ich erzählte mir meine Kindheit, mein Leben, immer und immer wieder. Und während ich mit gespitztem Stift auf das Weiß kratzte, lösten sich Tränenfluten.

Mein Mann Klaus, meine Töchter Katharina und Aylin, sie wissen noch nichts von den Grausamkeiten. Doch kann man solch ein Schicksal überhaupt verbergen? Wohin sollen denn die Trauer, die Wut und der Hass verschwinden? Und können diese enorme Liebesbedürftigkeit und Sehnsucht nach Wertschätzung, die durch Erniedrigung und Lieblosigkeit gewachsen sind, jemals gestillt werden?

Die Mutterliebe, die mir fehlte, wollte ich meinen Kindern umso üppiger schenken. Wollte stets für sie da sein … Heute sind sie erwachsene Frauen. Und wenn wir auch nicht immer ein ungetrübtes Verhältnis haben, bleibt meine Liebe zu ihnen beständig. Vor allem für sie habe ich mein Schweigen gebrochen. Ich muss ihnen meine Geschichte zumuten, damit sie besser verstehen …

Eine Kohlmeise pickt an dem Futterring, den ich heute Morgen aufgehängt habe. Still betrachte ich die grauen Tupfen, die meine Fußspuren in den Schnee gemalt haben.

Im März wollen wir mit dem Auto doch noch nach Spanien aufbrechen, am Meer entlangspazieren und die winterkalten Glieder von der Sonne ein wenig wärmen lassen.